戌《いぬ》亥《い》の追《おい》風《て》

山本一力

集英社文庫

戌亥の追風

序

嘉永《かえい》六（一八五三）年六月の江戸は、月の始まりから大騒動となった。

五月が終わり、六月の声を聞くなり、凄《すさ》まじい大雨と風とが徒党を組んで江戸に襲いかかった。

「野分《のわき》が江戸を襲うにしては、まだ時季が早いだろうに」

「さようでございますが……この雨と風とは、秋の野分を上回る強さでございます」

江戸のあちこちの商家では、当主と番頭とがひたいを寄せ合って風雨の強さを案じた。

五月下旬に、すでに梅雨入りはしていた。ゆえに雨が降り続くことには、江戸の住人は慣れていた。

ところが五月から六月へ月が替わるやいなや、しとしと降りだった梅雨が、いきなり野分を思わせる暴風雨に化けた。

「こんな時季に野分が吹くとは」

「なにか、よくないことが起きなければいいんだが」

吹き荒れる風と雨を、多くの者は凶事の前触れではないかと怯《おび》えた。そしてその本能のささやきは図星だったと、二日後には思い知った。

雨も風も、翌六月二日の午後早くには収まった。吹き荒れた風が、空のゴミをきれいに吹き飛ばした。

六月二日の夕暮れどき。

「こんなにきれいな夕焼けは、生まれて初めて見たぜ」

午後の雨上がり直後から、大工は仕事を始めていた。夕暮れが迫ったいまは、普請場の隅に立って燃え立つ西空に見とれていた。

「ちげえねえ、おれも初めて見るぜ」

鏝《こて》を洗い終わった左官は、大工と並んで夕焼け空に見入った。群れをなしたカラスが、カアッ、カアッと鳴きながら夕日に向かって飛んでいた。

「あんな空を見てると、夕焼けのなかに吸い込まれそうな気がしてくるぜ」

「昨日の野分といい、今日の妖しい色味の夕焼けといい、なんだかこのところの様子は尋常じゃあねえぜ」

「せっかくのきれいな夕焼けに、縁起でもねえことを言うんじゃねえ」

左官に向かって、大工は口を尖《とが》らせた。が、その大工当人も、胸騒ぎのようなものを覚えていた。

六月三日の八ツ半（午後三時）過ぎ。

「あろうことか、四隻もの黒い船（軍艦）が番所前を通過いたしまして」

「なんと」

「なかの一隻は恐れ多くも、江戸湾の深くまで侵入を……」

外国船四隻の侵入を止められなかった浦賀船番所の役人は、周章狼狽《しゅうしょうろうばい》した。

四隻の船は、いずれもアメリカの軍艦だった。旗艦サスケハナ号が、ミシシッピ号、サラトガ号、プリマス号の三隻を従えて、浦賀水道を通過。

サスケハナ号、サラトガ号、プリマス号の三隻は、七ツ半（午後五時）過ぎに浦賀沖に投錨《とうびょう》した。が、僚艦ミシシッピ号は公儀に対する威嚇行為として、そのまま江戸湾深くまで進んだ。

四隻のうち、サスケハナ号とミシシッピ号は、蒸気機関の軍艦である。燃料の石炭を燃やす二隻は、煙突から真っ黒な煙を吐き出していた。

長崎に来航するオランダ商船は、どの船も帆船である。黒煙を吐き出す軍艦など、だれも見たことがなかった。

サスケハナ号が投錨したのは、六月三日の七ツ半過ぎ。夏の夕日は、まだ西空に残っていた。前日同様、三日もまた夕暮れの空は、鮮やかなあかね色に染まっていた。

黒煙を吐き出す黒船は、そんな美しい夕焼け空を背負って投錨した。

「いったいなんだろう、あの黒船が吐き出す真っ黒い煙は」

浦賀の海岸は、黒船の威容に恐れをなした見物人で埋め尽くされた。

江戸湾の奥に侵入した軍艦ミシシッピ号は、夜間には時砲と称する空砲をぶっ放した。

ドオーーン……ドオーーン。

蒸気機関の軍艦が、十門の空砲を順繰りに放ったのだ。轟音《ごうおん》は、江戸市中の隅々にまで届いた。

旗艦サスケハナ号も、ミシシッピ号に呼応して空砲を放った。

「なんだ、あの音は」

「黒船の連中が、はしけに乗り換えて浜に押し寄せてくるんでねえか」

浦賀の浜に暮らす漁師たちは震え上がった。浦賀奉行所の役人も、腰を浮かせて驚いた。

艦隊司令ペリー提督は、公儀役人を威嚇しようとして空砲を放った。その目的は、充分に達せられた。

来航から一夜明けた六月四日。ペリーは浦賀奉行所与力香山栄左衛門《かやまえいざえもん》および中島三郎助《なかじまさぶろうすけ》を相手に、来航目的を伝える交渉を始めた。

「我が亜墨利加《アメリカ》合衆国は、大西洋より太平洋に達する国である」

アメリカの国土の広大さを誇ったのち、ペリーは、アメリカ西海岸と日本は太平洋を挟んで向き合う国であると力説した。

「我が国オレゴン州および角里伏爾尼亜《カリフォルニア》の地は、正に貴国と相対しておる。我が蒸気船で角里伏爾尼亜を発すれば、十八日を経て貴国に達する」

ペリーは奉行所与力を相手に、この来航は両国の友好親善が目的であると強く訴えた。地図を示されて、日米両国が太平洋を挟んで向かい合っているといわれても、与力ふたりに理解できるはずもなかった。

当時のアメリカは、蒸気機関船で大西洋・太平洋の横断を推進していた。新興国アメリカの国力を誇示するためである。

大型軍艦や商船を投入し、精力的に諸外国との交易を展開していた。

しかし船に積める石炭の量には限りがある。また長距離の航海には、水・食料などの補給も欠かせない。

「合衆国の相当数の船が、角里伏爾尼亜と支那との間を行き来している。また、捕鯨で出漁した合衆国の漁船が、貴国海岸に近づくことも少なくない。台風に遭遇したら、貴国近海にて破船することもある。そのようなときには、貴国において難民を撫恤《ぶじゅつ》し、その財物を保護していただきたい」

救助してもらったのちには、アメリカより船を差し向け、その難民を引き取ると、ペリーは続けた。

「日本に石炭や食料が大量にあることは、すでに我が国の知るところである」

こう言い放ったペリーは、ぐいっとあごを突き出した。

「石炭・食料および飲料水を日本で補給したのちには、相応の対価を支払う用意がある。西海岸角里伏爾尼亜では、毎年数千万ドルの金《きん》を産出している。支払い能力をなんら案ずることはない」

ペリーの右手には、大統領からの親書が携えられていた。しかし反対の左手では、交渉に応じなければ軍艦での攻撃もいとわないぞと、脅しのピストルをちらつかせた。

ペリーが乗船してきた旗艦サスケハナ号は、積載量じつに二千四百五十トン。僚艦のミシシッピ号が千六百九十二トンである。

途方もない大きさの軍艦二隻が、石炭を燃やして、ひっきりなしに黒煙を吐き出していた。そして夜間になると、空に向けて空砲をぶっ放すのだ。

帆船軍艦サラトガ号とプリマス号も、ともに九百トン前後の積載量である。帆柱一本の二千石（約三百トン）積みの弁財船《べざいせん》を最大の船だと思っていた日本人は、軍艦の巨艦ぶりに肝を潰した。

帆船軍艦でも、千石船の数倍の巨艦だったからだ。

公儀はペリー一行の江戸城入城は断固拒んだ。その代わりに浦賀および下田において、交渉の場を設けた。

江戸から離れた場所に一行を留め置くことで、時間稼ぎを図ったということだ。

嘉永六年六月十日。

黒船が浦賀沖に姿をあらわしてから七日後に、公儀は諸大名に向けてひそかに触書を回した。

「築地・鉄砲洲《てつぽうず》・芝・高輪の上屋敷にあっては、すみやかに婦女子の避難を図られたい」

公儀は交渉決裂による、アメリカ艦隊の襲撃を危惧していた。海岸地域の大名諸家に回した極秘通達は、公儀の狼狽ぶりを如実に物語っていた。

日本橋北詰には、高札場がある。公儀発の、さまざまな触れを掲示する場所である。

その翌日、六月十一日、明け六ツ（午前六時）。

とっくに梅雨入りしたにもかかわらず、この日も大きな朝日が昇っていた。

公儀は大名諸家に対しては、避難勧告を発令した。しかし庶民には、なにひとつ触れを出さなかった。

まだ赤みの強い朝の光が、日本橋のたもとに届いている。高札場には、一枚の立て札も立っていなかった。

昇る朝日は高札ではなく、橋のたもとの杉の看板を照らした。

『木更津河岸《きさらづがし》はこの先、江戸橋たもと』

雨風にさらされた杉の看板は、太い筆文字で木更津河岸の場所を示していた。

一

日本橋の下を流れるのは、御城につながる御堀である。その堀の北岸を、大川に向かって手代風の若い男が歩いていた。

六月十一日の明け六ツ（午前六時）を、四半刻《しはんとき》（三十分）ほど過ぎたころである。まだ早朝なのに堀沿いの道には、すでに多くのひとが行き交っていた。

この河岸を逆方向に三町（約三百二十七メートル）も歩けば、日本橋の魚河岸である。往来しているのは、魚河岸に用のある者がほとんどだった。

梅雨の谷間の晴れが続いており、今朝も明け六ツ直後から大きな朝日が昇っている。紺色の半纏《はんてん》を、朝の光が照らしていた。

「かけうどんをくんねえ」

「おれはキツネだ」

うどんを注文する声が、堀沿いの道端にまで響いている。江戸橋に向かって足を急がせていた仙之助《せんのすけ》の足が、ふっと止まった。

魚河岸に仕入れにくる棒手振《ぼてふり》と、魚屋・青物屋を相手にするうどん屋である。一杯十六文のうどん代は、担ぎ売りの夜鳴き蕎麦屋《そばや》と同じ値だった。

しかしここのうどん屋は、わずか二間（約三・六メートル）間口の狭さながらも、しっかりと店を構えていた。いい加減なモノを客に食わせて、行方をくらますことはできないのだ。

担ぎ売りの蕎麦屋と同じ十六文で商いながらも、味のよさは図抜けていた。なにしろ、ここのうどんを食べたいばかりに、早起きをして日本橋まで出向いてくる客がいるほどだった。

屋号は『さぬきや』。西国讃岐《さぬき》が在所のうどん屋で、腰の強いうどんの美味《うま》さと、鰹節《かつおぶし》と昆布のダシが合わさったつゆの美味さが大評判なのだ。

商いは明け六ツから五ツ（午前八時）までの一刻《いっとき》（二時間）だけ。しかも五ツ前でも、売り切れとなったら店仕舞いをする。

「おれは今朝、さぬきやのかけうどんを二杯も食ったからよう」

「そいつあ、運がいいじゃねえか」

さぬきやのかけうどんに刻みネギをたっぷりいれて、七色唐辛子をふりかける。

朝からこのうどんを二杯食べられたら、その日一日、幸運がついて回る……。

魚河岸に集まる魚の棒手振たちが広めた、さぬきやの評判である。棒手振が勝手に言い出したことだが、あながち的はずれとも言えなかった。

常に客が押し寄せていて、しかもうどんの数に限りがあるさぬきやだ。もしも二杯続けて食べられたら、まさしくそれは幸運だった。

仙之助の足が止まったのは、さぬきやの店先が意外にもすいていたからだ。

うどんやの評判が高いことは、仙之助も先刻耳にしていた。

仙之助の奉公している薪炭《しんたん》問屋『上総屋《かずさや》』は、目の前の堀と、楓川《もみじがわ》とがぶつかる根元に建っていた。五間間口の二階家で、店の前の楓川には海賊橋《かいぞくばし》が架かっていた。

間に堀があるが、上総屋とさぬきやとは目と鼻の先も同然である。

上総屋が店の雨戸を開くのは、さぬきやの商い始めと同じ明け六ツだ。小僧が店先の掃除を始めるころには、さぬきやの二間間口の前は、すでに客で埋まっていた。

風向きによっては、堀を渡ってうどんつゆの香りが、上総屋の店先にも流れてきた。

「おいしそうだね」

「一度でいいから、あのうどんを食べてみたいよね」

小僧たちは鼻をひくひくさせて、美味そうなつゆの香りをかぎ、口のなかに唾をためた。

そのさぬきやの店先が、意外なことにすいていたのだ。

かけうどんを二杯続けて食べられたら、その日は一日ツキに恵まれる……。

仙之助のあたまのなかを、何度も耳にしてきたさぬきやの評判が駆け巡った。

今朝の仙之助は、ほかのだれよりもツキがほしかった。

お仕着せのたもとに手をいれると、縞木綿の紙入れを取り出した。紐《ひも》をゆるめて、紙入れのなかをまさぐった。

十枚の一文銭と一緒に、一匁《もんめ》(約三・七五グラム)の小粒銀がふた粒入っていた。いまは小粒銀ひと粒で、銭八十三文が相場だ。

かけうどん二杯で三十二文である。一匁の銀があれば、うどん二杯を食べてもたっぷりとつり銭がもらえる。

素早く勘定を終えた仙之助は、さぬきやの店先に近寄った。

「かけうどんを二杯、いただけますか」

遠慮気味の声で注文した。

上背はあるがやせ気味でひ弱にすら見える。着ているものからひと目で、大店《おおだな》のお店《たな》者《もの》だと分かった。

月代《さかやき》が真っ青な男である。そんな男が、身体《からだ》つきに似合わぬ注文をした。

狭い店先には、奥行き一尺(約三十センチ)、長さが一間半の杉板が渡されていた。うどんを立ち食いするときの、卓代わりの板である。

店先はすいていると言っても、四人の先客がうどんを食べていた。仙之助がかけうどん二杯を注文すると、四人の客が一斉に目を向けた。

「二杯てえのは、おめえさんがひとりで食うのかい？」

さぬきやの親爺《おやじ》が、ぞんざいな口調で問いかけてきた。担ぎ売り連中ばかりのなかに、お仕着せ姿の仙之助がひとりだけ交じっているのだ。目立つこと、おびただしかった。

「そうですが……ひとりで二杯頼んではいけませんので……」

「いけなかあねえさ。うちはうどんを拵《こしら》えるのが商いだからよう」

仙之助の相手をしながらも、親爺はうどんを茹《ゆ》でる手をとめなかった。

「だがよう、にいさん。うちのうどんは、腰の強さが命だ。いっぺんに二杯も誂《あつら》えると、食わねえほうのうどんが伸びちまって、すっかりまずくなるんだ」

一杯を食い終わってから、もういっぺん注文してくれ……親爺はぶっきら棒な物言いを仙之助にぶつけた。

うどんをすすっている先客が、咎《とが》めるような目を仙之助に向けた。

「分かりました」

消え入るような語尾で答えたとき、親爺はかけうどんを差し出した。熱々で、どんぶりから強い湯気が立ち上っている。

鰹節の美味さに満ちた香りが、仙之助の鼻をくすぐった。

「いただきます」

竹筒に突っ込まれた丸箸を手にした仙之助は、どんぶりを手に持とうとした。

「うちは前払いだ。十六文払ってから、どんぶりを持ってくんねえ」

親爺の物言いは、相変わらず無愛想である。場違いなお店者の客が、親爺には気に入らないらしい。

「うっかりしました」

仙之助は、大慌てで紙入れを取り出した。一文銭は十枚しかないのは、すでに確かめていた。

「すみませんが、これで」

仙之助は小粒銀を差し出した。

「よしてくんねえ、朝っぱらからでけえつり銭なんぞは」

親爺の物言いが、険しくなった。

「立ち食いの店で一杯十六文のうどんを食うのに、小粒銀を出すやつはいねえだろう」

「ですが……あいにく、銭の持ち合わせがないものですから」

「だったら、うちとは縁がねえんだ。すまねえが、うどんはけえしてもらうぜ」

親爺は、どんぶりをさっさと引っ込めた。

突き放された仙之助に、周りの客からまたもや刺すような視線が集まった。

「あいすみません」

小声で詫《わ》びた仙之助は、逃げ出すようにしてさぬきやの店先を離れた。

ツキはすっかり逃げていた。

二

六月十一日、六ツ半（午前七時）。

一刻（二時間）前の七ツ半（午前五時）に房州木更津湊《みなと》を出た一杯の船が、江戸湾を横切っていた。帆を大きく膨らませた五大力船《ごだいりきぶね》、元五郎丸である。

「どうだい、ねえさん。ちっとは船に慣れたかい」

水夫《かこ》のひとりが、船端によりかかったおきょうに話しかけた。

見た目の若さとは不釣り合いな、地味なひとえを着こなしたおきょうだ。そんな娘がだれの繋《つな》ぎもなくやって来たときには、居合わせた男たちは驚いた。

ところが乗船したあとのおきょうは、水夫たちに気前よく祝儀をきった。木更津育ちらしい歯切れのいい物言いを好んだ船頭も水夫も、胸を開いて接していた。

「ありがとう……」

応えたおきょうは、笑顔を拵えようとした。が、まだ船酔いの心地悪さが消えていない。顔は笑顔にはならなかった。

身分を知られたくなくて、わざわざ馴染《なじ》みの船頭がいない船を選んで乗ったおきょうである。

気心の知れない水夫が扱う船だと、これほどに船酔いをするものなのか……。

あれこれ悔やんでしまうおきょうに、笑顔を拵える気持ちのゆとりはなかったからだ。

「あと半刻（一時間）もしねえうちに、船は中川の船番所に着くでよう。そこまで行ったら、帆柱は畳んで棹《さお》になっから」

棹を使うときには、元五郎丸は海船ではなしに川船になっている。そうなれば、もう揺れることはねえ……水夫はやさしい口調で話しかけて、おきょうを元気づけた。

「それによう、ねえさん」

水夫は、おきょうと顔を見合わせられるようにしゃがみ込んだ。

「うちらの船は、好き勝手に海も川も走っていいと、御公儀からお許しをいただいてんだ。そんなお許しをもらった船は、ちっとやそっとのことじゃあ、沈んだりはしねっから。安心して、寄っかかってていいぜ」

「ありがとう……」

おきょうは、か細い声で応えた。これ以上、水夫と話をするのが面倒だったからだ。

水夫はおきょうの顔つきから、具合の悪さを察したらしい。

「邪魔したな」

気分を害したそぶりも見せず、艫《とも》のほうに歩き去った。

水夫が口にした通りである。

五大力船は『江戸湾航海は勝手次第』の許しを、公儀より得ていた。これにより、いつなんどきでも船を走らせることができた。

六月のいまは、夜明け前から昼過ぎまでの三刻（六時間）あまりにわたり、戌亥《いぬい》（北西）への風が強く吹いた。

木更津から江戸までは、陸路を行けばおよそ十九里半（約七十八キロ）である。しかし江戸湾を横切る海路をとれば、十三里で結べた。

陸路に比べて、海路は大きな近道となった。しかも戌亥への追風《おいて》をうまく帆に捉えた五大力船は、わずか二刻（四時間）で江戸まで行き着くことができるのだ。

通い大工が朝飯を摂《と》るのが、おおむね明け六ツ（午前六時）過ぎ。腹ごしらえを終えた大工が、普請場で仕事を始めるのが五ツ（午前八時）どきの見当である。

柱材にカンナをかけ、ノミで穴をうがっている間に四ツ（午前十時）の休みとなる。

茶菓でひと息をいれたあと、三本の柱を仕上げた時分には昼となる。

普請場で仕事を始めた大工が、四本の柱を仕上げる間に、追風に恵まれた五大力船なら、江戸湾を渡って中川船番所に行き着いていた。

「今朝の五ツに、木更津を船出しやした」

六月の未明から昼までの三刻あまりは、五大力船にとってはなによりの航海日和だった。

とはいえ波の立つ海を突っ走る船は、揺れも大きい。おきょうを安心させようと思った水夫は、五大力船は滅多なことでは転覆しないと請け合った。

が、これは真っ赤な嘘《うそ》だった。

元五郎丸を始めとする木更津船（五大力船）は、横風や横波を受けて転覆することもめずらしくはなかった。

水夫がおきょうに教えた通り、中川船番所に着くまでの元五郎丸は、帆を張って海を疾走した。つまりは海船である。

しかし木更津から江戸までの十三里のうち、仕上げの二里は、海ではなしに川を走った。

房州方面から江戸に向かう船は、小名木川《おなぎがわ》に設けられた中川船番所で、役人の『船改め』を受けた。これは陸路の関所の吟味と同じである。

江戸から出る船に女が乗船していると、吟味はことのほか厳しかった。『出女』のなかには、大名の内室が町人に扮装していることも少なからずあったからだ。

江戸に入る船は、武器のたぐいが隠されていないかを役人は厳しく吟味した。が、乗船客については、男女ともにほとんど吟味はされなかった。

小名木川は、行徳《ぎょうとく》で拵えた塩を江戸城に運ぶために掘られた水路である。人力で拵えた運河ゆえに、川底まではせいぜいが三尋《ひろ》（約四・五メートル）の深さでしかなかった。

五大力船は、水深の浅い小名木川を航行した。しかも木更津から江戸に向けて運ぶ米・炭・薪などの荷を満載して、である。

元五郎丸は、二百石（約三十トン）積みの五大力船だ。

船の全長は六十四尺（約十九・四メートル）、幅は十一尺あった。

この船に、二百石の荷を積んだ。ところが水深の浅い小名木川を航行するために、船の深さは四尺四寸（約一・三メートル）しかなかった。

しかも船底は平らなのだ。

喫水が浅くて平らな船底の船に、大きな帆柱を立てて海を疾走するのだ。揺れもひどかったし、強い横波を浴びると転覆することも多々あった。

乗組員は、船頭以下五人。二千石積みの弁財船でも、水夫は十人足らずである。それを思えば、五大力船の五人は多かった。

水夫の多いわけは、帆を畳んだあとで丸太の棹を川にさして進むための、棹の使い手が入り用だったからだ。

上方から江戸に物資を運ぶ樽《たる》廻船・菱垣《ひがき》廻船・弁財船などの大型船は、品川沖に投錨した。運んできた積荷は、そこではしけに積み替えられた。大型の海船では、大川を航行できなかったからだ。はしけの荷は永代橋《えいたいばし》近くの佐賀町《さがちょう》河岸《がし》や、新川河岸に荷揚げされた。ところが五大力船は、海から川にそのまま乗り入れることができた。そして河岸に横付けをし、荷揚げもできた。

この便利さが大受けした。

「どうせなら、木更津船（五大力船）が何杯でも横付けできる、しっかりとした河岸を拵えようじゃないか」

「それは妙案だ。さっそく五人組が顔をそろえて、御公儀に掛け合おう」

日本橋本船町《ほんふねちょう》の肝煎《きもいり》たちは、河岸建造の許しを得た。石組も美しく仕上がった河岸は、船が出航する湊にちなんで『木更津河岸』と命名された。

昼夜を問わず追風に押されている限り、五大力船は江戸湾を横切った。

房州各所からと対岸・相模国の産物などは、ひとまず木更津に集められた。それらの物資やひとを満載した五大力船は、江戸の木更津河岸を目指して奔《はし》っていた。

「そろそろ、五ツの見当でねえかい」

空を見上げた水夫が、陽《ひ》の高さから時の見当を口にした。元五郎丸の前方には、中川船番所が見え始めていた。

「あれが見えてっから、確かに五ツが近いかもしれねえ」

若い水夫は、仲間が口にした見当にうなずいた。

「帆をたためえ」

船頭が大声で指図を下した。

「がってんだ」

水夫のひとりが綱を操り、手早く帆を畳んだ。風に押される力が失せて、船足がいきなりのろくなった。

「帆柱、たおせえ」

帆を畳み終わったのを見定めた船頭は、帆柱の横倒しを指図した。三人の水夫が敏《びん》捷《しょう》に動き、帆柱を帆筒から抜き出しにかかった。

松の角材でできた帆柱は、人力だけでは重くて動かせない。綱と滑車を巧みに使い、三人がかりで筒から抜いた。

船は潮の流れに乗って、揺れもせず、ゆるゆると船番所のほうに走っている。筒から抜かれた帆柱は、きれいに横倒しにできた。

船番所までは、およそ一町（約百九メートル）だ。潮の流れに乗っていれば、棹を使うまでもなく行き着ける。

舵の長柄は、船頭が握っていた。艫は船頭に任せて、水夫四人は舳先《へさき》に集まっていた。

「そういやあよう……」

年長の水夫が、大声で話し始めた。

「浦賀に黒船がへえってからは、中川船番所の吟味がえらく面倒だというじゃねえか」

「いや、そんなことは聞いたこともねえ」

おきょうに話しかけていた水夫が、強く首を振った。

「それは、おめえが知らねえだけだ」

年長の水夫は、話し声を一段と大きくした。聞いたことがないと言われたことが、業腹に思えたのだろう。

「いままでは江戸から出る女の吟味がきつかったけんどよう。いまは江戸にへえる女も、すっ裸にされるらしいぜ」

水夫の大声が、おきょうの耳に届いた。

船酔いに苦しんでいるおきょうは、顔色が青白い。水夫の話を聞いて、さらに血の気がひいていた。

船番所が次第に近づいてきた。

番所で飼っている犬が、強い調子でワンワンッと吠《ほ》えている。

「仙之助さん……」

船端に背を押し付けたおきょうは、小さな声で男の名をつぶやいた。

三

中川船番所の庭には、幾種類もの花と野菜が植えられていた。

今年で還暦を迎えた番所の下男元助《げんすけ》は、近在砂村の出である。若いころから花と野菜を育ててきた元助は、土の目利きができた。

船番所の庭は、およそ二百坪。土はよく肥えており、花と野菜を育てるにはうってつけの敷地だった。

「時季になったら、色味のきれいな花が咲きますもんで」

番所の庶務役に掛け合い、花と野菜を植える許しをいただきたいと願い出た。庶務役は、与力に元助の願い出を伝えた。

季節ごとに咲く花は、男所帯の番所に潤いをもたらすだろう。実った野菜は、賄いの膳を賑《にぎ》やかにする実利をも伴う。

「二百坪ぐれえの土地なら、世話するのはわしひとりで充分でやす」

船番所には、大きなかわやが設けられていた。吟味待ちの船客たちが用足しをするかわやである。

野菜や花を育てる下肥《しもごえ》には事欠かない。

「よろしい。二百坪の庭の手入れはそのほうに一任いたす」

与力の許しを得た元助は、土を耕し、野菜作りのための畝《うね》を拵えた。番所の下男を務め始めてから、今年で四年が過ぎた。

つるを拵える花や野菜には、元助は生垣を造作した。竹の調達から細工まで、すべて元助ひとりの仕事である。

六月のいま、番所の畑にはナスの花が咲き乱れていた。

『親の意見となすびの花は
千にひとつも仇《あだ》はない』

ことわざ通り、紫色の花を咲かせたナスは、かならず艶やかな紺色の実を結んだ。

ナスの葉は深い緑色の地に、紺色の筋が走っている。六月の夏日を浴びた大きなナスの葉は、紫色の花と色味を比べあっているかのようだ。

畑の端に立った元助は、花の咲き具合を確かめていた。まだ五ツ（午前八時）過ぎだというのに、陽差しはすでに強かった。

「元助さんよう……」

賄い場の戸口から、包丁を手にした男が元助に呼びかけた。背丈が五尺七寸（約百七十三センチ）もある船番所の賄い料理人、常吉《つねきち》である。

ひたいに手をかざして畑を見ていた元助は、常吉のほうに振り返った。

「今日の昼には、また与力様が寄合を持たれるそうだからよう」

右腕をぐるぐる回しながら、常吉は元助のそばに近寄った。

「できのよさそうなナスを二十個、昼飯用に取り込んでくんねえな」

元助に呼びかけた用向きは、ナスの取り入れだった。

「二十個なら、形のそろったものが取り込めるだろうさ」

おろした手を腰にあてて、元助は背を伸ばした。

与力が主宰する寄合に集うのは、部署ごとの役付同心十二人である。与力を含む十三人には、別誂えの昼餉《ひるげ》が供された。

六月は、旬を迎えた畑のナスが献立に加えられている。今日の昼には、常吉は焼きナスを考えていた。

「今日は大きめのナスがほしいんだが、でえじょうぶかい？」

「わしが手入れをしているナスだぜ」

元助の言い分に、常吉は神妙な顔つきでうなずいた。

年を重ねるごとに、元助は短気になっていた。うっかりヘソを曲げられると、ナスの取り込みが厄介になる。それを常吉は案じたのだろう。

「このところ、なにかてえと与力様は寄合を持たれてるんじゃねえか？」

「確かにそうだ」

常吉は、何度もうなずいた。が、これは元助に追従しているわけではなかった。六月に入ってから今日の昼で、はやくも四度も与力主宰の寄合が持たれていた。

「なにか物騒なことでも起きてるのかい？」

「おれは包丁を使うのが仕事だ、番所のなかでなにが起きているかは分からねえが……」

大柄な常吉が、背をかがめて元助の耳元に口を寄せた。

「つい今し方も、賄い場で茶を呑《の》んでたおせいさんが呼び出されたところだ」

おせいは、女の船客の吟味を受け持つ『吟味婆《ばばあ》』である。

「こんな時分に江戸《えど》発《だ》ちの船があったってか」

「いや、そうじゃねえ」

常吉は、身体を起こして首を左右に振った。

「木更津から江戸に向かってる船に、女が乗ってたらしい」

「そいつあ、妙な話じゃねえか」

元助が口を尖らせた。

「女の吟味は、江戸から出て行く船の客に限られてたんじゃねえのか」

常吉に向けた元助の目つきがきつい。

「とっつあんよう……おれをそんな目で見ねえでくんねえ」

いわれのない尖った目を向けられて、常吉の口調が強くなった。

「おおきに、そうだった」

元助は素直に詫びて、目つきを元に戻した。

「それにしても、なんだって江戸に入る船の女を吟味したりするんでえ」

問われた常吉は、思案顔を拵えた。

元助は浦賀奉行所のある方角に向けて、右手の人差し指を突き出した。

「ついこの前の黒船騒ぎが、ここの番所にも影を落としているんだと思うぜ」

「確かにそうかもしれねえ」

常吉は余計なことを言わなかった。

吟味婆のことよりも、形の揃《そろ》った二十個のナスを早く取り込みたがっているかのようだった。

四

おきょうが押し込まれた吟味部屋は、なにひとつ調度品のない三畳間だった。部屋の三面は漆喰《しっくい》塗《ぬ》りの白壁で、残る一面は二枚のふすまがはまった出入り口だった。

ふすまは無地の黄色である。白壁に囲まれた部屋に、黄色無地のふすま。色の取り合わせが、おきょうを落ち着かなくさせた。

漆喰壁の高いところには、明かり取りの窓が造作されていた。畳から七尺（約二・一メートル）の高みにある窓である。五尺一寸（約百五十五センチ）のおきょうには、到底、手が届かなかった。

窓は障子戸で、きちんと閉じられている。が、窓の外からだれかに見張られている気がしてならない。

白壁と黄色無地のふすま。

七尺の高さにあって、開け閉めもできない障子戸の窓。

そのどちらもが、部屋に押し込まれた者を落ち着かなくさせる仕掛けだった。

江戸から外に出る女が、関所で厳しい吟味を受けるということを、何度も江戸に出向いたことがあるおきょうはよく知っていた。

が、江戸に向かう女がきつい吟味を受けるなどとは、聞いたこともなかった。

いったい、なにが起きているのかしら……。

ふすまを前にして座っているおきょうは、過ぎた七日間のことを思い返していた。

おきょうの生家は、木更津で名の通った『波切屋《なきりや》』という屋号の薪炭問屋である。波切屋は房州のみならず、江戸湾を挟んだ対岸の相州各所からも、薪《まき》作りの元になる松や杉を仕入れていた。

建材とは異なり、薪に使う材木は形を問わない。普請場から出る丸太の切れっぱしや、浜に流れ着いた流木も薪材である。

木更津の対岸、未申《ひつじさる》（南西）の方角に当たる相州観音崎《かんのんざき》周辺の浜には、強い潮流が多くの流木を運んできた。

波切屋は観音崎の漁師や網元と話をつけて、毎月一回、流木を買いつけに出向いた。

波切屋が観音崎一帯の浜から仕入れを始めたのは、すでに百年も昔、宝暦年間（一七五一～一七六四）の初期である。以来、嘉永六（一八五三）年のいまも、浜に流れ着く流木は、波切屋が一手に仕入れていた。

百年が過ぎる間には、他所や他国の薪問屋が、波切屋よりも高値で買い取るという話を、何度も持ちかけた。

「何べん来ても、話を聞く気はねえ」

浜の住民は、だれもが海に命をかける男たちである。宝暦二（一七五二）年に観音崎をおとずれた波切屋当主は、木更津八幡宮の御札を持参していた。

「わしらもあんたら同様に、海のありがたさも怖さも、よう知っとります」

木更津八幡宮の御札は、海難事故から船を守ってくれます……波切屋当主は、気持ちを込めて一枚一枚、御札を漁師や網元に配って回った。

この波切屋の振舞いを、漁師の女房連中が心底から喜んだ。

「とうちゃんの命を守ってくれる御札だもの。大事にいただくべさ」

木更津八幡宮の御札は、まことに霊験あらたかだった。御札を帆柱に貼りつけていた漁船が、時化《しけ》の海で何杯も助かった。

「波切屋さんのおかげだがね」

波切屋当主が観音崎を初めておとずれた二年後の、宝暦四（一七五四）年五月。

「この先は、なにがあっても波切屋のほかとはかかわりを持たない」

浜の漁師たちは、こぞって起請文《きしょうもん》（誓約書）を差し入れた。

紀州と尾張は、杉と檜《ひのき》の特産地である。江戸の材木商は、この両国から丸太を仕入れて、江戸まで廻漕《かいそう》した。

しかし途中には、遠州灘を始めとする海の難所が幾つも待ち構えていた。廻漕途中で荒天に遭遇した船は、丸太を切り離した。

そうしない限り、沈没が避けられなかったからだ。

荒海を漂い始めた丸太は、潮に乗って伊豆半島に向かった。途中の浜に漂着しない丸太は、伊豆半島の先端を回り、江戸湾のなかへと流れて行った。

浜に打ち上げられた丸太は、拾った者勝ちである。が、海水を芯まで吸い込んだ丸太は、建材に使うことはできなかった。

波切屋が買い集めたのは、この種の流木である。普請には使えなくても、乾かせば薪にはなった。

宝暦二年から始まった、波切屋と観音崎周辺の漁村との付き合い。その結び日には、嘉永六年の今年になっても、いささかのゆるみも生じていなかった。

波切屋が江戸湾を渡って観音崎に出向くのは、毎月十五日と決まっていた。月の真ん中は、夜空に満月がある。もしも観音崎からの帰途が夜に差しかかったとしても、満月なら夜の海を照らしてくれたからだ。

ところが今月は、いささか様子が違った。六月二日に観音崎の漁師ふたりが、江戸湾を渡って波切屋をたずねてきた。

「でっけえ杉の丸太が、いきなり七本も浜に流れ着いたからよう。おらたちと一緒に、観音崎《うち》の浜まできてくれや」

漁師の頼みを、波切屋はこころよく受け入れた。前月、五月十五日の仕入れが、大してなかったからだ。

「今夜は木更津に泊まっていただこう」

木更津には大きな色里がある。二日の夜は、波切屋の手代が漁師たちを遊郭に案内した。一夜明けた三日朝、波切屋が仕立てた船が漁船とともに観音崎に向かった。

「これはまた……」

流木を見た波切屋の手代たちは、獲物の大きさに驚き、目を見開いた。

流木の数は七本に間違いなかった。が、漁師は、大きさを正しく伝えてはいなかった。

一本の長さが四間（約七・二メートル）で、差し渡し（直径）が三尺もある杉の大木である。七本とも、長さも太さも同じ形に揃っていた。

波切屋の手代は、だれもが材木の吟味ができた。

「この杉は、海に浸かってからまだ日が浅いようだ」

「薪にするのは、なんとももったいない」

杉は紀州の熊野杉に間違いないと、手代たちは判じた。

「吉野屋に買い取らせよう」

手代たちの思惑はぴたりと一致した。

吉野屋は、木更津で一番所帯の大きい材木問屋である。長さ四間、差し渡し三尺の見事な杉が、廻漕無用で手に入るのだ。

「一本十両の値をつけても、吉野屋なら喜んで買い取るだろうよ」

手代ふたりはうなずき合い、丸太の持ち帰りの段取りの思案を始めた。

「ひとたび木更津に帰ります」

手代は漁師町の肝煎に前金を渡し、引取りに戻るまでの数日、浜で見張っていてほしいと頼んだ。

薪にするなら、浜で手ごろな大きさに挽《ひ》けばいい。波切屋が仕立てた船には、大鋸《おが》挽き職人も乗っていた。

しかし七本すべて、建材として使うのだ。四間もの長さのある杉丸太は、ただの一本でも船蔵には入らない。重さ・長さともに、船には積み切れなかった。

「この杉は、丸太のまま木更津に持ち帰りますので……」

波切屋の手代は、杉一本につき一両で買い取ると肝煎に伝えた。七本で七両である。

「そりゃあまた、豪気なことだ」

肝煎も漁師たちも、手を叩《たた》いて大喜びをした。百年を超える長い付き合いのなかでも、流木が七両の実入りをもたらしたのは初めてだった。

「浜のみんなが交替で見張るからよう。安心して任せてくれ」

木更津に帰る船を、漁師たちは船着き場まで見送りにきた。ところが船が帆を張ろうとしたとき、観音崎代官所の役人が血相を変えて船着き場に駆け寄ってきた。

「一杯たりとも、船着き場を離れることはまかりならぬ」

役人は船止めのわけは言わなかった。が、日暮れ前には観音崎の漁師全員が、役人の慌てているわけを察していた。

浦賀沖に、途方もなく大きい黒船が四杯も停泊していたからだ。船は大きいだけではなかった。

「なんだね、あの真っ黒な煙はよう」

「せっかくの夕焼けが、煙で黒く塗り潰されそうだがね」

二杯の船は、煙突から煙を吐き出し続けている。煙突から出る煙は、観音崎の浜からでもはっきりと見えた。

手代の足止めは、翌日も続いた。

「旦那様は、さぞかし案じていなさることだろう」

手代たちは、顔つきを曇らせた。

「心配することはねえって」

漁師は威勢のいい声とともに、手代の肩をバシッと叩いた。

「あの黒船騒ぎは、向こう岸の木更津にも間違いなく伝わってっからよう。おめえさんたちが帰れない事情も、しっかり察してるにちげえねえって」

漁師の見当は図星をさしていた。

足止めが解けたのは、六月五日の昼過ぎである。

「それでは、取り急ぎ木更津に戻りまして」

肝煎と漁師にあいさつをしているさなかに、木更津の五大力船が江戸湾を渡ってきた。

「なにごともなくてよかった」

乗船していたのは、波切屋の手代頭《がしら》である。

杉丸太七本の次第を聞き取った手代頭は、あらためて肝煎と漁師に礼を伝えた。

木更津の丸太曳航船《えいこうせん》が江戸湾を渡ったのは、六月七日である。木更津と観音崎は、わずか五里（約二十キロ）の隔たりでしかない。

凪にも恵まれて、丸太は七日夕刻には木更津湊に陸揚げされた。

「これは見事な熊野杉だ」

丸太をひと目見るなり、吉野屋の手代は目元をゆるめた。

「この杉ならば、指し値通りの一本十両で引き取らせていただきましょう」

商談はその場で成立した。

観音崎漁師からの仕入れ値は、一本一両。江戸湾を行き来する曳航船代が十両。しめて十七両の費えである。

吉野屋に七十両で引き渡せば、じつに五十三両の大儲けだ。

「おまえたちのお手柄だ」

番頭のみならず、波切屋当主からも手代ふたりは大いに褒められた。

ところが翌八日の朝には、その大喜びは、ぬか喜びと化した。

急ぎの呼び出しを受けて、手代ふたりが吉野屋に駆けつけた。

「あの丸太は七本とも、江戸深川の木柾《もくまさ》さんの持ち物です」

吉野屋の手代は、こわばった顔のまま、手代たちを材木置き場に案内した。

「これを見てください」

吉野屋の手代が指し示した箇所には、三寸（約九センチ）角の二種類の焼印が押してあった。杉の皮が分厚くて、うかつにも焼印を見落としていた。

『深川木柾』

『御公儀御用』

焼印のひとつは、江戸深川の材木問屋の屋号である。しかしたとえ持ち主の焼印があっても、流木は焼こうが挽こうが、拾った者の自由だった。

ところがもうひとつの『御公儀御用』の焼印は、厄介な代物だった。この焼印が押された丸太は、公儀が作事する橋や寺社などの建材として用いられるのだ。

「公儀御用の焼印ある流木を拾得せし者は、すみやかに扱い材木問屋に申し出るべし」

公儀の触れは、江戸近隣諸国の材木問屋にあまねく行き渡っていた。

とはいえ知らぬ顔を決め込んで丸太を使ったとしても、格別の咎めは受けなかった。

『流木は拾った者勝ち』

この慣わしのほうが、公儀発布の触書を上回っていたからだ。

しかし吉野屋は、木更津で公儀作事御用を務める材木商である。

「木柾さんと掛け合っていただき、杉を譲るとの一判をもらっていただきたい」

吉野屋の手代は、一歩も譲る気配は示さなかった。

どうしたものかと、波切屋であれこれ思案を繰り返していたとき。

「あたしが木柾さんに出向きます」

言い出したのが、ひとり娘のおきょうである。

おきょうは十歳から十五歳までの五年間、日本橋の上総屋で暮らしていた。上総屋と波切屋は、遠いながらも縁戚の間柄だった。

また薪炭の商いにおいては互いに品物を融通しあうほどに、相手を信頼していた。

波切屋当主の源右衛門《げんえもん》は、おきょうにはまことに甘かった。三十五になって授かった子だったし、こども時分から源右衛門の気性をそっくり受け継いでいたからだ。

上総屋で暮らしていた当時、おきょうは深川の師匠に踊りと三味線を習った。そのときの弟子仲間のひとりが、木柾の三女ゆかりである。おきょうとゆかりは、同い年だった。

二十歳になったいまも、ともに嫁いでいない。一年に一度おきょうは江戸に出て、ゆかりと数日をともに過ごしていた。

「木柾さんなら、お前が適任だろう」

源右衛門は渋い顔で、娘の申し出を受け入れた。

とはいえ心配事は幾つもあった。

江戸は黒船騒動の真っ直中である。

逗留先《とうりゅうさき》は信頼できる上総屋である。そうは言っても愛娘をひとりで差し向けることに、源右衛門は不安な思いを拭えなかった。

にもかかわらず、おきょうのひとり旅を許していた。

「物見遊山で出張るなら、女中のお供もありでしょうが、これは木柾さんとのきつい談判に出向くんです」

供がいなければ心配などと甘いことを言っていては、談判に勝ちなど見込めない。

「わたしはかならず木柾さんから、丸太譲り渡しの認め印形をいただいてきます」

そのためには、みずから退路を断って談判に臨む肚《はら》のくくりが入り用ですと、おきょうは父親に迫った。

「いい縁起を呼び込むために、ツキのある船頭を選んで乗ります」

おきょうの言い分には筋が通っていた。

源右衛門が密かに、跡取りにと決めている娘が言い出したことだ。

木柾との大きな談判を上首尾にまとめてくれれば、奉公人にも得意先にも、おきょうに代を譲ることを納得させられるだろう。

源右衛門は渋い顔を拵えつつも、娘の言い分を呑んだ。

廊下を歩いてくる足音が、黄色いふすまの向こうに聞こえた。

吟味役が……。

おきょうが身体を硬くしたとき、ふすまが開かれた。

ふすまと同色の黄色無地を着た年配の女が、おきょうにきつい目を向けた。

五

部屋に入ってきた女は、立ったまま、後ろ手でふすまを閉めた。女の無作法な振舞いを目の当たりにしたおきょうは、ふっと目の色を曇らせた。

波切屋源右衛門は、行儀作法については、口うるさくしつけをした。

「ふすまは、かならず腰を落とした形で開け閉めをしなさい」

「閉じるときは柱に軽くあてて、トンッという音を確かめなさい。音がしないままでは、隙間風が忍び込んでくる」

ふすまの開け閉めについては、このふたつを厳しくしつけられていた。

立ち姿のまま後ろ手で閉じる者は、信用できない……おきょうは源右衛門から、これをきつく言われ続けていた。

女の振舞いを間近に見たおきょうは、父親の言い分が正しかったと思い知った。

吟味部屋は三畳間である。

気の染まない相手とふたりきりでいるには、息苦しさを覚える狭さだ。

ふすまを閉じたあと、女はおきょうと向かい合わせに座った。膝と膝とがぶつかり合うほどに、狭い間合いである。

女が吐いた息を、おきょうはまともに嗅ぐ羽目になった。

胃ノ腑《ふ》が傷んでいるのか、女の吐く息はひどくくさい。

「そなたが差し出した書付《かきつけ》では、ここを通すわけにはいきません」

女は甲高くて耳ざわりな声を、おきょうに投げつけた。

「書付に、なにか不具合でもあったのでしょうか」

口臭に閉口したおきょうは、物言いが尖り気味になっていた。

「その書付で、いつもは……」

「お黙りなさい」

女はきつい口調でおきょうの口を封じた。

「書付に不具合があると女人吟味役のわたしが言えば、それはあるのです。そなたの言い分を聞かねばならぬいわれは、この船番所にはありません」

女は癇癪《かんしゃく》持ちのようだ。切り口上を続けているうちに、こめかみには青い血筋が浮かび上がっていた。

江戸から出て行こうとする女人を、細かに取り調べるのが女人吟味役である。女人が関所役人に提出する書付には、毛髪の色や形、鉄漿《おはぐろ》の有無、乳房の形、さらには陰毛の生え方まで、差し出した当人がうつむくほどに細かく記されていた。

その書付に基づき、関所の吟味部屋で身体改めを行うのが女人吟味役である。しかし厳しい身体改めは、江戸を離れる女人に限られた。

大名の内室は、幕府への人質として江戸上屋敷に留め置かれている。関所の女人吟味は、町人に扮装した内室の逃亡を見逃さぬためである。

しかし江戸に入る女は、ほとんど吟味をされることはなかった。厳しく見張るのは、江戸から出て行く『出女』に限られていた。

おきょうは木更津船で江戸に向かう『入り女』だ。これまで何度も船で江戸に出入りしてきたが、一度として身体改めを受けたことはなかった。

江戸に入るときの書付には、氏名と在所の菩提寺《ぼだいじ》が書かれているだけだ。いつもは、それで通過を許された。

おきょうは木更津を出る折りに、菩提寺からいつも通りの書付をもらった。書付には寺の四角い印形も押されていた。

武家と寺社にしか許されない、朱肉を使った印形である。書付の朱色は薄暗い吟味部屋にあっても、鮮やかな色味に見えた。

書式はしっかりと整っている。書付に不具合があると言われても、おきょうに得心できるわけがなかった。

「手始めに、そなたの身体改めをします」

「どうしてそんなことを」

おきょうは思わず声を荒らげた。

立ち上がった女の顔には、さげすみにも似た薄い笑いが浮かんでいる。おきょうは両目に力をこめて、吟味役の女を見上げた。

「わたしが戻ってくるまでに、帯をといていなさい」

おきょうは、こみ上げる怒りを抑え切れなくなっている。女を見詰める目は、一段と強い光を帯びていた。

「指図に従わなければ、番所の六尺棒（警護役）を呼びます。自分の手で、帯をといたほうが楽ですよ」

廊下に出た女は、またもや後ろ手でふすまを閉めた。トンッという音は立たず、だらしなく隙間があいていた。

おもての風が強いらしく、隙間風が流れ込んできた。おきょうはふすまに近寄り、柱に軽く縁を打ちつけた。

隙間風の流れが失せた。

六

おきょうを吟味部屋に残したまま、女は廊下突き当たりの自室に入った。四畳半の小部屋だが、庭に面した小さな窓が構えられていた。

窓の真下には、杉で拵えた文机《ふづくえ》が置いてある。木肌にはなにも塗られていない、粗末な文机だ。

されども難儀の末にこの職を得た女には、大事な品である。

机の前に座った女は、おきょうから受け取っていた書付を、お仕着せのたもとから取り出した。

五ツ（午前八時）を四半刻（三十分）ほど過ぎていた。晴れた空から降り注ぐ六月の陽差しは、すっかり夏のものである。

女は書付を文机の上で開いた。

波切屋の菩提寺、円得寺の住持がしたためた書付には、おきょうの人別が箇条書きに記されていた。

『木更津湊薪炭問屋　波切屋源右衛門娘　おきょう……』

書付を開いてはいるが、女の目は波切屋の屋号を見詰めたままで止まっている。

ふうっ。

女の口から吐息が漏れた。

書付から離れた目は、障子紙を張った窓に向けられた。明るい陽差しが、窓を外側から照らし出している。

船番所が使う障子紙は、上物の土佐紙である。女の目は、朝の陽を浴びた窓を見ていた。が、瞳は定まっておらず、ぼんやりと遠くを見ているかのようだ。

おきょうを吟味部屋に残したまま、女はあれこれと昔のことを思い返していた。

吟味役の女は、名をおせいという。

文政元（一八一八）年五月に日本橋小網町《こあみちょう》で生まれたおせいは、今年で三十六になっていた。

中川船番所の賄い女として雇われたのは、いまから十五年前の天保九（一八三八）年七月のことである。

当時二十一歳だったおせいは、川船の船頭長治《ちょうじ》と所帯を構えて、小網町の裏店《うらだな》に暮らしていた。子宝には恵まれなかったものの、夫婦仲はすこぶるよかった。

「おめえたちぐれえ仲がよけりゃあ、赤ん坊を授かるひまもねえだろうよ」

同じ裏店に暮らすおせいの両親《ふたおや》も、幸せそうな娘の顔を見て目を細めた。

天保九年四月十七日の九ツ（正午）前。

日本橋本小田原町二丁目の油問屋から火が出た。間のわるいことに、その日は強い南風が吹いていた。

春の嵐というには、時季は遅すぎた。しかし火の粉を四方に飛び散らす風は、まさに嵐のようだった。

「おい、おせい」

昼火事の半鐘を聞きつけた長治は、魚河岸近くの船宿から駆け戻ってきた。裏店の屋根の真上を、無数の火の粉が舞い飛んでいたさなかである。

「うちは平気だけど、おとっつあんの宿が心配なの」

おせいの声が不安げだった。

父親儀市《ぎいち》は居職《いじょく》の提灯《ちょうちん》張り職人だが、時季外れの風邪をひいていた。母親も亭主のもらい風邪をひき、夫婦そろって寝込んでいた。

「分かった、おれにまかせろ」

両親が暮らしていたのは、同じ裏店の別棟である。仕事場が入り用なために、父親は長屋の角部屋を借りていた。

「南の風が収まらねえ限り、ここはもらい火から逃げられねえ。いつでも逃げ出せるように、金目のものと印形を風呂敷に包んでおきねえ」

言い置いた長治は、両親が暮らしている角部屋へと走った。

異変は、おせいが宿の片づけを進めているさなかに起きた。つまりおせいは、変事が起きた場には居合わせなかったのだ。

両親の宿で、いったいなにが起きたのか。定かなことは、最後まで分からず仕舞いとなった。

長治が両親の宿に駆け込んだとき、儀市も女房も臥《ふ》せっていた。ふたりが寝たままでは、湯も沸かせない。それを案じた隣家の女房は、真っ赤に熾《お》きた炭火を仕事場の火鉢にいけてくれていた。

儀市は提灯張りに、油紙と油を大量に使う。寝込んだ両親に代わって、長治は仕事場の片づけを始めた。

いつの間にか小網町の半鐘は、擂半《すりばん》に変わっていた。町の火の見やぐらから、一町（約百九メートル）四方のあたりまで火が迫っている。それを報《しら》せるのが擂半だ。

ジャラジャラと続けて鳴る半鐘を聞いて、寝込んでいた夫婦が立ち上がろうとした。ところがふたりとも、足腰がひどく弱っていた。

立ち上がろうとした女房の身体が、左右に揺れた。布団の周りには、角張った家財道具が並んでいる。

「あぶねえ、おっかさん」

駆け寄ろうとした長治は、火鉢にぶつかった。大柄な長治が、思いっきりぶつかったのだ。火鉢は横倒しになり、炭火が仕事場の板の間に転がった。

油紙の上と油壺《あぶらつぼ》のなかに、赤く熾きた炭火が転がり込んだ。仕事の仕上がりに見栄を張ってきた儀市は、油も油紙も上物を選《え》りすぐって使っている。

たちまち炎は、油紙に燃え移った。

晴れの日が続いていたことで、部屋はカラカラに乾いていた。瞬《まばた》きひとつをする間も与えず、炎は仕事場の燃えやすいモノを餌食にした。

宿の出口が炎でふさがれた。

「ふたりとも、あっしの手を放しちゃあならねえ」

長治は、おせいの両親の手をきつく摑《つか》んだ。が、炎は三人を宿に閉じ込めたまま、長屋を焼き尽くした。

焼け跡から見つかった長治の亡骸《なきがら》は、両親の手を握ったままだった。

身寄りも住む宿も失ったおせいを、小網町の肝煎は心底から憐れんだ。

「中川船番所で、賄い女を欲しがっているそうだ。堅い奉公先だし、住むのも食べるのも、案ずることはないから」

肝煎が後見人になるということで、船番所の庶務主事はおせいを雇い入れた。

中川船番所に起居する武家は、総勢四十人である。武家のほかにも警護役の六尺棒が六人、雑用をこなす下男がひとり、女人吟味役の女がふたりいた。

総勢五十人のメシの下ごしらえを、おせいがひとりで受け持つのだ。

起床は季節を問わず七ツ半（午前五時）で、床に入るのは毎晩四ツ（午後十時）。きつい暮らしだが、おせいはなにも不満をこぼさなかった。

休む間もない仕事は、傍目《はため》にはつらそうに見える。しかし思いわずらうひまがないことで、おせいは両親と亭主を亡くしたつらさに責められることも薄くてすんだ。

働き始めて五年が過ぎた、天保十四（一八四三）年九月初旬。おせいは庶務主事の執務部屋に呼び入れられた。

「そのほうの働きぶりには、与力様にも至極ご満足であらせられる」

おせいをねぎらった主事は、女人吟味役を務めてはどうかと質《ただ》した。

「高齢ゆえに、ひとりが役目御免を願い出ておる。そのほうならばと、与力様からもご決裁をいただいておるでの」

女人吟味役に就けば、四畳半の居室がもらえる。月に三度の非番も与えられる。

しかも起床は明け六ツ（午前六時）で、就寝は五ツ半（午後九時）。朝晩ともに、半刻（一時間）ずつ勤めが楽になるのだ。

「ありがとうございます」

おせいは即答してあたまを下げた。

女人吟味役はしかし、まことにきつい仕事だった。身体がきついわけではない。吟味をすることで、気持ちが深く沈むことが多かったということだ。

中川船番所を通過する乗合船は、多くが船橋湊や行徳湊に向かった。どちらも、成田山詣での旅人が上陸する湊である。

成田講には、女の参詣客も数多くいた。女人たちはすでに遊山気分で、なにを問われても弾んだ声で応じた。

しかし江戸を離れる女は、成田講の旅人ばかりではなかった。見るからに、重たい荷物を背負っている女も少なくなかった。それらの女は暗い顔の背後に、さまざまな事情を抱え持っていた。

夢が潰《つい》えて、在所の寒村に帰る者。

借金のカタに、漁村の網元に買われて行く料亭の仲居。

亭主に死に別れたことで、一刻も早く江戸を離れたいと思っている女。

女人が抱えた哀《かな》しさ、つらさは、身づくろいにはっきりとあらわれていた。

着物はおしなべて、粗末な太物《ふともの》。染め柄が色落ちしていたり、襟元が擦り切れたりしている着物もめずらしくなかった。

この先に、どんなつらい生き方が待ち構えているのだろう……。

それを思うと、おせいは吟味に甘さが出た。差し出された書付と身体特徴が異なっていても、あえて見逃した。

差し出した女は、真っ当な書付を手に入れることもできないのだ。それほどに、つらい暮らしぶりだと察せられたからだ。

吟味役を三年続けたおせいは、身体の芯からへとへとにくたびれた。

日々の務めを通じて、女の悲哀と業とを、無理やり背負わされていた。

これ以上、役目を続けるのは無理……。

そう思い詰めていたとき、おせいは五大力船の船頭、栄治《えいじ》に出会った。

亡くなった夫に、栄治は背格好も顔つきもそっくりだった。しかも生業《なりわい》は、長治と同じ船頭である。

非番の日におせいは小名木川を高橋《たかばし》まで上り、栄治との逢瀬《おうせ》を楽しんだ。その栄治が働いていたのが、木更津の波切屋だった。

初めて肌を重ねたあとで、栄治はきまりわるそうな口調で切り出した。

「仲間に義理のわるい借金をしてるからよう。すまねえが二両ばかり、助けると思って用立ててくんねえ」

すでに八年の奉公が続いていたおせいは、十五両のたくわえを持っていた。栄治は一年がかりで、そのカネをそっくりおせいから巻き上げた。

「もうあたしの手元には、一文のたくわえも残ってないわよ」

おせいが本当に一文なしだと見極めた栄治は、それっきりあらわれなくなった。

非番の日におせいは木更津まで出向き、波切屋の番頭に栄治の行方を訊《き》いた。

「栄治などという船頭は、うちにいたことはないねえ」

番頭はなにを訊いても、まともには取り合わなかった。

おせいは中川船番所の女人吟味役だとは明かさなかった。うっかり身分を明かしたりすれば、どんな厄介ごとが船番所に降りかかるか、しれたものではない。

もめ事を起こしたら、大事な奉公先を失うことにもなりかねない。

十五両のたくわえと、おのれの身体の両方を栄治に騙《だま》し取られた。が、おせいにできることは、口を閉じて泣き寝入りすることしかなかった。

いつの日にか、この恨みをかならず晴らしてみせるから。

栄治とともに、波切屋にも恨みを覚えた。番頭のこころない対応は、おせいのこころをさらに深く傷つけていた。

あの波切屋の娘をどうするか。

思いを定めぬまま、おせいは立ち上がった。

黒船騒動以来、船番所には矢継ぎ早に通達がもたらされていた。

おきょうを留め置く理由は、なんとでもこじつけできる。

おせいは暗い思いを膨らませながら、吟味部屋へと戻っていった。

七

おせいは足音を忍ばせて、廊下を歩いた。不意にふすまを開いて、なかのおきょうを怯えさせようと考えてのことだ。

吟味部屋の前に戻ったおせいは、息を詰めてふすまに手をかけた。

落ち着いた足取りで動く物音が、吟味部屋のなかから聞こえた。息を詰めて部屋に近寄ったのに、おきょうはおせいの気配を感じ取ったらしい。

なんと生意気な小娘が……。

気をわるくしたおせいは、乱暴な手つきでふすまを開いた。

長襦袢《ながじゅばん》一枚の姿で、おきょうは部屋の真ん中に座っていた。

年頃の娘が、長襦袢姿を人目にさらしているのだ。部屋に入ってきたのが母親だったとしても、普通の娘なら、恥ずかしさに身を硬くしただろう。

ところがおきょうは身じろぎもせずに、部屋の真ん中に座っていた。おせいがふすまを開くのを、察して待ち構えていたのだろう。

開く前に聞こえたのは、座布団を取りに動いた物音だったらしい。使うことを許してもいないのに、おきょうは座布団を敷いていた。

部屋に入ったおせいは、後ろ手でふすまを閉じた。わざと強い調子で柱にぶつけて、ガタンッと音を立てた。

おきょうは、無作法を咎めるような目を見せた。

おせいがきつい目で睨《にら》みつけても、おきょうは臆せずに見詰め返してくる。

おきょうの目は、冷ややかである。

大店のお嬢が、身の回りの世話をする女中に見せる目……おきょうの目つきの冷たさを、おせいは自分の思い込みでそう判じた。

おせいをひとりの女とは認めていない。

それゆえに長襦袢姿でいても、おきょうは恥ずかしさを覚えないのだ。

奉公人も同然だと見下しているがために、強くふすまをぶつけたときには、咎めるような目を向けたのだ。

おきょうがいま、胸の内でなにを思っているのか。それを察したおせいは、身体の芯から強い怒りを湧き上がらせた。

「だれがあんたに、座布団を使ってもいいと許したの」

錐《きり》のように尖った口調で、おせいは座布団を元に戻すようにと叱った。おきょうは顔色も変えず、部屋の隅に戻した。

臆するところのないおきょうの振舞いは、いちいちおせいの癇に障った。

つい今し方、吟味部屋を出たときには、おきょうは不安そうな目を見せていた。ところがおせいが戻ってきたときには、すでに落ち着きを取り戻していた。

番頭だけではなしに、今度は波切屋の娘があたしをばかにしようとしている……それを思うと、抑えのきかない怒りがおせいの胸の内にたまった。

「いつまで長襦袢をまとっている気なの」

おせいは娘に向かって、あごを突き出した。

「自分で脱げないなら、手伝いの者をここに呼びますよ」

「心配は無用です」

きっぱりと答えたおきょうは、長襦袢の紐を自分の手でほどいた。

「あなたの気の済むように、存分にあらためてください」

おきょうはためらいも見せずに、長襦袢を肩から脱いだ。

腰巻も蹴出しも身につけないのが、年頃の娘のはやりである。長襦袢と肌着を脱ぐと、おきょうの素肌があらわれた。

ふたつの乳房は、輪島塗の椀を伏せたように形よく盛り上がっている。張りのある形は、娘の若さゆえだろう。

へその周りは深くくびれていた。たるみ始めたおのれの下腹を思い、おせいは胸の内で吐息を漏らした。

秘部の茂みには、黒髪のような艶すら感じられる。縮れのない真っ直ぐな茂みにも、若さが息づいていた。

辱《はずかし》めようと思って、おせいは波切屋の娘に長襦袢を脱がせた。そんな胸の内を見透かしたかのように、おきょうは醒《さ》めた目でおせいを見詰め返している。

「長襦袢を着なさい」

指図を与えながら、おせいはさらに怒りの炎を燃え立たせた。

なにがあっても、留め置いてみせるから。

怒りのあまり、おせいは舌打ちをした。

耳にしたおきょうは、さらに目の光を冷たくしていた。

八

木更津河岸は、石垣の美しい船着き場である。

おきょうが吟味部屋であれこれと難癖をつけられていた、六月十一日五ツ半（午前九時）前。

河岸の石垣に降り注ぐ夏日は、早くも凄《すご》みをはらんでいた。

「ばかやろう。朝っぱらから、うろちょろ歩くんじゃねえ」

仲仕《なかし》の怒鳴り声が石垣の真上で轟《とどろ》いた。

俵を担いだ肩は盛り上がっており、太ももは丸太のようだ。そんな仲仕の怒鳴り声は、まさしく轟きだった。

「申しわけございません」

仙之助は仲仕にぺこりとあたまを下げた。

「それが邪魔だてえんだ、ばかやろう」

仲仕はさらに声を荒らげた。

五ツ（午前八時）から四ツ（午前十時）にかけては、木更津河岸がもっとも忙しくなる一刻（二時間）である。

船着き場には、寸刻を惜しんで木更津船が横付けされる。房州木更津で荷積みされた薪や米、醤油《しょうゆ》に味噌《みそ》、そして塩。これらの荷と乗船客が、先を争うようにして木更津河岸に降り立つのだ。

帰り船には江戸の産物が積み込まれるし、木更津に向かう船客も乗り込む。

船は遅くとも九ツ（正午）前に船着き場を離れないと、明るいうちに木更津に帰り着けない。

中川船番所の荷物改め、船客改めには、少なくとも四半刻（三十分）はかかる。吟味が一段と厳しくなっているいまは、気を抜くと役人とのやり取りに手間取ってしまう。

もしも船番所を出るのが八ツ（午後二時）を過ぎたりしたら、ことは相当に厄介だ。八ツを境目として、江戸湾を吹き渡る風は季節を問わず、木更津に向かうには逆風となった。

もしも潮の流れまでが木更津とは逆向きになれば、日暮れまでに帰り着くのはむずかしくなるのだ。

九ツ前に木更津河岸を離れるには、四ツまでの接岸が必須だった。ゆえに毎朝の木更津河岸では、戦場《いくさば》同然の騒ぎが繰り返された。

仙之助は、多数の人と荷車があふれかえった木更津河岸を行き来していた。お仕着せ姿のお店者は、仲仕の動きの邪魔になるだけだ。

「てめえ、まだそんなところをうろついてやがんのか」

「とっととうせねえと、しょんべんひっかけるぞ」

気が立った仲仕連中から、散々に悪口を浴びせられた。が、仙之助は船着き場を離れようとはしなかった。

ゴオーーン……ゴオーーン……。

日本橋本石町《ほんこくちよう》の刻の鐘が、四ツを告げ始めた。仲仕の動きが、一段と慌しくなった。

つい今し方までは、日本橋川のなかほどで何杯もの木更津船が横付けの順番待ちをしていた。四ツの鐘が鳴り終わったいまは、もはや二杯だけになっていた。

船着き場には四杯の船が接岸されていた。舫《もや》われてから随分とときが経《た》っており、木更津からの船客は下船を終えている。

どの船も、いまでは木更津に向けての荷積みを待っていた。

ふうっ。

船着き場の端の舫い杭に腰をおろした仙之助は、気落ちして吐息を漏らした。一刻以上も船着き場で待っていたのに、おきょうを見つけることができなかったからだ。

五ツから四ツまでの間に、十二杯の木更津船が接岸された。どの船にも男女取り交ぜて、二十人の定員船客が乗っていた。

ざっと二百四十人の船客を見ていたわけだが、おきょうの姿はなかった。

五尺一寸（約百五十五センチ）の背丈で、十二貫（約四十五キロ）のおきょうは、格別に目立つ身体つきではなかった。

しかしはっきりとした顔立ちは、多くのひとのなかでもすぐに見分けがついた。

気性の強さをあらわす眉は、細いが濃かった。常に潤んでいる瞳は、大きくて黒い。

ふっくらとした唇は、紅をひかなくても鮮やかな紅色をたたえていた。

年頃の娘ならではの色香を感じさせつつも、大店の娘としての品位を備えているのだ。

ひとでごった返している木更津河岸のどこにいても、すぐに見つけることができるはずだった。

仙之助は仙之助で、人混みのなかにいても頭ひとつ抜け出していた。

「あなたならどこにいてもすぐに分かるから、かくれんぼは無理ね」

仙之助の上背を、おきょうはことあるごとにからかった。

あのおきょうに会える！

仙之助は浮き浮きした心持ちを抱いて、早朝に上総屋から出てきた。

今日という日のツキを願いつつ。

ところがうどん屋では、思いもしなかったきつい成り行きに直面した。

不ツキを引きずらぬようにと、うどん屋を出たあとで強く願った。

が、四ツを過ぎたというのに、おきょうの姿はどこにも見えなかった。

まさか、船になにかが……。

案ずる仙之助から、浮かれ気分は根こそぎ吹き飛んでいた。

まだ二十五の若い手代が、立っているのも億劫《おっくう》に感じていた。河岸の太い杭に座ってしまった仙之助は、目の前を流れる日本橋川に力の失せた目を向けた。

夏日を弾き返して、川面《かわも》がキラキラと輝いている。水面《みなも》近くを、大きなボラが群れをなして泳いでいた。

足元の小石を拾った仙之助は、川に投げた。ボラの群れが四方に散った。

黒船が江戸湾にあらわれて以来、江戸の河川はどこも警戒が厳しくなっていた。足代わりの猪牙舟《ちょきぶね》に乗るときですら、役人に吟味をされるほどだ。

好き勝手に泳ぎやがって。

仙之助はボラに向かって毒づいた。

おきょうが通ってくる小名木川は、このところ警備が厳しいと、仙之助は出入りの船頭から聞かされていた。中川と交わる場所には、中川船番所が設けられている。

船番所でなにかが……。

再びあたまに浮かんだいやな思いを振り払おうとして、またもや小石を投げ込んだ。

ボラの群れは、すでに姿を消していた。


小名木川は、徳川家康が掘削を命じた運河である。

江戸で使う塩の大半は、行徳の塩田で製塩された。その塩を江戸まで素早く運ぶための水路として、小名木川が掘られた。

「小名木川掘削の目的は、房州や常陸《ひたち》各地と江戸との行き来を円滑にすることにある」

家康がみずから発した作事命令である。

大川と江戸川とを一直線に結ぶように作事図面は描かれ、水深三尋（約四・五メートル）の運河が掘削された。
仕上がったのちは、塩や貨物の運搬のみならず、上総・下総《しもうさ》・常陸を領地とする小藩大名の江戸参府にも用いられた。

小名木川掘削の当初の目的は、行徳の塩を江戸城に運ぶことだった。完成から長い年月を経たいまでは、貨物水路というよりは、ひとが行き来する『水の往来』の役割を果たしていた。

木更津船の利用で、多くの旅人が江戸と木更津とを素早く、そして気軽に行き来することができた。中川船番所の船客改めは、吟味というよりは儀式に近くなっていた。

本気で船客の素性改めを行ったりすれば、たちまち何十杯もの船が小名木川を埋める騒ぎとなったからだ。

しかし黒船が浦賀沖にあらわれたことで、吟味のありかたが一変した。

「いかほど行き来に遅滞が生じようとも、いささかも詮議・吟味に手加減は無用」

船番所奉行の発した指図は、六月十一日にはまだしっかりと生きていた。

夏の大きな陽が、さらに空の真ん中へと移っていた。

かれこれ四ツ半（午前十一時）か。

仙之助は、声に出してつぶやいた。

木更津河岸で、すでに二刻（四時間）が過ぎていた。いまは船着き場に新たに横付けされる船は一杯もない。舫われているのは、いずれも荷物と船客を乗せて木更津に向かう船ばかりだ。

どうしたというんだ、おきょうさん。

もう一度、はっきりとした声でつぶやいてから、仙之助は船着き場を離れようとした。

おきょうと出会えなかったことを、お店に伝えなければならない。早朝から二刻以上も戻ってこない仙之助を、店は案じているに違いなかった。

大きなため息をひとつつき、仙之助は河岸に上がる石段に向かい始めた。

「おめえさん、上総屋の仙之助さんかい？」

問いかけたのは、木更津船の船頭だった。

そうだと応えると、船頭は首に巻いた手ぬぐいでひたいの汗をぬぐった。

「おきょうさんてえひとが、中川船番所に留め置かれてやすぜ」

「えっ……」

なぜ船番所に……、仙之助はあとの言葉が出なくなった。

口が半開きになった顔は、まともに夏日を浴びていた。

九

木更津河岸から上総屋までは、さほどの道のりではない。江戸橋のたもとを南に折れて、楓川の西岸を歩けば、わけなく帰り着くことができた。

しかし仙之助は上総屋とは逆方向に歩き、江戸橋を北詰へと渡り始めた。

日本橋川は、御城につながる堀である。夜明けから日暮れまで、ひっきりなしに船が行き交っていた。

大小さまざまな貨物船や、高い帆柱の公儀御用船が下をくぐる江戸橋は、真ん中が大きく盛り上がっている。

仙之助はもっとも水面から高くなったあたりで足をとめて、川を見下ろした。

数え切れない船が行き来する日本橋川だが、昼飯の時分どきだ。川面を走る船は、めっきりと数が少なくなっていた。

おきょうが、中川船番所に留め置かれている……そのことが、仙之助のあたまのなかで暴れ回っていた。

仙之助はおきょう同様に、木更津が在所である。ゆえに一年に二度、正月と盆の藪入《やぶいり》には木更津に帰った。

在所の山では、兄夫婦が三代続く炭焼き小屋を引き継いでいる。ひとり者の仙之助には、藪入の宿下がりが楽しみだった。

帰郷の都度、中川船番所を通過した。

役人による船客吟味は、江戸から出るときも戻るときも行われた。

江戸から出る女には、細かな詮議がなされた。

しかしおきょうは、江戸から出るわけではなかった。木更津から江戸に向かっている、いわば入り女なのだ。

黒船出現後は、船番所の吟味は厳しいらしい。さりとて、なぜ入り女のおきょうが留め置かれたのか。

仙之助には、わけが分からなかった。

木更津船の船頭の言伝《ことづて》によれば、おきょうは仙之助に身請けを頼んでいた。仙之助としても一刻も早く駆けつけて、おきょうを番所から解き放ってやりたかった。

しかしどうすればいいのか、身請けの手立てが分からなかった。

本来ならすぐさま上総屋に駆け戻り、あるじに子細を話すべきだろう。上総屋には当主もいれば、番頭もいる。

仙之助には浮かばない知恵も思案も、あるじや番頭なら思いつくに違いない。それは仙之助にも分かっていた。

戻りたくても戻れなかった。

こころの揺れを気づかれずに、生じた異変を番頭に話す自信がなかったからだ。

中川に留め置かれているおきょうから、仙之助は真っ直ぐな気持ちを聞かされていた。

あのときは、ひと言も応えることはできなかった。が、仙之助もおきょうには深い想《おも》いを抱え持っていた。

そんな相手が留置されているのだ。ひどく動揺している真の理由を悟られずに、起きた子細を話せるはずもなかった。

あれこれ思案を巡らせても、袋小路に突き当たった。

もはや手詰まりとなった仙之助は店にも戻れず、江戸橋の欄干に寄りかかっていた。

『親からどれほどきつく言われても、縁談はきっと断ります。あと三年のうちには、あたしを迎えにきてください。江戸でも木更津でも、どこに暮らすことになろうとも、あたしは構いません』

上総屋に逗留したとき、おきょうはこんな付け文をよこした。気性のはっきりしているおきょうらしい、真正面から想いのたけを記した付け文だった。

ふたりでたった一度、川辺の夕涼みを楽しんだあとのことだ。

楓川の川面は、ホタルが飛び交っていた。

楓川は御城に近い流れだ。それに加えて上総屋の対岸には、丹後田辺藩牧野豊前守上屋敷や、肥後熊本藩細川越中守下屋敷が構えられていた。

「楓川へのゴミ、芥《あくた》の投げ捨てはきつく法度を申し付ける」

定めを破った者には、奉行所は百敲《ひゃくたた》きの処罰を加えた。

楓川のすぐ先には、南北両町奉行所の与力と同心が暮らす八丁堀もある。監視の目があることを知っている住民は、楓川にゴミを捨てたり、汚水を流したりは断じてしなかった。

不心得者が出たときには、町ぐるみで責めを負うことになる。楓川沿いの町に暮らす者は、互いに見張り合いを続けた。

効き目はあらたかで、楓川はホタルが飛び交うほどの清流を保った。

おきょうの供で出かけた道々、ふたりは在所の思い出話を楽しんだ。

同じ神社の縁日を楽しみ、同じ境内で遊んでいたと分かったことで、おきょうは仙之助を好ましく思い始めた。

時折、仙之助は、商いの思案を口にすることもあった。

在所の思い出話以上に、聞かされた思案がおきょうの胸には響いていた。

「一緒に暮らせるようにしてください」

したいことや欲しいモノには、手加減なしで突き進む。おきょうの気性は、木更津の女ならではといえた。

豊穣なる江戸湾に面した木更津である。だれもが海との関わりを大事に思いながら生きていた。

四季ごとに旬の異なる魚介の棲《す》む漁場は、大きな恵みを漁師に与えてくれた。

五大力船のおかげで、大得意先である江戸は近い。浜の商いは大きに繁盛していた。明るく気風《きっぷ》がよく、思い切りまでいいのが木更津者ならではの特長だ。とりわけおきょうは、波切屋当主の気性を強く受け継いでいた。

「おまえがそこまで言うなら」

おきょうはかつて何度も、この言葉を父親に言わせてきた。

「仙之助さんが頼みにきてくれたときは、あたしも一緒に許しを願います」

口づけはおろか、手すら握ったことのない男と、おきょうは所帯を構えると決めていた。

思い返しを閉じた仙之助は、顔つきが引き締まっていた。

「おきょうさんの留置を解くことこそ、わたしからの答えだ」

小声だったが、きっぱりと言い切った。

御城に向かう漁船が江戸橋をくぐろうとしていた。献上魚を届ける、佃島《つくだじま》の漁船だ。

水押《みおし》（船首）には葵御紋の取り付けが許されている。漁船が近づくと、他の船が水路を譲った。

佃島の漁船を目にしたことで、仙之助の表情が動いた。

思案に詰まっていたところに、一筋の細い明かりのようなものが浮かんだからだ。

佃島に行けば、なんとかなるかもしれない。

このことである。

思案ともいえない、ただの思いつきだった。ただそれだけなのに、袋小路に追い詰められていた仙之助は気持ちが軽くなった。

ふうっ。

安堵《あんど》の吐息が漏れた。

日本橋川の真ん中でボラが跳ねた。

十

思いのほか、仙之助は江戸橋で思案を続けていたようだ。

当人はまだ四ツ半（午前十一時）過ぎのつもりでいた。しかし仙之助が上総屋の店先に戻るのを待っていたかのように、九ツ（正午）の鐘が鳴り始めた。

「番頭さあん……」

店に戻ってくる仙之助の姿を見るなり、小僧は甲高い声を店の帳場に投げ入れた。

晴れた六月中旬の九ツである。

空から降り注ぐ夏日は、猛々《たけだけ》しさにいささかの容赦もない。地べたで跳ね返った陽光が、仙之助の顔を真下から照らしていた。

上総屋は二番番頭までいる、身代の大きな薪炭問屋である。小僧の声で、二番番頭の馬ノ助《うまのすけ》が帳場から出てきた。すり足で売り場を過ぎ、土間におりて仙之助を待ち構えた。

仙之助は足を急がせて店に入った。

「まことに遅く……」

「おきょう様はどちらにおいでだ」

馬ノ助は仙之助の言葉をさえぎり、おきょうはどこだと問うた。

「それが……」

仙之助は返事ができずに口ごもった。

「もごもご言うんじゃない」

馬ノ助の物言いは、いつになく尖っていた。

「おきょう様は、どちらにいらっしゃるんだ」

「まだ、お着きではありません」

「どういうことだ、それは」

馬ノ助はさらに語気を強めた。

「中川船番所に、留め置かれているそうです」

土間では小僧が聞き耳を立てている。仙之助は小声で答えた。

「外に出なさい」

馬ノ助は仙之助の袖を強く引っ張り、店の外に連れ出そうとした。

馬ノ助は、名前通りの馬づらである。

「二番番頭さんは、きっと生まれたときから顔が長かったんだよね」

「決まってるさ。だからおとっつあんは、馬ノ助って名前にしたのさ」

小僧たちは、ことあるごとに馬ノ助の顔の長さをささやきあった。

「おまえと並んだら、馬のほうが丸顔に見えるだろう」

頭取番頭の今日左衛門《きょうざえもん》が言った言葉は、その日のうちに奉公人全員の耳に入った。

「さすがは頭取番頭さんだ。たとえの巧さが抜きん出ている」

だれもが今日左衛門の言い分に感心した。それほどに馬ノ助の顔は長かった。

しかし丁稚《でっち》小僧にいたるまで、だれもが馬ノ助を慕っていた。叱るときでも、声を荒らげることは滅多になかったからだ。

「馬が怒鳴っても似合わないだろう」

みずから馬だと承知している二番番頭の指図には、手代も小僧も賄い女中も、穏やかなひと声で従った。

そんな馬ノ助が、凄まじい剣幕で仙之助を店から連れ出そうとしたのだ。小僧は息を呑んで、わきに避《よ》けた。

店先の地べたを、夏の陽差しが焦がしている。土間から出るなり、馬ノ助は目をしばたたかせた。

白い陽光が眩《まぶ》しげな顔つきだが、仙之助の袖を引く力に手加減はなかった。

背丈では五尺七寸（約百七十三センチ）の仙之助のほうが、三寸（約九センチ）も馬ノ助を上回っていた。しかし二番番頭の剣幕に、すっかり負けていた。

仙之助は用水桶《ようすいおけ》わきの赤い杉戸の納戸のなかに、強い力で引っ張り込まれた。

上総屋は薪炭問屋である。燃えやすい品を扱う家業がら、火の用心にはうるさい。

店の両脇に高く積み重ねた用水桶には、毎朝、目の前を流れる楓川の水を汲《く》み入れた。

上総屋の備えを見て、周囲の商家は大いに安堵した。

用水桶のわきに拵えた大きな納戸のなかには、火消しの道具が詰まっている。これもまた、周囲の商家や住民を安心させるための手立てだった。

火消し道具を納めた納戸は、人目を惹《ひ》くように真っ赤な色に塗られていた。

「どういうことだ、仙之助」

戸を閉め切るなり、馬ノ助は強い口調で問い質した。

赤い杉戸には、幾つも節がある。節穴を突き通した夏の光が、馬ノ助の長いあごを照らした。

「てまえにも、船番所でなにが起きたのかは、まったく見当がつきません」

「だったら、なぜおまえはおきょう様が船番所に留め置かれていると知っているんだ」

「おきょう様が乗ってこられた、木更津船の船頭から教えてもらいました」

木更津河岸でのあらましを、仙之助は二番番頭に話した。

「そんな大事に出くわしていながら、おまえはいったいなにをやっていたんだ」

旦那様たちを待たせている馬ノ助は、ひどく気を昂《たか》ぶらせている。二番番頭の尖った声が、納戸のなかを暴れ回った。

十一

仙之助の帰りを、小僧が甲高い声で告げたとき。今日左衛門は、馬ノ助を土間に向かわせた。

「旦那様には、あたしから仙之助が戻ってきたことをお伝えしておく」

仙之助の戻りが、どうしてこんなに遅れたのか。その詮議は、あとでゆっくりとやればいい。いまはとにかく、おきょう様を奥にご案内することだと、今日左衛門は馬ノ助に言いつけた。

「あたしは奥の客間で、旦那様と一緒におきょう様をお待ち申しあげている」

馬ノ助をただちに土間に向かわせたのち、今日左衛門は奥の客間につながる渡り廊下を歩き始めた。

先ほどあるじに呼びつけられたときよりは、足取りは軽かった。仙之助が戻ってきたことを、伝えることができるからだ。

上総屋の店の間口は五間（約九メートル）である。しかし敷地は横幅十間、奥行き二十間の長方形で、およそ二百坪の広さがあった。

敷地内の隅に、薪炭を仕舞う土蔵が二蔵ある上総屋である。海賊橋周辺の商家のなかでは、敷地が広いことで知られていた。

奥の客間は、庭に面して八畳間、十畳間、十二畳間の三つが構えられていた。十二畳の客間は、東と南の二面が庭に面している。

障子戸を開けば濡《ぬ》れ縁《えん》が造作されており、その先には庭が広がっていた。

徳四郎《とくしろう》はかつて預かっていたおきょうを我が娘のごとく愛《いと》しく思っていた。木更津から出向いてくるおきょうを、この十二畳の客間で待っていた。

ところが早朝から出迎えに出た仙之助は、一向に戻ってくる様子がなかった。九ツ（正午）が近くなったときには、しびれを切らせて今日左衛門を客間に呼びつけた。

「迎えに出た仙之助は、いったいどこで、なにをしているんだ」

今日左衛門を見るなり、苛立《いらだ》ちに満ちた声を発した。

大店の当主は、滅多なことでは怒りも喜びも顔には出さない。当主の座を継ぐ惣領《そうりょう》息子は、こども時分から喜怒哀楽を顔に出さぬようにとしつけられているからだ。

しかし徳四郎の苛立ちは、身体の芯から湧き上がっていた。

上総屋にとって、波切屋はほかにかけがえのない大事な仕入先でもある。江戸で大きな商いが続けられているのも、畢竟《ひっきょう》、波切屋から上質な薪と炭が仕入れられるからである。

『仙之助を迎えに出していただきたい』

波切屋当主から届いた書状には、出迎えの手代が名指しされていた。

仙之助の在所は、波切屋と同じ木更津である。また、おきょうが上総屋に逗留していたときは、おきょうの世話を仙之助が受け持っていた。

それゆえの名指しであろうと徳四郎は判じ、言われるがままに仙之助を差し向けた。

ところが四ツ半（午前十一時）を過ぎても、仙之助は戻ってこなかった。

もしや、おきょうさんと仙之助の間に、男女のあやまちでも……。

そんなことはあり得ないと思いながらも、苛立ちは募るばかりだった。

今日左衛門は、すり足を急がせて客間に顔を出していた。

「かれこれ、九ツになるじゃないか。だれかほかの者を、木更津河岸に差し向けたのか」

きつい調子で叱りつけられた今日左衛門は、すぐに手代を差し向けますと答えて、客間を離れた。帳場に戻ると、馬ノ助とひたいを寄せて相談を始めた。

木更津河岸に仙之助を、と名差したのはおきょうだと、今日左衛門は察しをつけていた。

おきょうが仙之助を憎からず思っているのを、徳四郎は気づいてはいない。しかし、今日左衛門にも馬ノ助にも分かっていた。

もしも、うかつに別の手代を差し向けたりして、おきょうの不興を買ったら……。

おきょうは好き嫌いのはっきりした娘である。

不興を買ったら、波切屋源右衛門にも受けがわるくなる。そうなれば、商いに障る。

どうしたものかと馬ノ助とひたいを寄せているさなかに、小僧が仙之助の帰りを伝えた。

やれやれと安堵した今日左衛門は、馬ノ助にあとをまかせて奥に向かった。

「たったいま、仙之助が戻ってまいりました」

声をはずませて徳四郎に伝えた。ところがおきょうはもちろんのこと、馬ノ助も仙之助も一向に奥にあらわれない。

「いったい、どうなっているんだ」

徳四郎がこめかみに血筋を浮かべたとき、二番番頭と手代が客間にあらわれた。

「まことにお待たせいたしました」

馬ノ助は畳に両手をついて、詫びを言った。後ろに従っている仙之助は、馬ノ助よりも深く身体を折った。

「おきょうさんはどこだ？」

馬ノ助の詫びを尖った声で払いのけた徳四郎は、おきょうの姿を探した。

「おきょう様は、中川船番所に留め置かれておいでございます」

「なんだと？」

徳四郎は、大店の当主とも思えない乱暴な物言いをした。目つきが険しくなっている。

わきに座していた今日左衛門は、尻を浮かせて馬ノ助を見た。

「なんの咎めがあって、おきょう様は船番所に留め置かれているのだ」

納戸で馬ノ助が訊いたことを、今日左衛門がなぞり返した。

「皆目、様子が分かっておりませんので」

仙之助の代わりに、馬ノ助が答えた。

「おまえに訊いているわけじゃない」

やり取りに苛立った徳四郎は、馬ノ助を叱りつけた。

「仙之助」

当主に名指しをされた仙之助は、畳にひたいをこすりつけた。

「前に出てきて、わたしの顔を見なさい」

当主の言いつけには、だれも逆らえない。仙之助はすぐさま馬ノ助のわきに並び、目を当主に合わせた。

「おきょうさんが中川船番所に留め置かれているというのは、おまえが聞いたのだな」

「さようでございます」

「どこで、だれからそんなことを聞かされたのだ」

「木更津河岸で、木更津船の船頭からでございます」

おきょうは仙之助の風体を、船頭に伝えていた。

おきょうは上総屋のお仕着せと、手代が羽織る半纏の柄も船頭に伝えていた。が、夏場の昼は、よほどのことがない限り半纏は羽織らない。

仙之助もいまは羽織ってはいなかった。

それでも船頭が仙之助を見つけたのは、背の高さと眉の濃さ、それに月代の青さが際立っていたからだ。

人相の特徴を、おきょうはしっかりと船頭に伝えていた。

とっさの機転が利くのは大店波切屋の娘ならではだ。

中川船番所に長く留め置かれそうだと察したあとは、船頭に仙之助の人相を話して言伝を頼んでいた。

仙之助は船頭から聞かされた子細を、あるじに話した。つい今し方、納戸のなかで馬ノ助に聞かせたことだった。

納戸を出たとき、話は馬ノ助がすることに決まっていた。が、成り行きが違ってしまった。

「これが船番所に留め置かれる前ならば、いかようにも手助けはできた」

徳四郎は馬ノ助と仙之助を等分に見た。

「捕えられたいまとなっては、ご好誼《こうぎ》を賜っているお役人様にさえ、うかつにご相談を持ちかけることはできない」

思案を重ねつつ話しているのだろう。話すうちに徳四郎は、いつもの落ち着きを取り戻していた。

座の一同は息を詰めてあるじを見詰めた。

「取り急ぎ為《な》すべきは」

徳四郎は馬ノ助に目を合わせた。

「木更津河岸に店の者を出して、おきょうさんが万にひとつ、無事に戻ってこられたときに備えることだ」

腕組みをして目を閉じた。

あれこれと、この先のことに思案をめぐらせているのだろう。

仙之助は両手を膝にのせ、背筋を張ってあるじを見詰めた。

手代の視線を感じた徳四郎は、目を開けると手を叩いた。間をおかず、奥付きの女中が顔を出した。

「みなに麦湯を出しなさい」

「かしこまりました」

軽い辞儀をして、女中は台所に向かった。客間の障子戸は大きく開かれている。庭を渡った風が、座敷に流れ込んできた。

やり取りを続けるうちに、徳四郎も奉公人への麦湯を言いつけるほどゆとりができていた。

今日左衛門は、音を立てぬように気遣いつつ、吐息を漏らした。

「てまえにひとつ、思案がございます」

意を決した顔で仙之助は、徳四郎を見た。

中川船番所に、どうやっておきょうの様子を問い合わせるか。その思案があると、仙之助は口にした。

江戸橋でボラの群れをぼんやり見ていたときに浮かんだ思案である。

徳四郎と今日左衛門の目が、仙之助に注がれた。

すでに納戸のなかで聞かされていた馬ノ助は、ふうっと息を漏らした。

座敷に流れ込んできた風は、庭木の香りをたっぷりと含んでいる。仙之助は存分に香りを吸い込んだ。

十二

上総屋は楓川に架かる海賊橋のたもとに、自前の船着き場を構えていた。薪炭の積み卸し用の船着き場で、幅四間（約七・二メートル）、奥行き二間の堂々とした船着き場である。

雨に打たれても、強い陽差しにさらされても傷まないように、分厚い樫板《かしいた》が用いられていた。

海賊橋をくぐったあとの楓川は、北に二町（約二百十八メートル）流れた先で日本橋川と交わっている。水運には欠かせない一筋ゆえに、夜明けから日暮れまでは行き交う船が絶えることがなかった。

樫板の桟橋に立った仙之助と馬ノ助は、屋根船が横付けされるのを待っていた。

「五兵衛《ごへえ》さんに頼み込むというのは、うまく運べば妙案に違いないが……」

思案顔の馬ノ助は、長いあごに手をあてた。馬ノ助があれこれと考えをめぐらせるときのくせである。

「番頭さんには、なにか得心できないことでもありますか？」

仙之助が目を細くした。川面が眩《まばゆ》いからではない。馬ノ助がいつまでも得心しないことに、いささか苛立っていたからだ。

「五兵衛さんなら、きっと頼みを聞き入れてくれますから」

佃島の肝煎である五兵衛とさほど親しいわけではなかった。

が、仙之助は自分がいま口にした言葉にすがるかのように、顔つきを引き締めていた。

天正十（一五八二）年、わずかな手勢で堺にいた家康に本能寺の変が伝えられた。

「ただちに出立いたす」

家康は急ぎ岡崎城に戻ることを選んだ。

馬一頭がようやく通れる間道でもためらいなく進んだ。

が、間の悪いことに大雨が家康の行く手に立ち塞がり続けた。

平地や山道なら、豪雨をついてなんとか進軍できた。しかし増水した川に出くわしたときには、立ち往生を余儀なくされた。

「わしらの舟でよけりゃあ、運ばせてもらいますで」

家康軍の難儀を目の当たりにした川漁師が、助力を申し出た。その漁師が暮らしていたのが摂津国《せっつのくに》佃村だった。

ときが過ぎ、家康は江戸に開府をすることになった。

「江戸にて将軍家の御菜御用をつとめよ」

頼みを聞き入れて出張ってきた漁師に、家康は江戸近海での特権的漁業権を与えた。

さらに正保元（一六四四）年には大川を埋め立てて、島を築造。漁師在所の摂津国佃村にちなみ、佃島と命名されて土地を与えられた。

大川の河口から新大橋までの白魚漁は、佃島の漁師に限って許されていた。その代わりに獲《と》れた白魚は、毎朝、御城まで漁師が漁船で献上に出向いた。

献上した残りの生きた白魚は、日本橋の魚河岸が高値で買い入れた。両国や向島の料亭が、幾らともきかず、競い合って買い求めるのが分かっているからだ。

白魚は大きな盃で客に供された。

「将軍家と同じ白魚でございます」

料亭遊びの大尽は、盃のなかを泳ぐ白魚二匹に、一分（四分の一両）もの大金を支払った。

たかが白魚二匹に、裏店の店賃二カ月分相当である。

白魚獲りは、船の舳先でかがり火を焚いて行う夜の漁だ。かがり火が明るくなければ、白魚は寄ってこない。

「ゼニはどうでもいいからよう。目一杯に明るく燃える薪を納めてくんねえ」

高値で売れる白魚獲りは、佃島漁師の占有である。薪代にはうるさいことを言わず、極上の赤松を買い求めた。

たっぷりと松脂《まつやに》を含んだ赤松は、大きな炎をあげて燃え盛る。仙之助が選《よ》りすぐって納める薪に、佃島の六十七軒の漁師は大喜びをした。

佃島の肝煎である五兵衛の手元にある黒塗りの鑑札には、金箔で葵御紋が描かれていた。

中川船番所といえども、この鑑札を差し出せば粗末には扱えない。佃島の漁師が将軍家御用達であることは、充分に承知していた。

五兵衛に中川船番所まで同行してもらう。

それが仙之助の思いついた思案だった。

馬ノ助と仙之助が待っているのは、上総屋自前の屋根船である。これを佃島に差し向けて、五兵衛に同行を頼むつもりなのだ。

「船が来ました」

八ツ（午後二時）下がりの陽を浴びて、一杯の屋根船が船着き場に向かってきた。

「今は五兵衛さんを頼みとするほかはない」

馬ノ助の右手はあごにあてられたままだった。

十三

上総屋徳四郎は贅《ぜい》を凝らした屋根船造船を、数少ない道楽のひとつとしていた。

博打《ばくち》に手を出すなど、徳四郎には思いも及ばないことである。

妾宅を構えるわけでも、吉原や品川《なかみなみ》の遊郭に大金を投ずるわけでもない。深酒もやらないし、美食に走ることもしなかった。

「まことに上総屋さんは、ここいらの商家の当主にはめずらしいご気性だ」

堅物で通っている当主が、惜しまずカネを遣う道楽が、盆栽の栽培と屋根船の造船である。盆栽と屋根船。もうひとつ加えるなら、好みの本を買い集める、というところか。

いずれも世間体をはばかる道楽ではない。それどころか、多くのものが「結構なご趣向ですなあ」と、徳四郎の道楽を褒めた。

盆栽は松ひと筋である。

上総屋中庭の三段棚には、二十鉢の松が飾られていた。どれほど忙しいときでも、水をくれることを始め、手入れはすべて自分でおこなう。

真夏だろうが、真冬だろうが、ひとまかせにはしなかった。

「あれだけ松の盆栽を大事にするのは、松を薪にして燃やすことの供養かもしれない」

奉公人は陰で言い交わした。が、断じてそれは、あるじの陰口ではなかった。

屋根船造りにおいても盆栽同様に、いささかも手抜きをしなかった。

徳四郎が誂えている自前の屋根船は二杯。それぞれに『関羽丸《かんうまる》』『張飛丸《ちょうひまる》』の名がつけられていた。

徳四郎は読書にも費えを惜しまなかった。とりわけ唐土《もろこし》から伝わってきた『通俗三国志』が、大の気に入りである。

「取り寄せるのは構いませんが、すべてを揃えるとなりますと、二十両を下回ることはありませんよ」

貸本屋のあるじに向かって、徳四郎はきっぱりとうなずき、『通俗三国志』の全五十一巻を購入した。

関羽と張飛は、いずれも通俗三国志の登場人物である。ふたりの豪傑ぶりに心酔した徳四郎は、自前の屋根船二杯に、迷うことなく関羽丸・張飛丸と命名した。

船にかぶせられた屋根部屋は、両船とも六畳大で、屋根船としてはゆったりとした造りである。大きなだけではなく、調度品や細部の拵えにも気を配った。

畳おもては、備後特産のイグサを用いた。青みが退《ひ》かない上物のイグサは、いつまでも新品同様の強い香りを漂わせた。

縁《へり》は西陣織である。畳屋とともに日本橋まで出向き、みずから縁の材質と柄を選んだ。

障子戸の紙は極上の美濃紙で、色味は純白。川面に降り注ぐ陽光を、ほどよく部屋の内に通した。

関羽丸は、小豆色《あずきいろ》の地に金色文字で。

張飛丸は、漆黒《しっこく》の地に銀色文字で。

それぞれ隷書で、舳先に船名が描かれていた。船名は、一文字が八寸（約二十四センチ）の大きさである。

色味の濃い屋根部屋と、純白の障子戸は見事な色味の対をなしている。川面の照り返しは、障子戸の白を際立たせるとともに、金銀で描かれた船名を、くっきりと浮かび上がらせた。

堀や川で関羽丸・張飛丸とすれ違うと、船客の多くが目で屋根船を追った。

屋根船の美しさには、上総屋の奉公人たちも見とれた。

「いくたび目にしても、この船の美しさにはついつい目が釘付けになる」

船着き場に横付けされた関羽丸を見て、馬ノ助は吐息を漏らした。

「これほどの船に薪を積み込むというのは、なんとも気持ちがはばかられるが……」

八ツ（午後二時）過ぎの陽を浴びた関羽丸の小豆色が、あまりにも鮮やかに映ったのだろう。二番番頭の職にありながら、馬ノ助は店の薪の積み込みをためらっていた。

「てまえが指図をいたしますので」

番頭の前に進み出た仙之助は、小僧四人に薪の積み込みを指図し始めた。

「船に乗る者は履き物を脱いで、足の裏が汚れていないことをきちんと確かめるんだよ」

「はあい」

「わっかりましたあ」

威勢のいい小僧たちの返事が、船着き場に響き渡った。

佃島肝煎との掛け合いという、大事をあとに控えた仙之助である。少しでもいい縁起をかつぎたくて、小僧に対する物言いはいつにもまして優しかった。

船に乗った小僧はひとり。船着き場まで薪を運んでくるのがふたり。積み上げられた薪を、船に乗った小僧に手渡す小僧がひとり。

四人の小僧が、きびきびと働き始めた。

空は高く晴れており、六月中旬の陽差しは強い。赤松の薪三十束を積み込み終えたときには、小僧は四人ともひたいや首筋に大粒の汗を浮かべていた。

紙入れを取り出した仙之助は、四文銭を小僧四人に一枚ずつ手渡した。

海賊橋たもとには、六月一日から八月晦日《みそか》まで、冷や水売りが出ている。御茶ノ水渓谷で汲んだ湧水に、砂糖で薄い甘味をつけた水が、湯呑み一杯四文である。砂糖を増せば六文で、白玉を浮かべれば八文だ。が、四文あれば、ほのかに甘い冷や水を呑むことができた。

「二番番頭さんが、汗を流した褒美に冷や水を呑んでいいとおっしゃっておいでだ」

顔をほころばせた小僧四人は、馬ノ助に向かって辞儀をした。

馬ノ助は、渋い顔でうなずいた。小僧への駄賃は、仙之助が勝手に決めたことだったからだ。

しかし、あとに佃島の掛け合いが控えていることは、もちろん馬ノ助も承知だ。縁起かつぎをしたいのは、番頭とて同じである。

「手早く呑み終えたら、遊んでないで、すぐに店に戻りなさい」

「はあい」

甲高い声を響かせた小僧たちは、海賊橋のたもと目指して石段を駆け上がった。

馬ノ助と仙之助が乗船するなり、船頭は関羽丸の舫い綱をほどいた。

つがいのカモメが小豆色の船を先導するかのように、低い空で舞っていた。

十四

大川に出た関羽丸は、大きく面舵《おもかじ》（舳先を右に向ける舵）を切った。

曲がったあと直進すれば、大川の河口を過ぎて品川沖の海へとつながる航路だ。朝夕は、川面が見えなくなるほどに船が行き来をした。

しかしいまは、八ツ（午後二時）どきの凪《なぎ》である。

川の流れも止まっており、川面を行く船の数は、めっきりと減っていた。

大川を遡行する船は、西岸の湊町河岸近くを行くいかだと、大型の荷物船だけだった。

屋根船の船頭は、船を思いっきり東に寄せて佃島を目指した。佃島の桟橋は、大川の東岸沿いにあるからだ。

「湊町河岸の眺めは格別なものだが、身分違いのこのような船では居心地がよろしくない」

気を落ち着かせようとしたのだろう。馬ノ助は竹筒の灰吹きにキセルを軽くぶつけた。

馬ノ助自前の煙草盆《たばこぼん》で、すでに十年以上も使っている。

日に何十回もキセルをぶつけられる灰吹きは、分厚い孟宗竹のふちが雁首《がんくび》の形通りにへこんでいた。

上総屋徳四郎は、煙草を吸わない男だ。ゆえに屋根船には、煙草盆の備えがない。

馬ノ助は仕方なく、自前の煙草盆を関羽丸に持ち込んでいた。桜材で拵えた年代物だが、関羽丸は壁板のすべてが柾目《まさめ》の通った檜である。

豪勢な造りのなかにあっては、馬ノ助自慢の品もどことなく貧相に見えた。

「あの河岸に植えてあるのは風除けの松だろうが、見事な枝ぶりじゃないか」

馬ノ助は河岸に植えられた防風林を、キセルの火皿で示した。

八ツどきの見当である。西空へと移った夏の陽が、御城の彼方《かなた》から松林に降り注いでいた。

西に傾き始めたとはいえ、六月中旬だ。まだたっぷりと威勢を残した陽光は、松葉の濃緑を白い光で照らしていた。

「あの松で拵えれば、さぞかし上等な薪になりますでしょう」

佃島までは、残り八町（約八百七十二メートル）少々だ。肝煎との掛け合いをどうするか。あれこれと思いめぐらせている仙之助は、無粋きわまりない返答をした。

「あの見事な眺めを見て、薪がどうとかなどと、よくも言えたもんだ」

馬ノ助が呆《あき》れ顔を作った。きまりがわるくなった仙之助は、松林とは反対側の大川東岸に目を移した。

船頭は石川島人足寄場《にんそくよせば》から四十間（約七十二メートル）の沖合いを走らせていた。

御用船以外の船は、石川島人足寄場から四十間以上の沖を行き来するのが定めだからだ。

何気なしに石川島を見た仙之助が、不意に目を凝らした。

人足寄場は水面から一丈（約三メートル）の高さまで、石垣で囲われていた。

船着き場から寄場の正門までは、十五段の石段である。石段のわきには、荷物運びの荷車が行き来する坂道が設けられていた。

大川の東岸にあるのは、石川島人足寄場と佃島だけだ。寄場や佃島に用のない船は大川の真ん中を走り、寄場には近寄らなかった。

うっかり石川島桟橋に近寄ったりすれば、六尺棒を手にした寄場門番から、きつい咎めを受けることがある。それがいやで、寄場に用のない船は沖合い遠くを走った。

関羽丸が寄場から四十間しか離れずに走っていたのは、人足寄場隣の佃島桟橋に横付けするからだ。佃島と人足寄場とは、小さな跳ね橋で結ばれるほどに隣り合わせだった。

「番頭さん……」

仙之助は、番頭の袖を強く引いた。防風林の景観に見入っていた馬ノ助は、しかめた顔を仙之助に向けた。

「あそこを見て下さい」

仙之助は寄場桟橋わきの石垣を指差した。その刹那《せつな》、石垣にへばりついていた男が、大川に潜った。

「なんだい、ひとの袖を引っ張ったりして」

馬ノ助が問い返したときには、すでに男は大川に潜ったあとだった。

「大変だ、島抜けです」

仙之助は差し迫った物言いで、番頭に寄場から島抜け人が出たことを伝えた。しかし人影はみえず、潜ったときに生じた小さな波紋もすでに消えていた。

「滅多なことを言うもんじゃない」

馬ノ助は手代の口をたしなめた。

「大声を出したりしたら、寄場のお役人に聞こえるだろうが」

「そんな、のんびりしたことを言ってるときじゃありませんって」

仙之助がさらに語気を強めたとき。

ピイーーーッ。

寄場の役人が呼子《よびこ》を吹いた。しかしその呼子は、島抜け人が出たと報せる笛ではなかった。六尺棒を手にした正門の門番ふたりは、寄場の奥に向かって駆け出した。

「島抜けを助けるために、仲間が寄場のなかで騒動を起こしたんです」

きっぱりと言い切った仙之助は、手早い手つきで帯をほどいた。

真夏のいまは、ひとえのお仕着せ一枚だけである。長襦袢も着ていない仙之助は、たちまちふんどし一本になった。

「船頭さんっ、船をとめてくれ」

仙之助が発した大声で、船頭は櫓《ろ》を漕《こ》ぐ手をとめた。

「おれは島抜け人を捕まえる。船を寄場のほうに近づけて……」

「なにを言い出すんだ、おまえは」

仙之助の言葉を、馬ノ助が強い口調でさえぎった。

「捕り物に素人のおまえが、余計なことをするもんじゃない」

「水のなかなら、あたしのほうに分がありますから」

木更津で生まれ育った仙之助は、泳ぎは達者である。言うなり、大川に飛び込んだ。

「これはおおごとだ」

呼子を吹いて寄場の役人に報せろと、馬ノ助は船頭に指図を与えた。船頭は、ただちに首から吊した呼子をくわえた。

ピイーッ、ピイーッ、ピイーッ。

鋭い三連打が、寄場の桟橋近くで吹かれた。

船頭が吹く三連打は、助けを求める合図である。しかし間のわるいことに、関羽丸の近くを行く船は一杯もいなかった。

ピイーッ、ピイーッ、ピイーッ。

船頭が吹き続けていると、寄場の門番ひとりが正門前に駆け戻ってきた。

関羽丸は、桟橋まで三十間にまで近づいていた。

「なにごとか。そのほうは、なにものだ」

門番が大声で誰何《すいか》してきた。

「島抜けです」

船頭の返事を聞いて、門番の顔色が変わった。六尺棒を手にしたまま、桟橋まで駆け下りてきた。

「島抜けとは、まことか」

「まことでやす」

船頭は桟橋近くを指差した。大川に潜った仙之助の吐く息が、大きなあぶくとなって浮かんでいた。

「うちの手代が、島抜け人を追いかけて潜っております」

馬ノ助が船頭の代わりに応じた。

門番の動きは素早かった。余計な問い質しを続けることなく、呼子をくわえていた。

ピッ、ピッ、ピッ、ピッ。

ピッ、ピッ、ピッ、ピッ。

船頭よりも短い四連打を、二度吹いた。

寄場役人の使う呼子は、船頭の品よりもはるかに上物である。甲高い音は、大川の対岸にまで響き渡った。

しかし寄場栈橋に近寄ってくる船は、相変わらず皆無だった。が、寄場の役人三人が栈橋まで駆け下りてきた。

「なにごとか」

「島抜け人が出たとのことにございます」

六尺棒を手にした門番は、下級役人なのだろう。駆け下りてきた役人に、ていねいな物言いで応じた。

上級役人たちは察しがよかった。

「島抜けを見たのは、そのほうか」

栈橋の先端に立った同心が、馬ノ助を大声で問い質した。

「てまえどもの手代が……」

馬ノ助が答えているさなかに、栈橋から十三間の水面に、ふたりの男がもつれあって浮き上がった。

男の首筋を摑んでいるのが仙之助である。

摑まれて暴れる男は、濃いひげ面の無宿人だった。ひげ面は両手を後ろに回し、仙之助の顔を掻《か》きむしった。

長く伸びた爪が、仙之助の頰を傷つけた。激痛を覚えた仙之助は、首に回した手を思わず緩めた。

一瞬の隙を見逃さず、ひげ面は水中へと逃げ込んだ。仙之助も臆せずに、あとを追った。

錨《いかり》二本を大川に投じた船頭は、ふたりを追って飛び込んだ。

桟橋に立っていた正門の門番も、ふんどし姿になった。飛び込もうと身構えたとき、仙之助がひげ面の首に強く腕を回して浮かび上がった。

水中で首を絞め上げたらしい。ひげ面は気絶したかのように、ぐったりとなっていた。

あとから飛び込んだ船頭は、ひげ面の両足を摑んだ。

ふんどし姿になった門番は、大きな水音を立てて大川に飛び込んだ。

騒動に驚いたのか、川の真ん中でボラが青い背を見せて跳ねた。

十五

仙之助とひげ面の無宿人は、ともに関羽丸に引き上げられた。

ピイッ、ピイッ。

役人は呼子を吹き鳴らして、関羽丸を寄場桟橋に引き寄せた。船頭は巧みな棹さばきで、栈橋にぴたりと横付けした。

人足寄場に舫われるのは、多くが公儀の御用船だ。ゆえに船着き場の拵えは、ことさら頑丈である。

杭にも栈橋板にも、惜しげもなく樫が使われていた。しかも板には虫除けの塗料まで塗られている。

横付けされた船からおりた仙之助は、塗料の強いにおいに鼻をひくひくさせた。

栈橋で待ち構えていた捕り方は、ひげ面を後ろ手に縛り上げて先に石段を登った。濡れた下帯のまま、お仕着せを羽織った仙之助があとに続いた。

寄場では、男女の人足数名ずつが仙之助を待ち受けていた。

「どうぞこちらへ」

最初に分厚い生地の手拭いが差し出された。水に濡れた身体を拭けということだろうが、多くの人足が仙之助を見詰めている。男だけではなく、女の無宿人も混じっているのだ。

仙之助が戸惑い顔を拵えていたら、六尺棒を手にした番人が寄ってきた。

「濡れたモノを乾かす間、しばしこれを」

番人は、山吹色の寄場お仕着せを仙之助に差し出した。遠目にも、ひと目で無宿人だと分かる長着である。

仙之助が着用をためらっていたら、男の無宿人たちが近寄り、濡れている仙之助のお仕着せを脱がせにかかった。

「自分で脱ぎますから」

男たちの手をやんわりと払いのけてから、仙之助はお仕着せを脱ぎ、代わりに寄場の長着を受け取った。

手にしたものの、着るのは大いにはばかられた。が、集まった男女の寄場人足が見詰めているのだ。

着用をためらっていると、無宿人たちを毛嫌いしていると勘違いされそうだった。

仙之助は肚をくくり、山吹色の長着に袖を通した。

「これを使ってくだせえ」

手渡された帯は、無地の藍色である。長着と帯とが、色比べをしていた。

仙之助が羽織っていたお仕着せを受け取ったのは、女の無宿人たちである。濡れたお仕着せを手にして、寄場の端へと小走りを始めた。

「手早く洗ったのちに、そなたの手元に返すゆえ、心配は無用」

案じ顔の仙之助に、役人が告げた。

「詰所まで、あとをついてこられたい」

大柄な番人が、六尺棒を地べたに突き立てた。コーンと乾いた音がした。

番人は大きな歩みで詰所へと歩き始めた。すぐ後ろに仙之助、そのあとに馬ノ助が続いた。

間にはさまれた仙之助は、役人に引き立てられているようで、気持ちが落ち着かない。何度も馬ノ助のほうを振り返りながら、詰所へと向かった。

歩いている途中で、犬が駆け寄ってきた。

寄場には大型の番犬が飼われている。綱をほどかれている番犬は、仙之助の真横について歩き始めた。

仙之助は飼い犬・野良犬を問わず、犬が苦手である。苦手というよりは、嫌いだった。こども時分、木更津の神社の境内で野良犬に追いかけられたことがある。

五人いたこどものなかから、犬はなぜか仙之助を選んだ。さほどに大きな犬ではなかったが、当時五歳だった仙之助には、巨大なケダモノに思えた。

境内には小さな池があった。魚は棲んでおらず、代わりに何匹ものカメが泳いでいた。

「あの池は小さいけど、底なし池だよ」

「池に指を突っ込んだら、カメに食いつかれて底なし池に引っ張りこまれるから」

犬に追い立てられた仙之助は、こどもたちが怖がっている池に飛び込む羽目になった。

池にかかった小橋の手前で石につまずいた。

「キャアッ」

悲鳴をあげた仙之助は、そのままあたまから底なし池に飛び込んでしまった。

幸いにも池は浅く、溺れはしなかった。

カメに食いつかれることもなかった。

その日を境に、仙之助の犬嫌いが始まった。

真横を歩く犬は、ハッ、ハッとせわしない息遣いをした。

陽は西空に移り始めていても、地べたに溜まった暑気が犬にはつらいのだろう。一歩足を踏み出すたびに、ハッ、ハッと短い息を吐いた。

仙之助は真横にいる犬がいやで、身体を遠ざけようとした。

ウウッ。

歩みは止めず、犬は低い声でうなった。

仙之助の歩みがのろくなった。傍目には、まるで捕り方に引き立てられる咎人のように見えた。

十六

詰所では脇差を佩《は》いた武家が、卓の前で待ち構えていた。

「寄場庶務役同心、岡野代三郎《おかのだいざぶろう》様である」

仙之助と馬ノ助に向かって、詰所まで案内してきた番人が声高に告げた。

杉の腰掛けに座っていた岡野が、胸を張って立ち上がった。背丈は五尺三寸（約百六十一センチ）、目方十五貫（約五十六キロ）の引き締まった体軀《たいく》である。

眉は濃く、瞳は大きい。

背丈は四寸（約十二センチ）も高い仙之助のほうが、思わず相手を見上げるような目つきになった。

「そのほうの名は、なんと申すのか」

岡野は、第一声から居丈高だった。

「楓川海賊橋たもとの上総屋手代で、仙之助と申します」

「屋号を名乗られても、生業がなにであるのか、わしには分からん」

岡野はぐいっと胸を反り返らせた。

「稼業はなにであるのか、分かるようありていに申せ」

岡野は、まるで咎人を詮議するかのような物言いである。

「なにか、存念でもあるのか」

岡野はさらに刺々《とげとげ》しい口調になっている。よからぬ気配を察した馬ノ助が、わきから前に出た。

「てまえが仙之助に成り代わりまして、答えさせていただきます」

「おまえは何者か」

そのほうではなく、おまえとぞんざいな口調で馬ノ助に問うた。仙之助よりも、はるかに人柄が練れている馬ノ助である。

「てまえは薪炭問屋上総屋の二番番頭、馬ノ助と申します」

如才ない返答のなかで、馬ノ助は生業がなにかも併せて明かしていた。

「桟橋に舫ってある屋根船は、そのほうらの持ち船か？」

馬ノ助の返答を受け入れた岡野は、別の問いを発した。

「てまえどもの商いに用いる、屋根船にございます」

「あのような造りの船を番頭と手代が乗り回せるとは、薪炭問屋とは豪気な稼業だの」

岡野の物言いには、さらに大きな棘《とげ》が剥《む》き出《だ》しになっていた。

馬ノ助は返答する前に、ひとつ息を吸い込んだ。悪意を抱いた客と応対するとき、馬ノ助はひと息吸い込んで気持ちを落ち着かせるのを常としていた。

「佃島の肝煎からのご注文で、赤松を届けに向かうさなかでございます」

佃島。肝煎。

このふたつの語に、馬ノ助は力をこめた。

徳川家康直々《じきじき》の招きで、上方から江戸に下ってきたのが佃島漁師の興りである。

嘉永六（一八五三）年のいまでも白魚漁の間は毎朝、生簀《いけす》に収めた獲り立てを御城に献上していた。

黒船襲来で江戸の河川警護はいきなり厳しくなった。しかし佃島漁師に限っては、いささかの咎めも詮議もなしに、大川の漁が許されていた。

佃島の名は、岡野には効き目があった。

う、うんっ。

カラの咳払《せきばら》いをしたのち、番人に言いつけて腰掛けを二脚、詰所に運び込ませた。手で座れと指し示してから、岡野も腰をおろした。

背筋を伸ばした岡野は、大きな瞳で仙之助を見詰めた。

「石川島寄場の仕来《しきた》りに通じてはおらぬそのほうらには……」

岡野は、言葉を続ける前に大きく息を吸い込み、そして吐き出した。

「人足が大川に出ておったのを、すわっ、変事の出来《しゅったい》かと見たやもしれぬが、それは大きな見間違いである」

月に数度、抜き打ちで稽古を続けていると、岡野は話を続けた。

「いつなんどき、人足が寄場からの逃亡を企てるやもしれぬ。その逃亡を押しとどめるのが、抜き打ちの稽古だ」

話の区切りを待っていたかのように、寄場の女が茶を運んできた。黄緑色の茶が、純白の湯呑みに注がれている。

岡野は仙之助と馬ノ助に、茶を勧めた。

武家が町人に茶を勧めるなどは、きわめて稀《まれ》なことだ。

仙之助は岡野の意図を測りかねているのだろう。湯呑みを見ようともしなかった。

「今日の出来事も、いま話をした通り、抜き打ち稽古だ」

岡野は仙之助を見ながら、湯呑みに口をつけた。音を立てずに、茶をすすった。

「文字通りの抜き打ちゆえに、寄場番人すらも気づかずにおった。さりながら、わしら同心はもちろん抜かりなく、人足どもの振舞いを見張っておった」

あれは稽古であって、断じて島抜けではない。

岡野は何度も強くこれを口にした。

湯呑みの茶を飲み干してから、仙之助を見た。目の光り方が強く増していた。

「抜き打ち稽古のことが外に漏れれば、それはもはや抜き打ちではなくなる。そうなれば、せっかくの稽古が成り立たなくなる」

本日の出来事一切は、構えて他言無用。

もしも外部にひとことでも漏れたときは、そのほうらの仕業であると断ずる。

岡野の両目は、仙之助の胸を射抜かんばかりに強く光っていた。

「かしこまりまして、ございます」

馬ノ助は両手を膝にのせて、断じて他言はしないと請け合った。仙之助は、めずらしく憮然《ぶぜん》とした顔つきを崩さずにいた。

島抜けの人足を、身体を張って取り押さえた。それなのに岡野は、あれは稽古だという。

仙之助がおさまらないのも無理はなかった。

馬ノ助は場を取り繕うかのように、愛想のよい物言いを続けた。

「てまえどもさえ固く固く口を閉じておりますれば、大事な稽古のことが外に漏れることはございません」

御上(将軍家)の御用に障るような振舞いは、口が裂けようともいたしませんと、馬ノ助は言葉を重ねた。大事な稽古の部分には、ことさらに力を込めた。

「黒船があらわれましたことで、この寄場のお役人様も、さぞかし気苦労なことでございましょう」

馬ノ助は岡野から目を逸《そ》らさずに、供された茶に口をつけた。

「せっかくのお茶だ、おまえもありがたくいただきなさい」

仙之助に茶を呑めと強く勧めていたとき、詰所に仙之助のお仕着せが届けられた。

鏝をあてて、急ぎ乾かしたのだろう。お仕着せは襟元も裾も、きれいに伸びていた。

お仕着せを届けにきた女は、真新しい六尺ふんどしも一緒に差し出した。

寄場に収容されている者は、男女とも無宿者で、そして職人もいた。手に職のない無宿人は、佐渡に送られることもあった。

佐渡送りは、死を意味した。金山に送り込まれて、死ぬまで金を掘らされるからだ。

佐渡送りに比べれば、石川島人足寄場は天国も同然である。

「あっしは桶造りができます」

「瓦焼きなら、だれにも負けやせん」

男の無宿人たちは、佐渡送りから逃れるために、懸命に持てる技を使った。ゆえに石川島には、腕利きの職人が揃っていた。

女も同様である。佐渡送りこそ女にはなかったが、手に職のない者は小伝馬町《こでんまちょう》の牢屋《ろうや》か、房州の干拓地に送り込まれるのだ。

石川島では女の無宿人たちも、ひたすら腕を競い合った。

鏝をあてるのも、ふんどしを拵えるのも、女の無宿人である。仕上がりは見事だった。

「そこの衝立の陰で、下帯を締め直せばよい。遠慮は無用だ」

岡野に言われるがままに、仙之助はふんどしを新しいものに取り替え、鏝のあたったお仕着せに袖を通した。

「稽古のことについては、構えて他言いたすでないぞ」

退出しようとした仙之助に、岡野はいま一度念押しをした。

「いたしません」

答えた仙之助は足早に振り返りもせずに関羽丸に向かった。

「なにが稽古だ、ばかばかしい」

船頭が櫓を漕ぎ始めるなり、仙之助は言葉を吐き捨てた。

「そんなに毒づくこともない」

馬ノ助の目元がゆるんでいる。

「どうしたんですか、笑えることじゃないでしょうに」

仙之助は番頭にも食ってかかった。

「いつまでも、とんがっているんじゃない」

馬ノ助はたしなめながらも、目元はまだゆるんでいた。

わけの分からない仙之助は、ふうっと大きなため息をついた。

佃島は、石川島の木戸つながりのすぐ隣である。仙之助のため息がまだ消えずに残っているうちに、関羽丸の船頭は舫い綱を桟橋に投げた。

佃島の飼い犬が、尻尾を振って桟橋に駆け寄ってきた。船が着くたびに、出迎えに駆けてくるのだ。

まだ鼻の周りが黒く、子犬に近かった。

しかし船から出ようとした仙之助の動きが固まった。

ワンッ。

犬嫌いを察したのか、佃島の子犬は大きな吠え声で仙之助を出迎えた。

十七

佃島を治める肝煎には、当然ながら代々慧眼《けいがん》が備わっていた。

「薪を運ぶには似合わぬ船だの」

上総屋自前の船で薪を運んできたことに、強いいぶかしさを感じている口ぶりだった。

「肝煎にお届けする薪ですから、半端な船では運べませんので」

寄場にいたときとは打って変わり、仙之助は愛想のよい物言いで答えた。

返答を聞いても、肝煎は得心した様子を見せなかった。

「屋根船で薪を運ぶというのは、雨への備えか？」

それにしては上天気だがと、五兵衛は言い足した。

仙之助を見る目が光り方を強めた。

外回りの手代ながら、口先だけの世辞や言いわけからは縁遠い仙之助である。咄嗟《とっさ》の返答に詰まり、口ごもった。

五兵衛には察するものがあったようだ。

「なにか子細があってのことか」

半端な言い繕いは許さぬと、五兵衛の目の光が告げていた。

返答できない仙之助に代わり、馬ノ助が五兵衛の目を見た。

「じつはてまえどもと深いかかわりのございますお客様が、中川船番所で足止めの憂き目に遭《あ》っておりまして」

朝からの次第を、馬ノ助はかいつまんで五兵衛に聞かせた。

馬ノ助の話には得心がいったらしい。

「黒船騒動以来、どこもかしこも六尺棒を手にした番人ばかりになっておる」

「まことに、さようでございます」

馬ノ助が相槌《あいづち》を打つと、五兵衛は湯呑みに残っていた茶をすすった。

膝元に戻したあと、ふたりに目を向けた。

「あんたらは……」

五兵衛は馬ノ助と仙之助を等分に見た。

「中川船番所への口利きを、このわしにさせようというのか」

五兵衛は二番番頭に目を移していた。

深くうなずいてから、馬ノ助は両手を膝に載せた。

「他所《よそ》にお願いできる先はございません」

番頭は膝の手を畳についた。

仙之助も番頭に倣い、両手づきになってあたまを下げた。

大店の二番番頭が初対面の相手に、畳に手をついて頼みを口にしていた。決して軽々しく他人に頼み事などしないのが、大店の番頭の矜持である。

五兵衛には、その重さが理解できた。

こうまで礼を示されて断ったりすれば、佃島肝煎の度量を問われかねない。

思案の末、五兵衛は目つきを和らげて馬ノ助を見た。

「船番所まで出向くのはやぶさかではないが、わしで効き目はあるのかのう……」

五兵衛は自分に問いかけていた。謙遜ではなく、本当に自分で役に立てるのかといぶかしんでいるようだ。

「それにつきましては、てまえにいささか思案がございます」

座り直した馬ノ助は、上体をわずかに肝煎のほうに乗り出した。

「こちらの島のみなさんは、石川島人足寄場のお役人様とは、親しくお付き合いをなすっておいででしょうか?」

「なんでまた、そんなことを訊くんかの?」

肝煎は答えではなく、問いで応じた。

「じつはこちらにうかがいます手前で、島抜け騒動に出くわしまして」

「なんだと？」

顔色の変わった肝煎は、めずらしく甲高い声を発した。隣り合わせの島にいながら、島抜け騒動には気づいていなかった。

「断じて他言は無用と、庶務役同心の岡野様からきつく言われましたが……」

馬ノ助は仙之助が取り押さえたことまで、余さずに話した。聞き終わった五兵衛は、両方の目尻が大きく下がっていた。

「岡野様は、ことのほかお偉いひとだ。あのひとなら、抜き打ちの稽古ぐらいのことは言うじゃろう」

自分で言った言葉に、肝煎は噴き出した。

ひとしきり笑ったあとの目には、いたずら小僧のような光が浮かんでいた。

十八

佃島の肝煎、五兵衛が石川島人足寄場の入口に立ったのは、七ツ（午後四時）を四半刻（三十分）以上も過ぎたころだった。

先を急ぎたい一心の仙之助は、気が焦《じ》れて尻を浮かせた。若い者の苛立ちを目にした五兵衛は、しわの多い顔をゆるめた。

「中川では上首尾に運びたいじゃろうが？」

「もちろんです」

仙之助は答え方すら、先を急いでいた。

「それならお若いの、いまは先を急がず、取れるだけの担保を取っておくのが大事だ」

言い置いた五兵衛はふたりを猪牙舟に残し、桟橋に降りた。

六尺棒を手にした門番は、もちろん五兵衛の顔は見知っていた。が、だれと向き合っても親しげな様子を見せないのは、門番の務めである。

「何用でござろうか」

口調は素っ気ないが、五兵衛に対する物言いはていねいだった。

佃島の漁師からは、大川で獲れた魚介を納めてもらうだけでなく、折りに触れて干物や鮮魚の差し入れを受けている。門番もその相伴にあずかることもあるがゆえ、五兵衛に対する物言いに横柄さはなかった。

「岡野様に、いささか用がありましてなあ。お手数とは存じますが、ご都合をうかがってくだされ」

五兵衛は下手に出た。

「うかがうに際しては、御用の向きをうかがいたい」

「ごもっともでしょうな」

目元をゆるめた五兵衛は、猪牙舟のほうに向き直った。右手の親指と人差し指を口に入れると、勢いを込めて息を吐き出した。

ピイイー。

鋭い音で、指笛が鳴った。

人足寄場の入口で指笛を鳴らすなどは、尋常な振舞いではない。六尺棒を握った門番の手の甲に青筋が浮かんだ。

が、咎め立てはしなかった。

相手は佃島の肝煎である。六尺棒を手にした門番といえども、無闇に咎めるわけにはいかなかった。

指笛が鳴り響くなり、馬ノ助と仙之助が石段を急ぎ足で登ってきた。仙之助は竹ザルを手に持っていた。

差し渡しが一尺五寸（約四十五センチ）もある大きなザルだ。敷かれた杉の葉の上には、十枚の干物が載っていた。

アジの一夜干しである。

「しばしお待ちあれ」

干物を見るなり、門番のひとりは岡野のもとへと駆け出した。

六月に入るとアジは品川沖の海にまで群れで押し寄せてくる。本来は大川を相手の川漁を得手《えて》とする佃島の漁師も、この時季になれば品川沖まで船を出した。

ザルに載っているアジは、佃島の漁師が獲った昨日の獲物である。

背開きにして干したのは、五兵衛の女房、おとよだ。五兵衛と同い年のおとよは、すでに五十も半ばである。しかし背筋はピシッと伸びており、動きも若い女房連中よりも敏捷だった。

おとよが得手とするのが、アジやサバ、イカなどの一夜干し作りである。とりわけアジの一夜干しの美味さは、抜きん出ていた。

佃島の漁師がアジを獲るのは、夏場だけだ。しかし他の季節でも、おとよの元には干物作り用のアジが届けられた。

佃島と大川を挟んで向き合っているのは明石町だ。その明石町に敷地四千三百坪の上屋敷を構えているのは、肥後熊本新田藩細川能登守である。

細川家上屋敷の鮮魚御用をあずかる魚清《うおせい》は、方々の大名屋敷に出入りしている大所帯の鮮魚商だ。手代は魚の目利きが揃っていた。

なかでも細川屋敷を受け持つ長二郎《ちょうじろう》は、鮮魚・干物の両方の吟味に長《た》けていた。

白魚の買い付けを五兵衛相手に掛け合っていたとき、おとよは茶請け代わりに干物を長二郎に供した。

一月中旬の寒い日で、茶のぬくもりがなによりのご馳走《ちそう》だった。おとよは番茶に添えて、ひと炙《あぶ》りしたアジの干物を振舞った。

「これは……」

ひと口含んだ長二郎は、箸が止まらなくなった。

粉雪が大川に舞い落ちる凍えた日だったが、干物からは脂《あぶら》が滲《し》み出していた。キツネ色の焦げ目が、見た目の美味さをそそっている。

皮はほどよく硬く、ぜいごは剝がすほかはなかった。しかし棘を剝がした残りの皮は、身と同じほどに美味かった。

干物を食べ終わったとき、皿にはあたまと背骨と、ぜいごしか残っていなかった。

「ほんとうにあんたは、魚が好きなひとなんだねえ」

おとよは長二郎の魚の食べ方を喜んだ。

「おとよさんの拵えた干物が、飛び切りに美味かったからです」

長二郎は白魚仕入れの掛け合いはほどほどで切り上げ、アジの干物の一手買い付けを五兵衛と談判した。

「細川様のお屋敷にお納めします。ぜひともこの干物の買い付けは、てまえどものみに限らせてください」

長二郎の食べっぷりを、おとよはすっかり気に入っていた。

「このひとの言う通りにしてあげなさいよ」

強く口添えしたことで、おとよの拵える干物は魚清の一手仕入れとなった。

折りに触れて五兵衛は、女房の拵える干物を人足寄場の役人にも届けた。いわば役人への鼻薬である。

ひとたび口にしたあとは、寄場の役人たちは五兵衛が持参する干物を待ち焦がれるようになっていた。

とりわけ岡野は、おとよの干物を好んだ。

もちろん門番は、そのことを知っていた。

駆け出して行ったときと同じ速さで、門番は五兵衛の前に戻ってきた。

「岡野様が待っておいでです」

門番はていねいな口調で、五兵衛たちを島に迎え入れようとした。

馬ノ助と仙之助の顔は、つい先刻見たばかりだ。門番は、ついつい険しい目を馬ノ助たちに向けた。

「わしの供でしてなあ」

五兵衛のひとことで、門番は渋い顔ながらも馬ノ助と仙之助も島に入れた。

七ツ半（午後五時）が目前に迫っている。西空に大きく傾いた天道は、斜めの空から夕日を島に投げかけていた。

すでに早番無宿人たちの夕餉《ゆうげ》が始まっているようだ。島に一歩を踏み入れた仙之助は、鼻をひくひくっと動かした。

しじみ味噌汁の香りが島に漂っていた。

十九

詰所に入ってきた五兵衛を、岡野は武家らしくもない笑顔で迎えた。それほどに、干物の到来が嬉《うれ》しかったのだろう。

しかし五兵衛のあとには、馬ノ助と仙之助が続いている。

たちまち岡野の顔つきが渋くなった。

「このふたりは海賊橋たもとの、上総屋の奉公人でしてなあ」

馬ノ助と仙之助をわきに呼び寄せたあと、岡野に向かって銘々に名乗らせた。

すでに素性を聞き取っていた岡野は、面倒くさそうな顔で名乗りを受けた。

「上総屋さんと佃島とは、まことに深い付き合いがありましての」

白魚漁に使う赤松の薪は、一本残らず上総屋から買い入れている……一本残らず、の部分に五兵衛は力を込めた。

「ところで」

五兵衛は口調も顔つきもあらためて、岡野を見た。

「昨日は品川沖で、アジが豊漁に恵まれました」

五兵衛の目配せを受けて、仙之助は干物が載った竹ザルを肝煎に渡した。

「わしの女房が拵えた干物を、ことのほか岡野さんはお気に入りだとうかがいましたもので のう」


岡野様が岡野さんに変わっている。岡野のこめかみがぴくりと動いたが、五兵衛は気づかぬふりをして話を続けた。

「干物と白魚漁にまつわる話で、岡野さんのお耳にいれておきたいことがありますが」

五兵衛は詰所の土間に目を走らせた。

杉板で拵えた長さ一間（約一・八メートル）の腰掛けが出されている。五兵衛はその腰掛けを指さした。

「わたしも歳でしてなあ。立ち話は腰につらいもんで、そこに座ってもよろしいか？」

岡野に対する物言いが、どんどんぞんざいになっている。が、竹ザルに載った干物は、まだ五兵衛が手にしたままである。

岡野はにこりともせずに、腰掛けを勧めた。

「せっかくのお勧めをいただいたんだ、遠慮なしに座らせてもらおうじゃないか」

腰掛けを勧めざるをえないように仕向けた五兵衛は、さっさと腰をおろした。馬ノ助と仙之助が五兵衛に続いて座った。

「この干物のことですが」

座るなり干物の話を始めた五兵衛は、竹ザルを岡野には手渡さず、腰掛けに置いた。

「およが拵えるこの干物は、明石町の魚清に一手に納めておりましての」

魚清は細川様上屋敷の鮮魚御用をあずかる店だと付け加えた。

「魚清から納めを受けた細川様は、ことのほかこのアジをお気に入りのご様子だと聞きました。将軍家・御三家のほかには、ただの一枚も納めてはならぬと、魚清の手代にきついお達しを申しつけられたそうです」

言い終えてから、五兵衛はひと息をおいた。

細川能登守のお達しが、岡野の身体に染み透る間を待ったのだ。

「うおっほん」

岡野がカラの咳払いをしたのをきっかけにして、五兵衛は竹ザルを両手に掲げ持って差し出した。

「岡野様にはことのほかご厚誼を賜っておりますゆえ、細川様のきついお達しに背く形で、こうして持参いたしました」

くれぐれも、この干物の出所はご内密に願います……五兵衛は強い目で岡野を見詰めた。

役人は、ことさらに格式を重んずる。

細川家上屋敷が構えられているのは、石川島船着き場からわずか二町(約二百十八メートル)を隔てた対岸である。

肥後細川家は石高三万五千石の外様大名だが、格式にうるさいことで名高い。

その細川家藩主じきじきに、干物は将軍家・御三家のほかには回すなと言い置いたという。

竹ザルを受け取る岡野の手は、わずかながら震えているように見えた。

散々に干物にもったいをつけてから、五兵衛は上総屋の話に戻った。

「今し方も申し上げました通り、上総屋はてまえどもの白魚漁師に、赤松の薪を納めております」

寒中の白魚漁が、かがり火を焚いて行う夜の漁だと、五兵衛はわざわざ念押しをした。

「上総屋の赤松薪がなければ、白魚漁は成り立ちませぬ。漁ができなければ、毎日の将軍家への献上も、これまたかなわぬことと相成ります」

つまり上総屋は、将軍家の御台所を陰で支える薪炭屋に等しい……五兵衛の理屈は、相当なこじつけである。しかし勢い強い口調できかされている岡野は、得心のうなずきを示した。

「話は変わりますが、てまえどもの物見が、今日の八ツ半（午後三時）過ぎに生じました大川の異変を目にいたしました」

五兵衛は、帯に挟んでいた煙草入れを取り外した。

「煙草盆を拝借できますかな？」

有無をいわせぬ強い口調である。岡野は愛用の煙草盆を五兵衛に手渡した。

「さすがは岡野さんだ、桜材が見事ですなあ」

五兵衛には、もはや岡野様と呼びかける気はないらしい。さん呼ばわりされるたびに、岡野の眉がぴくっと動いた。

五兵衛は知らぬ顔で、親指の腹を使って刻み煙草を火皿に押し詰めた。種火にくっつけて火をともしたあと、強く吸い込んだ。

甘い薩摩《さつま》煙草の香りが、詰所の土間に漂い出た。

「屋根船から大川に飛び込んだのは、上総屋の手代によく似ていたが、なにかわけがあっての騒動でしょうかと、佃島《うち》の物見はいぶかしがっておりました」

そんな矢先に、馬ノ助と仙之助が佃島をおとずれてきた。

「大川に飛び込んだのはおまえかと、わたしは仙之助を問い詰めました。ところがこの者は、正直に答えようとはしません。わたしは腹立ちのあまり、仙之助と馬ノ助を怒鳴りつけました」

大川は御上に献上する魚を獲る、清き流れである。その流れに不浄の身体を投じたのみならず、子細を話そうとしないのは不届き千万である。

「どうしてもわけを言わない気なら、お奉行所に訴え出ると、ふたりを脅しつけました」

五兵衛は新たに詰めた一服を吹かした。

煙は真上に昇ったが、岡野は煙が目にしみたような顔つきを拵えた。

「お縄を打たれてもよいのかと質しましたところ、馬ノ助がようやく口を開きました」

キセルの火皿を、五兵衛は力まかせに灰吹きにぶつけた。

ボコンッ。

鈍い音を耳にするなり、岡野は背筋を伸ばした。

「岡野様からきつく口外無用を言い渡されていると前置きしたうえで、抜き打ちの島抜け捕り物稽古に出くわしたと、わけの一端を明かしました」

島抜けの捕り物稽古とも知らずに、仙之助は無宿人を取り押さえてしまった。そのせいで、せっかくの抜き打ち稽古が台無しになった。

本来であればきつい咎めを受けるところ、岡野様の温情ある計らいにより、咎めなしで済んだ。

岡野様への恩義を思えば、いかに肝煎からきつい口調で問い質されても、口外無用の言いつけに背くことはできない。

肝煎から奉行所に訴え出るといわれたがため、仕方なくことのあらましを話した。もしも奉行所に訴え出られたりしては、岡野様にどのような迷惑を及ぼすかも知れぬ。我が身はどうなっても仕方がないが、咎めもせずに放免してくれた岡野様に迷惑を及ぼしては顔向けできなくなる。

「このように申しまして、ふたりはともに男涙をこぼしたという次第でしてなあ」

とにかく岡野様に会って、温情ある沙汰の礼を言うのが先決……そう判じたがゆえに、都合も訊かずアジの一夜干し持参で、急ぎ島をおとずれましたと五兵衛は結んだ。

「いやはや、さすがに岡野さんは太っ腹なご沙汰をなさる」

この美談は明日にでも、御城の大膳部頭取のお耳にいれたい……五兵衛はわけあり顔で岡野を見た。

「抜き打ちの島抜け捕り物稽古を怠らないという、あっぱれな心がけに接するにつけ、てまえどもも安心して石川島の隣で暮らすことができます」

三服目の吸い殻を、強く灰吹きにぶつけた。

いままでの倍の大きさで、ボコンと響いた。

カン、カン、カン、カン……。

キセルをぶつけた音に重なるようにして、寄場の板木が鳴り始めた。人足たちの食事交替を告げる板木である。

五兵衛や岡野には聞き慣れた音だが、馬ノ助と仙之助は初めて聞く音だ。

不意に鳴りだした乾いた音。馬ノ助と仙之助は、こわばった顔を見交わした。

「案ずることはない」

あれはメシの報せだと、五兵衛が教えた。

樫の厚板表面に、たっぷり脂をくれて磨き上げた板木だ。木槌で叩けば、島の隅々まで響き渡った。

鳴り始めた板木のせいで、五兵衛が持って行こうとしていた話の行き先が見えにくくなった。

キセルを膝に置いた五兵衛は、背筋を張って岡野を見た。いまは肝煎を務めているが、元は大川を自在に行き来した漁師である。

背筋を伸ばすと、若い時分に鍛えた胸板の分厚さが感じられた。

「正味のところを申し上げれば、島の若い女房連中は、常から寄場の様子を気にしておりましてなあ。あの女房たちの不用意な口をどう閉じさせようかと、いささか手を焼いておったところです」

そんな矢先だけに、抜き打ち稽古はまことにありがたい……岡野があれこれと思いを巡らすひまを与えるように、五兵衛はわざとあとの口を閉じた。

佃島の若い漁師のもとに嫁いできた市中の娘たちは、申し合わせたかのように寄場人足が島抜けしやしないかと案じた。

「石川島と佃島の境目は、ちっちゃな木戸しかないじゃないの」

もしも寄場の人足たちが徒党を組んで木戸を打ち破ったら、どうするのか……これを心底、案じた。

「頑丈な木戸があるんだ、心配いらねえ」

不安の色を浮かべた新妻に、漁師は分厚い胸を叩いて見せた。

「島抜けがばれたら、よくて遠島、わるくすりゃあ打ち首か佐渡送りだ」

島抜けは命と引き替えにする覚悟がいる。八丈島のような海の果てに流されたのならともかく、石川島は大川のど真ん中に位置している。島というより町に近かった。

好き勝手に動ける自由こそないが、人足の多くは毎日市中に出張って道造りや堀の掘削などの作事についた。

江戸の空気は、寄場にいても存分に吸える。三度のメシも朝昼は一汁一菜だが、夕餉は香の物まで加えて三品が供されるのだ。

命と引き替えに島抜けを図る者は、度し難いうつけ者だと、佃島の漁師は笑い飛ばした。

石川島の役人にとっても、島抜けは大事だった。切腹の沙汰が下されるわけではない。が、不始末を咎められて御役御免を言い渡されるか、格下げの憂き目に遭うかは免れなかった。

ひとたび格下げされたあとは、当人の代だけではない。息子も孫も、格下げされたままとなるのだ。

島抜けは、人足にも役人にも命がけである。

佃島の漁師も、島抜けは割に合わない愚挙だと知っていた。が、女房の手前どれだけ強がってみせてはいても、こころの奥底では隣り合わせなだけに島抜けを案じていた。

「岡野さんが抜き打ちの捕り物稽古をしてくだすっていたとは、今日の今日までわしら漁師は知りませせなんだ」

今夜は漁師全員を集めて、祝い酒を酌み交わすと岡野に告げた。

岡野はあからさまに渋面を拵えた。

「くれぐれも抜き打ち稽古のことは他言せぬようにと、漁師に口止めしておきますでの」

五兵衛は刻み煙草をぎゅうぎゅう詰めにした。火をともしたあとの煙は、岡野目がけて流れた。

岡野はしかし、煙を払いのけようともせず、深く考え込んでいた。

二十

ウオオーン……。

ゴン太がいきなり遠吠えを始めた。

岡野が寄場で飼っている黒毛の犬である。庶務役の岡野といえども、四日に一度は不《ふ》寝番《しんばん》の当直が回ってくる。

「犬には、われら当直の者には聞こえぬ音を聞き、嗅ぐことのできぬ不審者の臭いを嗅ぎつける能力がござります」

岡野みずからが寄場差配の与力に願い出て、島の警護のために飼うことを許されたゴン太である。

「ゴン太は、御公儀御庭番のさるお方より賜った、川上犬の血筋での」

岡野は同輩に向かって、大いにゴン太自慢を繰り返してきた。が、御庭番から賜ったというのは、岡野の誇張である。

まことは、口入れ屋から周旋を受けて雇い入れた下男が、かつて御庭番につながる武家に奉公したことがあると、奉公人仲間に漏らしただけのことだ。

その下男が組屋敷で飼っていたのがゴン太である。

岡野は役目替えで寄場庶務を命じられたとき、ゴン太を連れてきた。

「寄場では庶務役のそのほうとて、四日に一度の不寝番当直につくことになる」

赴任前に上司から言われた岡野は、ひとりでは不安を覚えたがゆえ、ゴン太を島に連れて行ったのだ。

飼い犬がそばにいれば、なにかと役に立つ。このことを岡野は、下男とゴン太を見ていて強く思った。

ゴン太は御公儀御庭番につながる犬……相当に無理のあるこじつけだが、あながち偽りと断ずることもできなかった。

ゴン太が川上犬の血筋というのも、定かではないが、偽りとも言い切れない。

川上犬には、狼の血が混じっている。ゴン太は普段は、おとなしい小柄な犬だ。しかしひとたび牙を剝いたあとは、身体つきからは想像もできないほどに強い力で立ち向かう。

そのさまを見る限りは、川上犬の血筋というのも偽りとは思えなかった。

ウオオーーン……。

またゴン太が遠吠えをした。

「てまえどもは岡野様もご承知の通り、毎朝五ツ（午前八時）の鐘とともに、御城大膳部まで魚献上に出向きます」

大膳部頭取に、ぜひにも岡野様のあっぱれな心がけを伝えたい……五兵衛は岡野を称えるような目つきで言い切った。

岡野は胸の内で大いにうろたえた。

ゴン太の遠吠えは、岡野の胸中を察したがゆえである。飼い主のこころの迷いが、ゴン太に伝わっていたのだ。

ウオオーーン……。

ゴン太が長い尾をひいて、三度目の遠吠えをなしたとき。

「抜き打ち稽古の一件は、この島の外には他言無用に願おう」

岡野の物言いには、強い戸惑いの調子が含まれている。五兵衛の目の光が強くなった。

ウオンッ。

ゴン太は、敵を威嚇するような吠え方に変わっていた。

「いま一度、煙草盆を拝借いたしますぞ」

岡野の許しを得ることもせず、五兵衛はキセルに新たな一服を詰め始めた。

さきほどまでとは異なり、親指の腹で刻み煙草を強く押している。ギュッ、ギュッ、と音がするほどに詰めてから、種火を煙草に移した。

岡野は五兵衛の振舞いを咎めなかった。

しかし胸の内では、強い怒りを覚えているのだろう。

岡野の代わりにゴン太が吠えた。

ふうっ。

存分に煙を吐き出してから、五兵衛は岡野に目を戻した。

「なにゆえあって、岡野さんのあっぱれな心がけを、頭取にお話ししてはいけないのでしょうなあ？」

灰吹きにぶつけたキセルが、またもや大きな音をたてた。

五兵衛の物言いが、わずかに尖りの調子を帯びていた。

「人足寄場とは、小さな木戸ひとつだけを挟んでつながっている佃島ゆえに、女こどもは常に怯えの気持ちを抱え持っています」

岡野さんのような立派な心がけの同心がいてくれるおかげで、島の住民は枕を高くして寝ていられる。

男衆の出漁後は、島には陸《おか》に上がらざるを得なくなった年寄りと、女こどもしかいない。

寄場が島抜け封じのために、取り押さえの稽古を続けていたのだと分かれば、安心なことこの上ない……。

五兵衛は何度も同じことを口にしたあと、ぜひとも島民の感謝の思いを大膳部頭取に話したいと、強く言い張った。

「御城のしかるべき筋から、岡野さんを始めとするお役人様へのお褒めを、ぜひにもお願いしたいものです」

これは断じて告げ口ではありません、感謝の気持ちを伝えるだけですと、五兵衛は強調した。

ウッ、ウン……。

ウウウッ。

岡野の咳払いに、ゴン太のうなり声が重なった。

二十一

「日没、よおし」

日本橋本石町の鐘撞《かねつ》き番《ばん》ふたりが、互いに日の暮れを見極めた。

濃紺のお仕着せ半纏を羽織ったひとりが、鐘撞き堂に向かって右手を上げた。

ゴオオーーン……。

暮れ六ツ（午後六時）の捨て鐘を、本石町の刻の鐘が撞き始めた。

時の数だけ撞く本鐘の前に、三打を撞いてひとの気を集めるのが捨て鐘である。

その鐘に呼応するかのように、大川の東側でも永代寺の鐘撞き番が暮れ六ツの捨て鐘第一打を撞いた。

永代橋に、日暮れを告げる鐘の音が流れてきた。

「すまねえが、前をあけてくんねえ」

暮れ六ツの鐘が、橋を行き交うひとを早足にさせた。

深川から日本橋方面に向けて永代橋を西に渡るのは、商家の奉公人が多い。お仕着せ姿の手代のほとんどが、佐賀町の廻漕問屋で商談を済ませてお店へ帰るのだ。

そんなお店者とは逆に、永代橋を西から東に渡る群れもあった。半纏を羽織り、道具箱を肩に担いだ職人たちだ。

仕事場や普請場から、深川の裏店へと家路を急ぐ職人。一日の仕事で流した汗の残りが、日焼けした顔に染みついていた。

「ごめんよ、ごめんよ」

道具箱をわずかに振って、橋を行き交うひとの群れをかき分けた。

今日は六月十一日で、旬日の始まりである。旬日初日に、過ぎた十日分の手間賃を払う棟梁《とうりよう》も少なくはない。

「どいてくんねえと、道具箱がぶつかっちまうからよう」

家路を急ぐ職人は、股引《ももひき》のどんぶり（ポケット）に給金が入っているのだろう。どんぶりが大きく膨らんでいた。

去る三日の黒船襲来以来、今日が初めての旬日初日だ。

「あんな大騒動があったあとなのに、今日はきちんと手間賃をいただけるのかねえ」

朝の出がけに、女房は案じ顔で亭主を送り出していた。一刻でも早く女房とこどもを安心させたい亭主は、いつもの旬日初日よりもさらに足早に橋を渡った。

五兵衛が仕立てた一杯の猪牙舟は、暮れ六ツの本鐘が鳴り始めたころに、永代橋に差しかかった。

ゴオオーーン……。

陽が落ちた川面に暮れ六ツを告げる鐘が響いた。五兵衛を見る仙之助の目に敬いの色が宿されていた。

一刻もかけずに岡野に書き付けを仕上げさせたのだ。その手腕に心底、感服していた。

「島抜けなどという不届きな振舞いに及ぶ無宿人は、ただのひとりもここにはおらぬ」

五兵衛の話に区切りがついたあと、岡野はあごを突き出してこじつけ話を始めた。

「さりとて物事に絶対ということは、断じてない。いかに警護を厳重に行い、なおかつ、これまでひとりの島抜けを出したことがなかろうとも……」

ただの、ひ、ひとりも。

岡野はことさら力んでから、五兵衛を見た。

「このさき、島抜けが出ないとは言い切れぬ。ゆえにわしら警護役は、常に気を張って見張りを務めておる」

岡野はさらに強い目で五兵衛を見た。

五兵衛はわずかにうなずいた。うなずかないことには、岡野は話を先へ進めようとはしなかったからだ。

「抜き打ちの島抜け稽古は、言葉通りに、まさしく抜き打ちで行うものでの。島の無宿人はもとより、警護役にも事前には知らせぬまま稽古を執り行っておる」

事前に知らせていては、抜き打ち稽古にはならない。だれもが知らないまま行われるがゆえに、迫真の稽古になる。

島抜け役を命じられた者以外、無宿人はだれひとり稽古であることを知らない。

警護役も、わずかな者を除き、やはり稽古のことは知らされていない。

稽古がいつ行われるのか。

どんな形でなされるのか。

それらが厳重に秘密にされていたがゆえに、このたびの稽古は上首尾に運んだ。

「そこにおる仙之助なる者が、思わず大川に飛び込んだほどに、島抜け役の芝居は真に迫っておったということだ」

岡野は急ぎ拵えた作り話に、みずから大きくうなずいて見せた。

「この先もまた、抜き打ち稽古は行うやも知れぬでの。この稽古の秘密は、厳重に守られねばならぬ」

たとえ御城大膳部の頭取といえども、抜き打ち稽古にとっては部外者にほかならない。

ひとりの耳にいれた刹那、秘密はもはや露見したも同然となる。

稽古の大事さを思えば、石川島人足寄場の外には、断じてこの秘密は持ち出せない。

わしら寄場役人との交誼を続けたいと思うなら、今日の稽古のことは一切他言無用とすべし……岡野は、脅し口調で話を閉じた。

「いやはや、岡野様の深いお考えには、感服いたしました」

五兵衛は、大げさな身振りで褒め称えた。

「てまえどもは、とてもそこまで考えが及びませんでしたでな」

口外無用は肝に銘じますと、五兵衛は請け合った。

「そのほうに得心がいったのであれば、なによりのことだ」

岡野は安堵《あんど》の吐息を漏らした。

五兵衛はその吐息を見逃さなかった。

「つきましては岡野様に、ひとつお願い事がございます」

中川船番所に、木更津から出張ってきたおきょうという娘が留め置かれていると告げた。

「おきょうは木更津の波切屋という薪炭問屋の娘で、素性は確かでございます」

馬ノ助と仙之助が奉公している上総屋は波切屋から薪を仕入れている。

上総屋は、佃島の漁師が白魚漁に用いるかがり火の薪を一手に取り扱っている。

だとすれば、上総屋も波切屋もまた、将軍家の御用をうけたまわっていることになる。

「木更津の波切屋がいかに素性正しき薪炭屋であるかは、このことだけでもお分かりいただけましょう」

五兵衛は岡野の返事を待たず、先に進んだ。

「ゆえなくして中川船番所に留め置かれておりますおきょうは、その波切屋の娘でございます」

素性には、いささかの怪しさもない。

私は馬ノ助と仙之助とともにいまから中川船番所におきょうの身請けに出向く。

「大川に飛び込んで、抜き打ち稽古の島抜け芝居に彩りを添えた仙之助に、褒美代わりに一筆岡野様の添え状をいただければ、抜き打ち稽古の口封じが、より確かなものになると存じます」

抜き打ち稽古を、五兵衛は連発した。

気の荒い佃島の漁師を、束ねる五兵衛である。

穏やかな口調で相手を脅すという技も、五兵衛は自在に使いこなした。

添え状を書かなければ、抜き打ち稽古の一件は大膳部頭取に伝える。

仙之助の口も、たちまちほころびを生ずる。

岡野に向かって、五兵衛は穏やかな物言いで凄んでいた。

「あい分かった」

岡野の呑み込みは早かった。

「特段の計らいを願いたいと、記しておく」

仕上がった添え状を、五兵衛は両手で押し戴《いただ》いた。

石川島を出ようとした五兵衛たちの猪牙舟に、上総屋が差し向けた猪牙舟が追いついた。

「仕舞い船にも、おきょう様は乗っていませんでした」

馬ノ助への報せを脇で聞いた仙之助は、傍目にもわかるほどに肩を落とした。

「ところで、そのおきょうという娘さんのことだが……」

五兵衛は新たな一服に火をつけた。

左右に揺れる猪牙舟で煙草を吸うには、相当の年季がいる。

猪牙でしょんべん、千両。

揺れる猪牙舟の上から小便ができるようになるには、吉原通いに千両のカネを遣わなければ無理だとのたとえである。

キセルに火をつけるのは、小便をする以上に大変である。

が、五兵衛は造作もなしに火をつけた。

「上総屋さんと波切屋さんが深いえにしで結ばれていることは、あんたの話でよく分かったが」

それなら……と五兵衛は話を続けた。

「そんな大事な先の娘さんを出迎えるのなら、どうしておまいさんが出向くのかね」

五兵衛が吐き出した煙は、船頭のほうに流れた。船足が速くなっているのだ。

あと八十間（約百四十四メートル）も走れば、小名木川と交わる万年橋だ。中川船番所は、その小名木川の東端である。

「波切屋さんのお嬢なら、上総屋さんの身内のだれかが迎えに行くのが筋だろうが」

五兵衛の声が艫に流れた。

返事に詰まった仙之助が、固唾《かたず》を呑んだ。

ゴクン。

音は、五兵衛の耳にははっきりと届いた。

二十二

猪牙舟が永代橋をくぐり抜けたときには、暮れ六ツ（午後六時）を告げる永代寺の鐘はすでに鳴り終わっていた。

西空に陽は沈んでいたが、川面にはまだ真夏の暑さと薄明かりが残っている。万年橋を目指す猪牙舟は、舳先を大きく持ち上げて心地よさげに走っていた。

イノシシが牙を剝いたような形で、舳先を高く上げて川を疾走する。その形から、猪牙舟という名がつけられた。

五兵衛、馬ノ助、仙之助の三人を乗せて走る猪牙舟の船頭は、飛び切りの腕利きである。川面にかぶさり始めた薄闇を、船頭はやすやすと舳先で切り裂いて走った。

上総屋から佃島まで薪を運んだ屋根船は、島抜け騒動のあとで帰していた。

中川船番所に向かうには、豪勢な拵えの屋根船はことをこじらせるだけだ。もしもそんな船で、船番所に向かったりしたら。

「そのほうらの身代も商いも、よほどに大きいようだの」

「奉行の御用船よりも、この屋根船は拵えがよいようだ」

「禁制品の隠匿はなきか、厳しく詮議いたさねばなるまい」

豪勢な拵えの船で船番所に乗り付けるのは、厳しい吟味を役人に願い出るも同然のおろかな振舞いである。

詮議の口実を与えてしまっては、将軍家に毎日魚を献上するという佃島漁師の威光も、輝きが鈍ってしまう。

江戸の堀川を三千杯も走っている猪牙舟なら、役人から反感を買うこともなかった。

川面にかぶさっている薄闇は、ときが過ぎ行くとともに色味を濃くしていた。万年橋をくぐって小名木川に入ったあとは、ぐんぐん闇は深さを増していた。

中川船番所に向かう小名木川は、北岸と南岸では河岸の眺めがまるで違った。

武家屋敷や大名の下屋敷が連なる北岸は、高さ一丈（約三メートル）の白塀が連なっている。

川面を行く舟からは、ひとつの灯火も見ることはできなかった。

深川につながる南岸には、民家が群れをなしていた。

「だめだよ、金ちゃん。もう真っ暗じゃないか」

「それがどうしたよ、勝太」

「暗くなったあとは、河岸で遊んじゃあいけないって、おっかさんにはいつもきつく言われてるから」

勝太は口を尖らせた。

「平気だよ、これぐらいなら」

おまえのおっかさんは口うるさいんだよと、金次が言い返した。民家の並ぶ南岸からは、こどもの声がまだ聞こえていた。

「秀次《ひでじ》」

短く名前だけで船頭に呼びかけた五兵衛は、舟を南岸に寄せろと指図をした。肝煎とは、息遣いがぴたり合っているのだろう。

「へいっ」

船頭も短く返事をしただけで、素早く南の石垣に舟を寄せた。こどもの声が一段と大きくなった。

猪牙舟は石垣にへばりつく形で止まった。

五兵衛は大きく息を吸い込んでから、声を震わせ始めた。

「こどもたちよおお」

五兵衛が震え声を発すると、石垣の真上にいた金次と勝太が固まった。

こどもの様子は、猪牙舟からは見えない。

しかし酸いも甘いも噛《か》み分けた肝煎が、怖がらせようと決めて拵えた声色である。

気配が変わったことを感じ取った五兵衛は、さらに脅し文句を続けた。

「陽が落ちたあとの河岸には、物《もの》の怪《け》がいるぞ。とっとと帰らないと、襟首をつかまれてあたまからかじられるぞ」

かじられるその部分は、裂帛《れっぱく》の気合いとともに言葉をはき出した。

「ひえっ」

甲高い悲鳴を発するなり、こどもふたりは河岸から離れた。

川面にかぶさる闇が、さらに色味を濃くしていた。暗くなってからこどもが小名木川に落ちたりしたら、水はぬるくても溺死につながる。

それを案じた五兵衛は、勝太と金次を河岸から追い払った。大川に浮かぶ佃島の肝煎ならではの気遣いだった。

「提灯を灯《とも》したほうがいい」

「がってんでさ」

秀次は、折り畳んであった提灯を膝元に置いた。

「ちょいと煙草盆を貸してくだせえ」

頼まれた五兵衛は、無言のまま煙草盆を差し出した。

「ありがとうごぜえやす」

秀次は煙草盆の種火に、付木《つけぎ》をかぶせた。杉の薄片の端に、硫黄《いおう》を塗りつけたものが付木だ。種火で焙《あぶ》られると、すぐにくすぶり始めた。

肌に心地よい川風が流れていた。が、小さな火を消したり、大きな火をあおり立てるような強い風ではない。

秀次は煙を発し始めた付木に、強さを加減した息を吹きかけた。

付木の端で炎が生じた。すっきり乾いている杉の薄片だ。生まれた炎は、たちまち大きなものになった。

秀次は樫の小簞笥《こだんす》から五十匁（約百八十八グラム）の大型ろうそくを取り出し、芯を付木にくっつけた。

炎がさらに大きなものになり、明かりは舟にかぶさっていた闇を切り裂いた。

馬ノ助も仙之助も、薪炭屋の奉公人である。火の扱いには、ふたりとも長けていた。が、揺れる猪牙舟の上でろうそくに火を灯したことはなかった。

秀次は小さな揺れをものともせず、手慣れた動作で五十匁のろうそくを灯した。

その手つきに、馬ノ助も仙之助も見とれた。

大きな炎の立っている大型ろうそくは、提灯に納められた。上部まで一杯に伸ばされた提灯を、内からろうそくが照らしている。

真っ赤な提灯が、闇の中に浮かび上がった。

左舷《さげん》の舳先に赤提灯を吊してから、秀次はふたたび舟を漕ぎ始めた。

小名木川を行き来するとき、中川口に向かう船は赤提灯を、大川に向かう船は白提灯を舳先に灯すのが夜間の行き来の決まりである。

赤提灯を灯した猪牙舟は、石垣下から流れの真ん中に出た。

秀次の櫓さばきは見事である。ひと漕ぎしただけで、船は三間（約五・四メートル）も走った。

小名木川の近くには、幾筋もの堀が流れている。清い流れの堀から飛んできたホタルが、秀次の真後ろについた。

櫓を漕ぐ音に合わせて、蒼《あお》い光が揺れた。

二十三

新高橋をくぐった先で、五兵衛はまたもや船を南岸の石垣そばに寄せさせた。

中川船番所は、まだ二十町（約二・二キロ）も先である。

黙したまま、五兵衛は仙之助を凝視した。漁師ですら尻を浮かせてしまう、鋭い眼光である。

答えていいない答えを正直に白状する潮時だと、仙之助は肚をくくった。

五兵衛は、艫の煙草盆を膝元に取り戻した。

川面はすっかり闇に閉ざされていた。

新高橋のあたりまでくると、南岸の民家もまばらだ。なにしろ「深川洲崎十万坪」と称される、広大な埋め立て地が広がっているのだ。

多少の民家は点在しているが、灯火ははるか遠くに見えるだけだった。

北岸には、相変わらず武家屋敷しかない。武家屋敷から灯火は漏れてはいなかった。

猪牙舟にかぶさっている闇は、一層深くなっている。が、向かってくる船に、正面から衝突される気遣いはなかった。

舳先の赤提灯は、中川に向かう猪牙舟が止まっていることを報せていた。

キセルに煙草を詰め終えた五兵衛は、種火で火をつけた。強く吸い込むと、赤い火がホタルのように闇の中に浮かんだ。

「あんたの働きぶりは、長らく遠くから見てきた」

風もないのに猪牙舟が揺れた。

「上手なことは言わないし、見た目はヒョロッとした若い男で頼りない気もするが、陰日向のない仕事をする手代だと、口うるさい漁師の女房連中も褒めていた」

吸い終わった五兵衛は、灰吹きにキセルをぶつけた。雁首を叩きつけられた孟宗竹が、ボコッと鈍い音を発した。

「あんたは上総屋とも波切屋とも縁続きではない、ただの手代だろうが？」

キセルを手にしたまま、五兵衛は念押しをした。

「はい」

仙之助は間をおかずに返事をした。

さすがは漁師を束ねる肝煎である。五兵衛の物言いには、口を閉じ合わせた仙之助に即答させる強さがあった。

「上総屋には、あんたよりも年長の役付奉公人だって数多くいるはずだ」

五兵衛は器用な手つきで、新たな一服を詰め始めた。暗がりのなかで煙草を詰めることに、五兵衛は手慣れているようだ。

「そんなあんたが、なんだって波切屋のお嬢を身請けに出向くんだい？」

つい先刻と同じ問いを発した。

さきほどの仙之助は答えないままだった。同じ問いを重ねられたいまは、答えないわけにはいかなかった。

猪牙舟のうえで居住まいを正した仙之助は、声を発する前に丹田に力をこめた。そうでもしなければ、とても答えられる中身ではなかった。

「てまえに身請けにきてほしいというのは、おきょうさまからの言伝でした」

「そんな、分かりきったことは聞くまでもない。お嬢がそれを言わなければ、ただの手代のあんたが出向くはずもないだろう」

闇のなかで、またボコンと灰吹きが鳴った。

「わしが聞きたいのは、どうしてお嬢があんたを名指ししたかということだ」

「おきょうさまとてまえは、互いに好き合っているからです」

仙之助は一気に言い切った。

仰天した馬ノ助の顔色が変わった。

練れ方が二番番頭よりも長けている五兵衛である。さもありなんの表情で、仙之助のあとの言葉を待った。

「てまえはまだ、おのれの思いをおきょうさんには一言《いちごん》も明かしてはおりません。にもかかわらず、おきょうさんは、てまえを信じて名指してくださいました」

闇の深い小名木川の川面で、仙之助は両目に力を込めて五兵衛を見た。

「身請けは命を賭してでも成し遂げる、てまえの務めとわきまえております」

息継ぎすら惜しんで、仙之助は五兵衛に向かって言い切った。

「なにを言い出すんだ、おまえは」

仙之助の背後に座していた馬ノ助が、きつい口調でなじった。その馬ノ助の口を、五兵衛が抑えた。

「わけを聞かないことには、船番所の役人と談判のしようがない」

洗いざらいを聞かせろと、五兵衛は仙之助の口を促した。

仙之助は肚をくっていた。

もう一度背筋を伸ばしてから、おきょうとのかかわりの子細を話した。

互いに好き合っているのは、まことのことである。しかしそれは想い合っているだけで、いまだ手を握ったこともなかった。

ときに男勝りの気性を思わせるおきょうだが、男女のことには初心《うぶ》だった。

それは仙之助とて同じである。

馬ノ助に連れられて、悪所通いもしたことはあった。女を知らないわけでもなかったが、それは遊郭の女郎を相手の、一夜のことだ。

おきょうを強く想ってはいたが、指先に触れたことすらなかった。

仙之助の話を聞き終えた五兵衛は、いま一度、キセルに煙草を詰めた。ことさら強く、ぎゅうぎゅうと音がするほどに詰めた。

火をつけて吸い込むと、キセルの火皿が真っ赤になった。

ふうっ。

強い音とともに、煙を吐き出した。ゆるい川風に乗って、甘い香りの煙が仙之助のほうに流れた。

灰吹きに吸い殻を叩き落としてから、五兵衛は仙之助に目を合わせた。

夜の白魚漁で鍛えられた五兵衛の目は、闇を突き通して仙之助を見据えていた。

「馬ノ助さんの驚きぶりから察するに、あんたとお嬢の仲は……仲というほどの間柄でもない、淡いものらしいが……まだ、だれも知らないということかね」

「さようでございます」

仙之助はきっぱりとした口調で応じた。

「あけすけなことを念押しするが、あんたとお嬢とは口吸いぐらいは交わしたのか？」

「滅相もございません」

「手は握り合ったのか」

「指一本、触れたことはございません」

五兵衛の問いに、仙之助は偽りのない返事をした。

ふうっ。

もう一度、深い息を漏らしてから、五兵衛は両手を膝においた。

若い時分に、毎日の漁で鍛えた身体である。肝煎となったいまでも、背筋は真っ直ぐに伸びた。

「手も触れたことがなくても、惚れた女のためなら命がけになってこそ、男だ」

五兵衛の声には、威勢が満ちていた。

「わしだってこの歳になっても、惚れた女のことを思うと、まだまだ血が騒ぐ」

そうだろう？

五兵衛から問いを投げられた秀次は、目元をゆるめてうなずいた。五十路《いそじ》をはるかに超えた五兵衛がいまだ吉原に出向くときには、秀次が櫓を漕ぐのが決まりだった。

しかし船頭のうなずきは、闇に溶け込んでいて見えなかった。

「そういうわけがあるなら、手助けのしがいがあるというもんだ」

舟を出してくれと、五兵衛はあごをしゃくった。

「がってんでさ」

秀次の返事が終わらぬうちに、はや猪牙舟は動き出していた。

二十四

川風が頰を撫《な》でて、艫のほうに流れ去った。

「あんたも一服やらんか?」

五兵衛は仙之助に煙草を勧めた。

仙之助が明かした胸の内の思いを、五兵衛は諒《りょう》としたのだろう。話しかける口調には、親しさが強くなっていた。

「ありがとう存じます」

礼を言ったあと、仙之助はやんわりと煙草の勧めを断った。

秀次はゆっくりと櫓を使っているが、それでも舟は揺れ続けていた。この揺れのなかで、キセルを上手《うま》く使う自信が仙之助にはなかったからだ。

「それほどむずかしいことじゃないが」

五兵衛はひとりごとをつぶやいた。煙草を断った仙之助の胸中を、五兵衛は察したようだ。

「無理強いをしたところで、煙草が美味くなるわけじゃない」

自分に言い聞かせた五兵衛は、煙草盆に置いてあったキセルを手に持った。が、すぐに新たな一服を詰めようとはせず、キセルを手にしたまま岸辺を見上げた。

秀次は小名木川の真ん中を走らせていた。前方のどこにも、こちらに向かってくる明かりが見えない。すれ違う船が一杯もいないことを確かめたうえで、秀次は川の真ん中を走らせていた。

小名木川の流れに隔てられた南北の両岸は、宵闇がかぶさったなかでも眺めの違いは際立っていた。

北岸には武家屋敷が塀を接して建っていた。まだ暮れ六ツ（午後六時）を四半刻（三十分）過ぎたぐらいだが、武家屋敷は静まり返っていた。

高さ一丈（約三メートル）の白壁で囲まれた武家屋敷からは、漏れる灯火は皆無だ。目を凝らせば、闇のなかにぼんやりと庭木が見えるだけだった。

対岸の南岸には、岸辺まで民家が迫っていた。すでに川面は闇に溶け込んでいるが、川幅の広い小名木川を渡る風は感じられるのだろう。

杉の縁台を持ち出して、夕涼みをする者が石垣の近くに群れをなしていた。

「町人は強い」

五兵衛は、きっぱりとした物言いで言い切った。

何のことかわからず仙之助が黙っていると、言葉を吐き捨てた五兵衛は乱暴な手つきで煙草を詰め始めた。大きな雁首一杯に、ぎゅうぎゅうと煙草を押し詰めてから、種火にくっつけた。

闇のなかで、キセルの火皿が赤くなった。

存分に吸い込むと、煙草が燃えて赤い明かりがさらに大きくなった。

ふうっ。

五兵衛の吐き出した煙が艫に流れた。川風が強くなっていた。

「察しのわるいてまえに、なにとぞ肝煎のお考えをお聞かせください」

中川船番所に着くまでに、なんとしても五兵衛には機嫌を直してもらいたい……仙之助は、懸命な口調で頼み込んだ。

一服を吸ったことで、五兵衛の気持ちが落ち着いたらしい。

灰吹きに火皿をぶつけ、吸い殻を叩き落としてから仙之助に目を戻した。

「川の両岸を見比べてみろ」

五兵衛は腕を突き出した。仙之助よりもはるかに年上の五兵衛である。しかし突き出した腕は、太くて引き締まっていた。

佃島の肝煎は歳を重ねたいまも、身体には締まりがあった。

「見比べてみて、感ずることはないか」

仙之助は、目を凝らして両岸を見比べた。

「片方は暗いばかりでなにも見えませんが、南岸には夕涼みのひとが群れています」

目にしたままを、仙之助は口にした。

「あんたにも、ちゃんと見えているじゃないか」

機嫌よく応じてから、五兵衛は町人が強いとつぶやいたわけを話し始めた。

浦賀水道を黒船四杯が通り抜けをして以来、公儀は尋常ならざる警戒を始めた。

公儀の張り詰めぶりは、御府内《ごふない》（江戸市中）の大名や武家にも伝染した。

江戸城から離れたこの地にあっても、武家屋敷の気配は張り詰めている。ピリピリぶりは高い塀を越えて、小名木川を走る猪牙舟にまで伝わってきていた。

ところが。

武家屋敷と向き合っている民家は、気持ちに大きなゆとりがあった。それがあかしに、縁台を石垣近くにまで持ち出して、だれもが夕涼みを楽しんでいる。

縁台に座った連中が楽しむ煙草は、まるで赤いホタルのように見えた。

「ことが起きたからといって、ただ張り詰めているだけでは片づかない」

生じた異変の規模が大きければ大きいほど、常を失わず立ち向かうのが肝腎だと、五兵衛は続けた。

「ああして川岸で夕涼みをする者がいる限りは、いかなる大事が起きても真正面から向き合うことができる」

武家は張り詰めているだけで、まるでゆとりがない。こんな調子では、町人が天下を取るのも遠いことではない……。

五兵衛は遠慮のない口調で言い切った。

武家屋敷に聞こえたら一大事とばかりに、馬ノ助は顔を引きつらせている。

五兵衛は知らぬ顔で、新たな一服を詰め始めた。

中川船番所は、二百五十間（約四百五十メートル）の先にまで迫っていた。

二十五

中川船番所前には、百五十畳大の大きな船着き場が新たに設けられていた。

本来の船番所船着き場は、半分の大きさだった。ところが黒船襲来で、小名木川に入る船舶の吟味がいきなり厳しくなった。

「どれほど手間がかかろうとも、いささかも斟酌《しんしやく》手心は無用だ」

「一杯たりとも不審な船を、小名木川に入れてはならぬ」

黒船襲来で、幕閣が右往左往の真っ直中にあった六月五日朝。船番所奉行の下知《げじ》により、荷物と船客両方の吟味が厳しくなった。

六月六日には、御船蔵営繕組配下の職人三十人が、中川船番所まで出張ってきた。差配役の与力は杉丸太三十本のいかだを曳航していた。

職人たちは船番所にて丸太を挽き、船着き場の増築を始めた。

「船番所の新築でも始まるってか？」

「そんじゃねえだ。あの丸太を使って、船着き場を広げる気だべさ」

船番所近在の砂村では、農夫と川漁師がてんでに見当を言い合いながら普請に見入った。

御船蔵から差し向けられた職人たちは、いずれも腕利き揃いだ。わずか三日で、船着き場を倍の大きさに拡張した。

猪牙舟を操る秀次は、広い船着き場のど真ん中に横付けしようとした。広い船着き場には、一杯の船も舫われてはいなかったからだ。

すでに六ツ半（午後七時）が間近だった。日暮れたあとの小名木川は、航行が厳しく制限されていた。この刻限になって、小名木川に入り込む船は皆無だった。

猪牙舟の左舷舳先には、赤提灯が吊されている。真っ赤な明かりが、船着き場にくっつきそうになったとき。

ピイッ。

船着き場におおいかぶさった宵闇を、役人が吹いた呼子が突き破った。

鋭い音から幾らも間をおかず、大型の御用提灯三張りに明かりが灯された。

船番所の提灯は、白地に「御用」と墨書きされている。

猪牙舟は左舷を船着き場に寄せようとしていた。舳先には無地の赤提灯が吊り下げられている。

色味の異なる提灯が、互いに明るさを競い合っているかに見えた。

三張りの御用提灯が、左右に分かれた。

二手に割れた明かりの間から、羽織姿の同心が姿を見せた。

「ここをなんと心得ておるのか」

小柄な男の張った声が船着き場に響き渡った。

「すでに六ツ半になろうという刻限に、公儀中川船番所と承知のうえで、不浄の猪牙舟を寄せておるのか」

同心が言葉を区切ると、御用提灯三張りが猪牙舟に詰め寄った。

大型提灯の内には、百匁（約三百七十五グラム）ろうそくが灯されている。その提灯が三張りだ。

あたかも龕灯《がんとう》の光を浴びせられたかのようである。潮焼けした五兵衛の顔の、ひたいのしわまで照らし出していた。

馬ノ助と仙之助は、船板の上に正座をしていた。役人の怒声を浴びて、身体が固まったらしい。

猪牙舟の真ん中に立っている五兵衛は、左右の足首と膝を巧みに動かして調子をとっていた。舟が揺れても、立ち姿にはいささかの障りもなさそうだ。

「そのほうは漁師か？」

五兵衛の立ち姿と潮焼け顔から、同心は察しをつけたようだ。

「さようでございます」

五兵衛はていねいな物言いで答えた。

「ならばそこのふたりも漁師であるのか」

同心は馬ノ助と仙之助に目を移した。提灯が動き、番頭と手代の顔を照らした。

ふたりとも、血の気のひいた顔色だった。

「この者たちは、海賊橋たもとの薪炭問屋奉公人にございます」

「薪炭問屋であると？」

同心は語尾をピクンとはね上げた。

「漁師と薪炭問屋奉公人とが、何用あって船番所に寄ってきたのか」

同心の物言いが、再び刺々しくなった。

「そのほうは漁師だと言うが、浜の鑑札は持っておるのか」

詰め寄ってきた同心に、五兵衛はふところに仕舞っておいた鑑札を見せつけた。

葵御紋が描かれた、御城入城御免の鑑札である。

御用提灯の光を浴びた鑑札は、ひときわ黒漆の艶を放っていた。

二十六

中川船番所の吟味役同心は、常に上から見下す目で船客や船頭に接していた。ゆえに町人から逆襲されることには、まったく慣れてはいなかった。

吟味役同心堀田庄助《ほったしょうすけ》も、まさにそんな役人のひとりだった。

堀田はふたつき前までは両国橋東詰の蔵前御船蔵蔵番同心だった。御船蔵は蔵前と永代橋の二カ所にあるが、蔵前のほうが格下である。

直属上司佐野塚亮助《さのづかりょうすけ》の異動に伴い、堀田も中川船番所へと異動命令を授かった。

御船蔵蔵番から船番所吟味役への異動は、まれな栄転である。それについては、陰でさまざまに取り沙汰されていた。

「堀田氏は新任の庶務方与力様に、多額の袖の下を摑ませたという話だ」

このささやきは、真実味をもって船番所内部で交わされた。うわさされるに相応のわけを、堀田は抱え持っていたからだ。

堀田家は代々が百俵二人扶持《ぶち》という軽輩の家柄だ。当代の堀田庄助は、「長命誉」の蔵元・野田屋の三女雪乃《ゆきの》を娶《めと》った。

この縁談を機に、堀田は昇進を重ねた。

百俵二人扶持なら、札差《ふださし》に禄米を売却して手に入るのは四十両に欠けた。年俸と同額を娘の婚家先に貢いだところで、野田屋の財力からすればたかが知れていた。

「上役様への盆暮れの付け届けは、わたしにおまかせください」

雪乃はみずからの手で、上司が住む組屋敷に贈答の品を届けた。

実家からは毎年元日に、長命誉の四斗樽薦被《こもかぶ》りが上司の屋敷に届けられた。

直近の上司佐野塚が、中川船番所の庶務方与力を拝命した。上司の着任直後に、船番所奉行の交代があった。

「新たに加えます吟味役同心には、蔵前御船蔵蔵番の、堀田庄助が適任と存じます」

佐野塚は堀田を新任吟味役同心として、推挙した。

「吟味方人事の儀は、そのほうに一任する」

奉行の決裁を得て、堀田は蔵前御船蔵から中川船番所吟味役同心への昇進を果たした。

着任したのは四月初旬である。

「堀田氏は付け届けで昇進を成し遂げた」

同輩が交わす陰口は、堀田の耳にも届いた。なんとか力を示そうと張り切っていた矢先に、黒船騒動が勃発した。

「不測の事態を惹起《じやつき》いたさぬよう、吟味はことのほか厳しく臨むべし」

奉行直々の指図を受けたことで、吟味役同心は全員が気を張り詰めていた。わけても堀田は、ここぞ力の見せ場とばかりに張り切った。

佃島の五兵衛に接したのは堀田庄助である。吟味役としての職務意識は、同輩と比べてもきわめて高かった。

しかし、着任してからまだ日も浅い吟味役である。

佃島漁師に許された特権には、まったく通じてはいなかった。

居丈高に問い質すと、五兵衛は黒塗りの鑑札を差し出した。

江戸城出入りの許可鑑札である。

五兵衛から黒塗り鑑札を差し出された堀田は、息を詰まらせた。まさか猪牙舟で船番所をおとずれた年寄りが、御城出入り勝手次第の鑑札を差し出すとは考えてもみなかったからだ。

五兵衛と向き合った堀田の背後には、六尺棒と御用提灯を手に持った中間《ちゆうげん》が従っていた。

中間たちはだれもが、遠慮のない目で堀田の背中を見つめた。

果たして堀田さんはうわさ通り、上司への付け届けで吟味役を手に入れたのか。

持てる能力で、蔵番から吟味役への栄転を成し遂げたのか。

それを見定めんとばかりに、強い目で堀田を見ていた。配下の無遠慮な視線を、堀田は痛いほどに感じた。

丹田に力を込めた堀田は、尖った目であごをしゃくり、船番所玄関に進めと五兵衛に示した。口では言わないことで、吟味役の権威を示そうとしたのだ。

「舟におります上総屋の者たちは、いかがなことになりますので？」

五兵衛の口調には、怯えは皆無である。

「追って沙汰するゆえ、別室にて待たせておけ」

傲岸《ごうがん》な口調で言い置いた堀田は、五兵衛ひとりを船番所玄関に待たせて、急ぎ当直与力の執務部屋に向かった。堀田にとって幸いだったのは、今夜の当直が佐野塚亮助だったことだ。

執務部屋に向かいながら、堀田は五兵衛とのやり取りをなぞり返した。

顚末《てんまつ》を上司に伝えるには、子細が肝要である。とりわけ佐野塚は、あやふやな言い回しや、当て推量を聞かされることを嫌った。

「この者たちは、海賊橋たもとの薪炭問屋奉公人にございます」

五兵衛が口にしたことを思い返したとき、堀田は十二番部屋に留め置かれている女を思い浮かべた。

女の素性を吟味したのはおせいである。

「木更津の薪炭問屋、波切屋の娘だと名乗っています」

おせいが吟味役頭に報告を始めたとき、堀田はその場に居合わせた。

「海賊橋たもとの薪炭問屋、上総屋に向かう途中だと言い張っていますが、その言い分にあたしは得心がいきません」

船番所に留め置き、吟味の限りを尽くしたいとおせいは頭に願い出た。

時節柄、吟味は厳しくというのが奉行の指図である。おせいはこれまでも、数多くの不審者を吟味であぶり出していた。

「手加減は無用だ。そのほうが気の済むまで、吟味を重ねよ」

おせいは報告のなかで、薪炭問屋上総屋という屋号を口にした。

黒塗り鑑札を持参している五兵衛は、その上総屋の手代ふたりを伴っていた。

あの者どもの取り扱い方を誤ると、大事を引き起こしかねない……役人の本能が、堀田のあたまのなかで警鐘を打ち鳴らした。

「いささか、厄介かと思われる事態が出来いたしておりまして……」

堀田は五兵衛とのやり取りを、包み隠さずに話した。不都合な部分を省いたり、言いわけを付け加えたりすれば、佐野塚の不興を買う。そのことを堀田は、長い付き合いのなかでわきまえていた。

「二番部屋に通しておけ」

堀田の報告を聞き終えた佐野塚は、武家用の吟味部屋に通せと指図を与えた。

「かしこまりました」

答えた堀田は、五兵衛は煙草入れを帯から提げていたと付け加えた。

「種火の入った煙草盆の支度も、抜かるでないぞ」

堀田は深い辞儀のあと、佐野塚の執務部屋を辞した。二番部屋の支度を調え、すかさず五兵衛の待つ玄関へと向かった。

二番吟味部屋には、堀田みずから先に立って案内をした。

「この部屋にて、暫時待たれい」

部屋に通すなり、堀田は佐野塚の執務部屋まで舞い戻った。

五兵衛は船番所の二番吟味部屋に座っていた。

中川船番所には特番から十二番まで、十三の吟味部屋が設けられていた。特番から五番までは武家の吟味部屋である。

六番以降は、調度品皆無の粗末な部屋だ。おきょうがおせいから厳しい吟味を受けて、いまだ留め置かれているのも六番以降の部屋だった。

五兵衛は町人身分にもかかわらず、二番部屋に通されていた。今夜の当直庶務方与力、佐野塚亮助の指図による扱いだった。

茶こそ出てはいなかったが、煙草盆の用意がなされていた。吸いたければ好きに吸えばいいと、煙草盆が語っていた。

五兵衛はキセルを手に持ち、刻み煙草をしっかりと詰めた。煙草盆には、種火も抜かりなく用意されていた。

キセルを種火にくっつけた五兵衛は、強い勢いで吸った。火皿に詰められた煙草が、真っ赤になった。

行灯《あんどん》一張りで、明かりは存分に回ってはいない。煙草の赤い火が部屋のなかでは際だって見えた。

ふううっ。

勢いよく吐き出した煙は、たちまち部屋中に広がった。煙の行方を目で追いながら、五兵衛はこの先の成り行きを推し量った。

考えていた以上に、鑑札は役人に効き目があった。

あの同心の上役が顔を出したときには、石川島の岡野に書かせた書状を見せよう。

廊下の彼方から、すり足が聞こえてきた。

顔を出すのは、ふたりか……。

足音から五兵衛は、吟味部屋に向かってくる人数を判じた。

灰吹きに吸い殻を叩き落とすと、新たな一服を詰め始めた。

火皿一杯に煙草を詰めたとき、部屋の前ですり足が止まった。

二十七

岡野に書かせたくだんの書状。

佐野塚の目に留まるように、五兵衛はふところから書状の端をのぞかせていた。

佐野塚は即座に見て取った。

「そのほうと話をするには、いささか部屋が狭苦しいの」

幾らも話をしないうちに、佐野塚は背後に控えている堀田を振り返った。

「御用部屋に支度をさせなさい」

佐野塚の下知を受けた堀田は、わずかに眉の根元を動かした。御用部屋は、上級武家をもてなすための客間である。

「今夜は月夜で、眺めもよかろう。抜かるでないぞ」

堀田が胸の内に覚えたであろう戸惑いを、佐野塚は見抜いたのだろう。御用部屋の支度は抜かりなくいたせと、言葉を重ねた。

「御指図の通りに」

佐野塚と五兵衛を残したまま、堀田は素早く二番吟味部屋を出た。

廊下に出るなり、ふうっと吐息を漏らした。なにごとによらず自信満々で、尊大に振舞う堀田である。たとえ周りに人影がなくとも、吐息を漏らすなどはないことだった。

二番吟味部屋から御用部屋に向かうには、磨き上げられた長い廊下を突き当たりまで進むことになる。

御用部屋に向かう手前で、下男に茶菓の支度を言いつけなければならないからだ。

船番所は男所帯である。吟味役の『吟味婆』はいても、接客などの用をこなすのはすべて下男だった。

吟味部屋と御用部屋とは、船番所役人の執務部屋を真ん中に挟んで、母屋の南北両端に構えられていた。

北側に設けられた吟味部屋は、どの部屋も船番所の内庭に面していた。万にひとつ、不心得者が逃走を図ったとしても、船番所の外には出られない造りだった。

上級武家をもてなす御用部屋は、吟味部屋とは真反対の南側に構えられていた。

障子戸を開けば、泉水と庭木の取り合わせが美しい庭が広がっていた。今夜のように月明かりの豊かな夜は、庭石にほのかに落ちた庭木の影が水墨画のような眺めを創り出してくれる。

月光が描き出す木の影は、それだけで趣があった。月明かりをさえぎるものがない、中川船番所ならではの眺めである。

美しいのは庭石と庭木だけではなかった。

庭の東端の彼方には、葦《あし》が群生していた。その眺めが庭の借景となっているのだ。

月明かりを浴びた葦が風に揺れるさまは格式高い武家でもしばし見とれるほどに美しかった。

船番所奉行が不在の折りは、筆頭与力の差配下となる。序列に従えば、佐野塚の指図は奉行から下知を受けたに等しい。

指図を受けることには、いささかの異存もなかった。

しかし。

いかに黒塗り鑑札を携帯していたとはいえ、また佃島の肝煎であったとしても、五兵衛はただの町人だ。

そんな町人風情《ふぜい》の者を御用部屋に案内することには、強い怒りを覚えていた。

着任してまだ日の浅い堀田だが、御用部屋には格別の敬いを抱いていた。

台所に着いたときも、堀田はまだざらりとした思いが胸の内から消えてはいなかった。

「御用部屋に茶菓を用意しろ」

小者《こもの》に指図する声にも、堀田の思いが色濃くにじみ出ていた。

直属の上司である同心の胸中を察することに、小者は敏《さと》い。

「御用部屋のお客様がおいでですしたかね？」

小者のなかでも年配の俊造《としぞう》は、わざといぶかしがるような声で堀田に問いかけた。堀田が茶菓の支度の言いつけを喜んでいないと感じ取ったからだろう。

「佐野塚様から御指図をちょうだいした」

「さようでございますか」

俊造はとりあえず、素直な返事をした。堀田が佐野塚の腰巾着なのは、船番所のだれもが知っていた。

「客は佃島の肝煎だ」

堀田は言葉を吐き捨てた。その口調から、俊造は素早く察した。

「佐野塚様御指図の茶菓は、てまえが御用部屋に運びますで」

肝煎の茶も菓子も、念入りに支度をしますと付け加えてから、俊造は粘りつくような目で堀田を見た。

「まかせたぞ」

俊造が目で伝えている謎を解いた堀田も、目で応えた。

「わしは御用部屋の支度を済ませておく」

堀田は御用部屋に急ぎ、みずからの手で座布団を向かい合わせに配した。

佐野塚から受けた下知は、すべてみずからの手でこなすのが堀田の流儀である。佐野塚が座す座布団は、ていねいな手つきで配した。

五兵衛の座布団は畳に置いたあと、爪先で蹴って向きを直した。

六月十一日の夜空は、高い空の底まで晴れ渡っていた。満月に向けて満ちている月が、まだ空の低いところにいた。

高さはなくても丸くて大きい。

辺りの星のまたたきを吸い込むほどに、月は明るかった。

小名木川を渡って来る風を、心地よく感ずる月夜である。堀田は障子戸を一杯に開いた。

蒼い光が降り注ぐ眺めを佐野塚は好む。

それをわきまえているがゆえに、堀田は障子戸をすべて開け放った。

座布団の位置も見極めた。座したまま、月光降り注ぐ庭が眺められるように、厚さ五寸（約十五センチ）の分厚い座布団は配されていた。

「障子戸よし。座布団よし」

声に出し、指さして念入りに確かめてから、堀田は二番吟味部屋へと向かった。

俊造は、きっとしてのける……。

それを思うと、胸の内のざらつきは幾分かは収まっていた。

天井裏からガサガサッと音が立った。鼠《ねずみ》が駆け回っている音だ。

走っていられるのも、いまの間だけだ。

やがて怖い猫が襲いかかるぞ。

吟味部屋に向かいながら、天井の鼠に胸の内で毒づいた。

五兵衛から黒塗りの鑑札を示されたときの驚き。そのときのうろたえを思い出すにつけ、堀田は強い怒りを覚えた。

町人の肝煎ごときに恥をかかされたことを、巳年《みどし》生まれの堀田は恨みに思っている。

吟味部屋に向かう足取りが速くなった。

二十八

御用部屋に招き入れられるなり、五兵衛は濡れ縁に出た。

「これはまた、なんとも見事な眺めです」

蒼い光が降り注ぐ庭を見た五兵衛は、褒め言葉を惜しまなかった。

「そのほうが暮らす佃島も、月明かりの豊かな土地だと聞いておるぞ」

佐野塚にしてはめずらしく、弾んだ物言いで五兵衛に応じた。

なんらもったいをつけず、月光の美しさを五兵衛は称えた。その直截《ちょくせつ》さを佐野塚は

高く買ったがゆえに、柄になく声が弾んでいたのだろう。

「蒼き光を浴びた葦の眺めもまた、格別であろうが」

佐野塚はみずからの手で、月光を浴びて風にそよぐ葦の群れを指さした。

「まことにこれは……」

五兵衛と佐野塚は、肩を並べて葦の原に見入っていた。傍目には、ふたりは十年来の知己のごとくに映っていた。

与力が示す好意に、堀田は嫉妬したらしい。

ウッ、ウンッ。

カラの咳払いをしたところに、拍子よく俊造が茶菓を運んできた。

「茶菓の支度が調いましてござりまする」

堀田は座布団のわきで両手をつき、佐野塚に伝えた。

佐野塚は五兵衛を座布団へと誘った。

「与力様から、これほどのもてなしをちょうだいできる身ではございませんが」

言葉だけの遠慮ではなく、正味の言葉を口にした五兵衛だった。が、勧められるまま座布団に座った。

「わざわざ佃島から出張ってきた用向きは、さぞ大事なことであろうが、まずは茶を一服味わってもらおう」

話は茶のあとで聞かせてもらうと告げて、佐野塚は茶を勧めた。

湯呑みわきの菓子皿には、薄皮まんじゅうが載っていた。

「ありがたくちょうだいいたします」

湯呑みのふたを取り、五兵衛は茶に口をつけた。

大した味ではないと思いつつ口をつけたが、五兵衛の顔つきが大きく変わった。

「ほどよいぬるさといい、甘みすら感じられる味といい、見事な煎茶でございます」

「そのほうが気に入ったのであれば、堀田も俊造に指図をした甲斐《かい》がある。そうだの、堀田？」

与力は小者の名まで挙げて、堀田の手配りをねぎらった。

「お褒めを賜り、ありがたく」

堀田は俯《うつむ》いたままで応えた。

天井裏を鼠が猛烈に音を立てて走り抜けた。堀田は天井を、思いを込めたような目で見上げた。

その様子を見た五兵衛は、不意にひとつのことを思い出した。

五兵衛が思い出したのは、石川島人足寄場にかかわりのある出来事だった。

「気に食わねえ役人には、寄場で拵えた特製の丸薬をお見舞いするんでえ」

寄場人足は、目の端をゆるめた。

石見銀山《いわみぎんざん》をひまし油で溶かして固めた小粒が、その特製丸薬だった。

寄場には鼠が多く棲み着いていた。石見銀山は、鼠退治の毒薬である。

石川島人足寄場には月に一度、奉行所の同心が六尺棒中間三人を供に引き連れて見回りにきた。

迎えるのは寄場の役人で、茶菓のもてなしは寄場の外で料理人などの仕事に就いていた無宿人の役目だった。

見回り同心と寄場役人が同席した場に、茶菓が供された。

役所がもてなしに供する菓子は、茶色の薄皮まんじゅうと決まっていた。

まんじゅうは大きいし、皮が薄くて餡《あん》がたっぷり詰まっている。

見回り同心は、おしなべてまんじゅうの甘味を好んだ。奉行所と石川島との行き帰りで、長い道のりを歩く。

身体が甘味を欲しがるのだろう。

気に食わない寄場役人への腹いせには、石見銀山を使った丸薬を餡に混ぜた。

効き目は早く、四半刻（三十分）もしないうちに猛烈な腹痛を起こした。

同席の奉行所見回り同心には、なんら異変は生じない。ゆえに寄場人足が疑われることもなかった。

「ことさら気にいらねえ役人には、鼠の糞《ふん》も混ぜるんでえ。なんの味もしねえからばれる気遣いはねえが、腹痛は三日は続くぜ」

佃島の手伝いに出張ってきた無宿人から、五兵衛はかつてこの話を聞かされたことがあった。

「薄皮まんじゅうも、煎茶が美味ければ格別の味だと思うが……」

遠慮は無用だと、佐野塚はまんじゅうを勧めた。

堀田の目に光が宿された。

またもや鼠が、天井裏を駆け抜けた。

「黒船騒動が起きまして以来、大川の流れも様子が大きく変わってまいりまして」

ほどよいぬるさでいれた煎茶である。熱さましにする必要はない。

しかし五兵衛は、ずずっと音を立てた。

堀田は顔をしかめた。五兵衛の呑み方が不作法だと言わぬばかりである。

五兵衛には、堀田の顔つきがおもしろく映ったのだろう。さらにすする音を強くした。

「ひとによっては茶をすすって呑むのは不作法だと言うがのう。わしはこの音とともに呑まないことには、茶のまことの美味さが分からん」

蕎麦切りと茶は、どちらもすする音も美味さのうちだ……常からこう言い放っている五兵衛である。

ひときわ大きな音ですすってから、言いかけていた話に戻った。

「尋常ならざる数の船が大川を行き来し始めました」

流れの変わり方を表すかのように、五兵衛は湯呑みを揺らした。

残っていた茶の表面が大きく揺れた。

「網にかかる魚も、数が減っておりますもので、毎朝御城にお届けする魚も」

毎朝御城にお届けするの部分に、五兵衛はわずかに力を込めた。

「この何日かは、数を揃えるのに難儀をいたしております」

ずるるっ。

話の結びで茶を飲み干した五兵衛は、膝元に湯呑みを戻した。

飲み終えたあとも、美味い美味いと煎茶を褒めちぎった。が、佐野塚に遠慮は無用とまで勧められた薄皮まんじゅうには、五兵衛は手を伸ばそうとはしなかった。

煎茶には美味いを連発して飲み干しておきながら、なにゆえ薄皮まんじゅうには手を伸ばそうとしないのか。

五兵衛の振舞いにいぶかしさを覚えた佐野塚は、胸の内で考えをめぐらせた。

御用部屋に入るなり、五兵衛は濡れ縁から蒼い月を仰ぎ見た。案内された部屋を褒めんがためである。

その所作を見た佐野塚は、五兵衛の練れた人柄を察した。

よほどのわけがあったがために、五兵衛は日暮れたあとに船番所をおとずれたに違いない。

そうでもなければ、黒船騒動で気の張り詰めている船番所に、こんな刻限にたずねてくるはずがないからだ。

それがあかしに、五兵衛は黒船騒動で漁が難儀をしていると明かした。いまは尋常な時期ではない、それをしっかりわきまえていると、五兵衛は告げていた。

ことのついでに、御城に毎日出入りできる身分であることもまた、佐野塚に告げた。

五兵衛の人柄が練れていると佐野塚が感じたゆえんが、ここにもあった。

それほどに、深く物事にわきまえを持っていながら……。

静かな目を保ったまま、佐野塚はさらに思索を深めた。

いまの五兵衛には、なににも増して役人に恭順ぶりを示すことが肝要のはずだ。

船番所庶務方与力から茶菓を勧められるなどは、破格の厚遇である。勧めをありがたく受け入れてこそ、役人の心証はよくなる。

そんなことは、五兵衛は百も千も承知のはずだ。にもかかわらず五兵衛は茶だけを飲んで、菓子には手を伸ばそうとはしていない。

しかも大げさとでも言えるほどに、茶の美味さを褒め称えていた。

その振舞いは、あたかも茶菓を勧めた与力に謎解きを迫っているかのようだ。

五兵衛の意図は那辺にあるのか。

五兵衛は素知らぬ顔で、カラになった湯呑みを見ていた。佐野塚の視線を感じたらしく、五兵衛はちらりと菓子皿に目を移した。

五兵衛の目の動きを見た佐野塚は、ひとつの思案に突き当たった。

「暫時、ここにて待たれよ」

五兵衛に言い置いた佐野塚は、中座のために立ち上がった。

物問いたげな目で堀田は佐野塚を見上げた。

佐野塚は目配せをして御用部屋を出た。

急ぎ堀田は、佐野塚のあとを追った。

天井裏が、またまた騒がしい音を立てた。

湯呑みと菓子皿を交互に見ていた五兵衛の目元が、わずかにゆるんでいた。

二十九

庶務方与力の執務部屋は、文字通りに執務のための部屋である。与力が使う一室ながら、造りはまことに簡素だ。

文机は樫の一枚板である。一寸（約三センチ）の厚みがある樫板と、差し渡し二寸の太い脚の造りだ。たとえおとなが乗ったとしても、びくともするものではない。船乗りは、なによりも丈夫さを大事にする。まさしくこの執務机は、船番所ならではの備品といえた。

几帳面《きちょうめん》な性分の佐野塚は、一冊たりとも帳面を出しっ放しにはしないらしい。幅八尺（約二・四メートル）もある大型の机には、筆一本置かれてはいなかった。

佐野塚はみずから布でから拭きを欠かさず、常に磨き込んでいる。ろうそくの明かりを浴びた机は、表面が眩く照り返っていた。

「ふすまを確かめよ」

指図された堀田は、ふすまの閉じ合わせに隙間がないことを確かめた。

与力の執務部屋では、御用向きの密談が交わされることもめずらしくはない。盗み聞きをされぬよう、部屋の間仕切りには分厚いふすまを普請していた。

「閉まりは充分と存じます」

返答した堀田を、佐野塚は文机の向かい側に座らせた。

「何用あっておまえを呼び寄せたか、察しはついておるだろうの」

前置きも言わず、佐野塚はきつい口調で堀田に問いかけた。燭台のろうそくが揺れたほどに、佐野塚の口調は厳しかった。

堀田はあごを引いて上司を見た。が、返答はしなかった。

「堀田」

呼びかけた佐野塚の口調は鋭い。堀田は尻を浮かせた。

「そのほうがなにをしでかしたのか、察しはついておるが」

佐野塚は堀田を見詰めた。

きつい口調の問いかけとは裏腹に、穏やかな眼差《まなざ》しである。しかし穏やかなるがゆえに、凄みがあった。

「子細をわしの口から言わせる気か」

言い終えたあとも、佐野塚の眼差しは穏やかさを保っていた。

堀田の背筋が細かに震えた。

「いま一度だけ訊くが」

佐野塚が開いた口を、堀田は畳に両手をついて閉じさせた。

「お察しの通りにござります」

詫びたあとは、一気にまんじゅうにいかなる細工を命じたか、その子細を白状した。

「度し難き、おろかな振舞いだ」

叱責はしたものの、口調は穏やかである。

堀田は上司の静かな物言いを恐れて、畳についた両手までも細かに震わせた。

「あの場で素知らぬ顔を続けた五兵衛なる男の、爪の垢《あか》でも煎じて呑め」

初めて佐野塚は語気を強めた。

堀田は顔を上げることができず、畳を見詰めるのみである。

「おもて（顔）を上げて、わしを見よ」

佐野塚の物言いが、厳しさを増していた。堀田は瞬時に顔を上げた。

佐野塚の両目には、怒りの炎が燃え立っている。堀田はもはやその目から逃げられぬと観念したようだ。

丹田に力を込めて見詰め返した。

「御用部屋に戻ったあと、五兵衛がいかなる応じ方をいたすのか、両目をしかと開いて見るがよい」

いささかなりとも目を逸らすなと、佐野塚はきつく言い渡した。

「御指図のままに」

こうべを垂れた堀田は、神妙な物言いで答えた。

御用部屋に戻った佐野塚は、五兵衛よりも先に菓子皿に目を走らせた。

驚いたことに、菓子皿から薄皮まんじゅうが消えていた。

五兵衛の正面に座した佐野塚は、黙したまま五兵衛に目を合わせた。

「いささか粗相をいたしまして」

五兵衛は詫びつつもあたまは下げず、佐野塚を見詰めたままである。

「粗相とは？」

佐野塚が問うと、五兵衛は尻を動かして座り直した。

「待っている間に足にしびれを覚えたものですから、こんな調子で、てまえの身体を前に……」

尻を持ち上げた五兵衛は、上体を前に傾けた。その拍子に、前のめりになった。

座り直してから、五兵衛は話に戻った。

「年甲斐もなく、身体を前につんのめらせてしまいましてのう」

与力に話す口調が砕けていた。

佐野塚は咎めもせず、話を続けさせた。

「不作法にも菓子皿に手をついてしまい、載っていた薄皮まんじゅうを押し潰してしまった次第でして」

せっかくのまんじゅうを、食べもせずに無駄にしましたと五兵衛は詫びた。

堀田が汚い細工をさせたまんじゅうが、菓子皿から消えた。

咎めの証拠が失せた。

佐野塚から吐息が漏れた。目元がわずかにゆるんでいた。

「代わりを持てと言いつけるには、いささか遅いやも知れぬでの」

「惜しいことをいたしました」

佐野塚に応じた五兵衛の口調は軽やかだ。

佐野塚も軽い調子でうなずき返した。

蒼い光が御用部屋の庭を照らしていた。

三十

まんじゅうの一件が端緒となり、佐野塚と五兵衛の面談は仕切り直しとなった。

五兵衛と向き合った佐野塚の瞳は大きい。

なにごとも見逃さぬであろう、船番所筆頭与力ならではの瞳の大きさだ。

初めて五兵衛と向き合ったときの佐野塚は、瞳の奥に強い光を宿していた。五兵衛の言い分を吟味し、言葉に隙あらば直ちに詮議せんと思い定めた、相手を射貫くような光だった。

「この茶の味はどうかの？」

新たに供した茶の味を問う佐野塚の瞳は、相変わらず大きい。しかし相手の品定めをしようとする光は、すっかり消えていた。

代わりに浮かんでいたのは、五兵衛の人柄を認めたという、柔らかさだった。

「男所帯の船番所とも思えない、まことに風味に富んだ極上の煎茶です」

五兵衛が茶を褒めると、佐野塚の目元が大きくゆるんだ。

「この茶をいれたのは、先刻の堀田での」

ゆるんでいた佐野塚の目元が、一気に引き締まった。

「あの男が気を込めていれたときの茶は、柄に似合わずまことに美味い」

佐野塚も湯呑みを手にして煎茶を味わった。味に満足した佐野塚の目元が、またゆるんだ。

「堀田が気をいれて調えた茶だ。存分に味わってもらおう」

「いただきます」

五兵衛は、目を閉じて煎茶を味わった。

佐野塚もあとの言葉を控えて、湯呑みの茶を飲み干した。

月にまた、叢雲《むらくも》がかぶさったらしい。御用部屋の庭を照らす蒼い光が薄くなった。

気配の変わり目で、佐野塚が口を開いた。

「何用あって船番所に出向いてきたのか、それをまだ定かに聞かされてはおらぬが」

いかなる子細あってのことか、用向きを聞かせてもらいたい……質した佐野塚は、与力の口調に戻っていた。

「本日の朝方、木更津から江戸に向かっておりました女人が、こちらに留め置かれているはずです」

仙之助から聞かされていた顚末を、五兵衛は省かず付け加えずに佐野塚に話した。

五兵衛が話し終えるまで、佐野塚はひと言も口を挟まずに聞き取った。

「話はそこまでか？」

念押しをされた五兵衛は、すべてを話しましたと応じた。

「だれぞある」

「これに控えております」

佐野塚の小声に、御用部屋の外から即座に返答があった。

「ここにまいれ」

指図に応じて部屋に入ってきたのは、五兵衛に茶をいれた堀田だった。

「いま子細を聞き取ったところだが」

五兵衛が話したいきさつを、佐野塚はなぞり返した。

「船番所に留め置かれているという女人に、そのほう心当たりはあるか」

「ござります」

堀田は即答し、留め置くに至った顚末を佐野塚と五兵衛に聞かせ始めた。

「その女人の素性吟味は、おせいが受け持ちました」

十二番部屋で吟味をおこなったが、おせいは相手の返答に得心がいかなかった。

「当人は木更津の薪炭問屋、波切屋の娘だと素性を告げました。しかしおせいが詳しく尋ねたところ、返答がすこぶるあやふやになったとのことです」

おせいは木更津の波切屋を知っていた。

土地に暮らす者なら、だれもが店の場所も間口の大きさも諳《そら》んずることができるという、所帯の大きな薪炭問屋だ。

ところが波切屋の娘を名乗るその女は、詮議してもあやふやな答えしかおせいに返さなかった。

女は嘘をついている……。

おせいが吟味頭に心証のわるさを報告したとき、堀田はその場に居合わせた。

「おせいが挙げました不審の数々には、てまえも深く得心いたしました」

黒船騒動が勃発しているという、尋常ならざる時節である。

いささかでも挙動に不審を感じた者は、なんらためらうことなく留め置くことが船番所の役目だ。

「かような次第でござりますゆえ、いまもその女人は当船番所に留め置いている次第にござります」

堀田の返答には、いささかの淀《よど》みも隙間もなかった。

「あい分かった」

堀田にねぎらいの目を向けたあと、佐野塚は五兵衛を見た。

この言い分は得心できない。

五兵衛は与力に、両目で強く訴えた。

佐野塚は、わずかにうなずいてから堀田に目を戻した。

「わしがその女人の吟味をいたすゆえ、留め置いてある部屋に案内せい」

堀田と五兵衛の目が、同時に大きく見開かれた。

重罪人でもない限り、番所の筆頭与力みずから吟味に出張るなど、あり得ないことだからだ。

堀田は返答ができず、立ち上がるのも忘れていた。

「まいるぞ、堀田」

佐野塚に強い口調でうながされて、堀田は弾かれたように立ち上がった。

叢雲が去ったのだろう。

庭には蒼い光が戻っていた。

「海賊橋たもとの薪炭屋、上総屋さんまで出向く途中でした」

おきょうは木更津から出張ってきた船路の目的を、正直に話した。

「吟味役のかたに何度も申し上げたのですが、どうしても信じてはいただけませんでした」

おきょうは格別に口を尖らせるでもなく、落ち着いた口調で佐野塚の詮議に応じた。

「ならばこの場にて、吟味役の言い分を聞き取る」

佐野塚は吟味役のおせいを呼び寄せた。

吟味役と留置人の言い分を、与力が直《じか》に質すなどは前例のない措置だ。呼び入れられたおせいは、まるで自分が留置人であるかのように顔をこわばらせていた。

「そのほうを詮議するわけではない。気を楽にして、わしの問いに答えなさい」

佐野塚は穏やかな物言いで前置きしてから、なにゆえおきょうを留め置いているのか、その子細を質した。

「この女が生家だと申し立てております波切屋といえば、木更津湊で知らぬ者は皆無の大店です」

自分も木更津に縁があり、波切屋の大店ぶりは分かっていると、おせいは佐野塚に申し立てた。

「それほどの大店の娘だと言いながら、供もつけず、素性を明らかにするものはなにも持ってはおりませんでした」

「菩提寺の書付を、そのかたに差し出しております」

おせいが話している途中で、おきょうは口を挟んだ。佐野塚はきつい目で、おきょうの振舞いをたしなめた。

いまは与力が吟味役を質しているさなかである。問われない限りは、わきから口を挟むのは御法度だった。

大店の娘で、父親から大甘に育てられたおきょうは、なによりも我慢が苦手だった。

木更津湊ならば、おきょうのわがままはどこにいても通用した。

中川船番所では、もちろん通じない。

しかもいまは与力の面前だった。

「そのほうは書付を受け取ったのか」

変わらぬ穏やかな口調で、佐野塚はおせいに問うた。

「受け取りましてございます」

おせいは書付を佐野塚に差し出した。

「燭台をこれへ」

「ただいま」

堀田は素早く動き、みずから二十匁（約七十五グラム）ろうそくが灯されている燭台を運んできた。

書付の文面には、いささかの落ち度もなかった。朱肉の色も鮮やかに、寺の角印も押されていた。

「なにをもってそのほうは、この女人を留め置くべきだと判じたのだ」

「それは……」

おせいは助けを求めるような目を堀田に向けた。

堀田は知らぬ顔を拵えて、おせいの目をやり過ごした。

ふうっ。

吐息を漏らしたおせいは、すでに堀田の決裁を得ていたおきょう留め置きのわけを、佐野塚に聞かせ始めた。

「おきょうを名乗るこの女は、波切屋娘だと言い張っておりますが、書付には当人が江戸に出向く子細がなにひとつ記されてはおりません」

江戸に急ぎ向かうのは、木柾から流木丸太を譲り受ける談判のためだと、おきょうは口でおせいに説いた。

しかし書付には一行たりとも書かれてはいない。

船番所では口で言い足すことではなく、書面に記されていることが吟味のすべてである。

「そのひとはそう言いますが、いままではこの書付で……」

またおきょうは口を挟もうとした。しかし与力の面前だというわきまえは、おきょうにもやっとできていた。

佐野塚にたしなめられるまでもなく、おきょうは口を閉じた。

「黒船騒動以来、小名木川を上って御府内に向かう船には、ことさら厳しい吟味をするようにと申しつかっております」

格別の用もないのに、薪炭問屋大店の娘を名乗る女が江戸に向かおうとしている。

「この者を留め置きますのは、吟味役の務めと存じます」

おせいはこの言葉で、申し立てを閉じた。

「そのほうがいかに役目に励んでおるかは、充分に斟酌できた」

言葉を幾つも重ねて、佐野塚はおせいをねぎらった。

「ありがとうございます」

おせいの顔色が明るくなった。

無理矢理おきょうを留め置いているのは、おせい当人にも自覚があった。

与力直々の詮議と聞かされたときは、きつい叱責を浴びるものとおせいは覚悟をした。

ところが佐野塚は咎めるどころか、直属の上司である堀田の前で褒め称えてくれた。

おせいは畳に手をついて、褒め言葉を身体いっぱいに浴びた。

「この女人の沙汰は、わしが下すぞ」

おせいはわたくしごとを役目上のことだと装い、おきょうにぶつけている……いまの佐野塚はそれを察していた。

が、素知らぬ顔でおせいに接し、おきょうへの沙汰を我が手に引き取った。

おせいに異論があろうはずもなかった。

「お願い申し上げます」

おせいはさらに深くあたまを下げた。

おせいと堀田を下がらせたあと、佐野塚はおきょうとの間合いを詰めて座り直した。

「家業をおもんぱかり、流木譲り受け談判にひとりで江戸まで出向いてくるとは、女人ながら見上げた心がけである」

穏やかな口調で話しかけたあと、佐野塚は顔つきを引き締めた。

「上総屋なる薪炭屋の手代に会いたいという強い想いも、胸に抱いておるのではないのか？」

先刻五兵衛から聞かされた話を思い返しつつ、佐野塚は話を続けた。

図星をさされたおきょうは、返答できずに瞳を大きく見開いた。

「そのほうたちの想いを遂げるには、なににもまして木柾なる材木問屋との談判を上首尾に仕上げることだ」

波切屋当主を説き伏せるには、上総屋の手代にも器量と知恵が求められよう……佐野塚は、あたかも慈父の如き物言いとなっていた。

おきょうは膝に重ねた手に力を込めた。

「与力さまのありがたきお言葉を肝に銘じまして、わたしはかならず木柾さまとの談判を調えます」

おきょうの瞳が潤んでいた。

三十一

「海賊橋たもとの薪炭問屋、上総屋奉公人仙之助なる者はおるか？」

待たせていた部屋のふすまを乱暴に開いた船番所中間は、居丈高な物言いを部屋の内に投げ入れた。

胸を反り返らせたひげ面の中間に、仙之助はおるかと呼び捨てにされたのだ。

つかの間、顔つきがこわばった。が、仙之助はすぐに表情を戻した。

中間相手には道理は通らない。同じ町人身分ながら、いさかいを起こしたら勝ち目はきわめて薄かった。

武家の奉公人のなかで足軽と小者の間に座して、雑用をこなすのが中間である。文字通りの中間《ちゆうかん》だが、座り位置が半端なだけに武家の威を借りた振舞いは横柄をきわめた。

居丈高にされても中間には逆らうな。

お店者の仙之助には、この戒めが骨の髄にまでしみ込んでいた。

「てまえが仙之助です」

ひと息をおいて答えると、中間はきつい目で仙之助を睨みつけた。

「部屋にはふたりしかおらぬのに、なにゆえすぐに答えんのか」

返答の遅れを中間は咎めた。

「なにゆえもなにも……」

尖った口調で口答えをしかけたとき、馬ノ助がツンツンと仙之助のたもとを引いた。

仙之助の口が平らになった。

「うっかり考え事をいたしておりましたもので、まことに申しわけございません」

素早く立ち上がった仙之助は、膝にひたいがくっつくほどに深い辞儀をした。

ふんっ。

中間は鼻で笑ったあとで、仙之助の詫びを受け入れた。

「堀田様がおまえをお呼びだ」

わしについてこいと言い放つと、肩をそびやかして廊下を歩き始めた。

「お待ちくださいまし」

ていねいな口調で呼び止めると、中間はわけのありそうな目で仙之助を見た。

その目を見た仙之助は、すぐさまお仕着せのたもとに手を入れた。

「船番所では、いつなんどき入り用になるかも分からないから」

猪牙舟に乗っていたとき、馬ノ助からポチ袋を手渡されていた。小粒銀二粒（約百六十六文）の心付けが袋の中身である。

武家にポチ袋を差し出すのは禁物だが、小者や中間には大いに効き目があるのだ。

中間を呼び止めたのはしかし、心付けを渡そうとしてではなかった。

馬ノ助はこのまま部屋で待っているのか、それを尋ねようと思ったからだ。

呼び止められた中間が見せた、わけのありそうな目。あの目つきは、明らかにポチ袋を待っていた。

足早に近寄った仙之助は、無言のままポチ袋を中間のたもとに入れた。

うおっほん。

カラの咳払いが、受け取ったと告げていた。

再び歩き始めた中間は、仙之助を気遣うような足取りを見せた。

堀田は同心の溜まり場で、仙之助の訪れを待っていた。ふすまが開かれたままなのは、焦れながら待っていたのだろう。

「お待たせ申し……」

口を開き始めた中間を抑えるかのように、堀田は溜まり場から廊下に出てきた。

「わしについてまいれ」

中間から仙之助を受け取った堀田は、急ぎ足で廊下を歩き出した。

仙之助は息継ぎもせずに、堀田のあとを追った。

廊下を二度曲がったのち、堀田は筆頭与力の執務部屋前に立った。堀田から三歩下がった場所で、仙之助は神妙な顔つきを拵えた。

「堀田にござります」

「入れ」

ふすまの向こうから、佐野塚が応じた。

堀田は手招きで仙之助を呼び寄せると、廊下に座してふすまを開いた。仙之助も堀田の真後ろで廊下に正座した。

「上総屋手代の仙之助なる者を連れてまいりました」

「入りなさい」

佐野塚の許しを確かめた堀田は、仙之助を伴って執務部屋に入った。

佐野塚は文机の向こう側で、一冊の綴りを開いていた。中川船番所の公文書である。

「そのほうが仙之助であるのか？」

「さようでございます」

筆頭与力と向き合ったのは、仙之助は生まれて初めてである。返答の仕方が分からず、とりあえずていねいな物言いで答えた。

「なんだ、その返答は」

小声で叱りつけた堀田は、両目の端を吊り上げた。

「正しく、省かずに名乗らぬか」

小声ながら強い口調で叱りつけたあと、仙之助の耳元に口を寄せて奉公先と身分を告げよと教えた。

大きくうなずいた仙之助は、居住まいを正して佐野塚のほうを向いた。

「てまえは日本橋海賊橋たもと、薪炭問屋上総屋手代、仙之助にございます」

名乗ったあと、畳に両手をついてこうべを垂れた。

「おもてを上げなさい」

相手を従わせる威厳に満ちた物言いである。仙之助は五つを数えながら顔を上げた。

あまりに早すぎると、また堀田に叱られると思ったからだ。

仙之助は顔を上げたあとも、佐野塚を見ようとはせず伏し目を保った。

「ここは奉行所の白州《しらす》ではない」

佐野塚は穏やかな口調で話しかけた。

「両肩の力を抜いて、楽にしなさい」

佐野塚は正味でそう言い渡したが、気の張っている仙之助は身体がこわばって動けない。

佐野塚は堀田に目配せをした。

指図を受け止めた堀田は、仙之助の背後に回った。気配を感じても、仙之助はまだ動けないでいた。

こぶしに握った右手の中指を起こした堀田は、尖った先で仙之助の背骨を突いた。

ぷわっ。

拍子抜けのような声を漏らした仙之助は、張っていた背骨をぐにゃりと崩した。

「楽になったかの?」

「はあ……」

佐野塚に答えたあとも、仙之助の肩は落ちたままだった。

「楽になったのであれば、そのほうに問い質すことがある」

佐野塚の目が光を帯びた。

「木更津の波切屋子女おきょうとそのほうとは、いかなる間柄であるのか」

佐野塚の声には、筆頭与力のいかめしさが戻っていた。

落ちていた仙之助の両肩が、たちまちピンッと上がった。

三十二

真夏だというのに、与力の執務部屋には火鉢が置かれていた。

入室を許されたとき、仙之助は奇妙な思いでその火鉢を見た。

灰のなかにいけられている炭は、すこぶる火力の強い備長炭《びんちょうずみ》である。飛び切り硬い炭ゆえに、叩き合わせればカキン、カキンと、鉦《かね》を槌で叩いたような音がした。

硬いがために火をつけるのは難儀だ。たやすく火はつかないが、ひとたび熾きたのちは強い火力を長々と保つ。

蒲焼きを売り物にするうなぎ屋は、どこも高値を承知で備長炭を用いた。うなぎを身の内まで焼き上げるには、長く保つ強い火力が欠かせないからだ。

うなぎ屋は真夏のいまでも、いや土用を迎える夏なればこそ、赤く熾きた備長炭が商いの大事な火だった。

しかしいま仙之助がいるのは、中川船番所の与力執務部屋である。

なにゆえあって、真夏に備長炭の火鉢が入り用なのか。

火鉢の使い方を、仙之助は思い描くことはできなかった。火鉢に目を走らせるたびに、仙之助が胸の内に抱いた奇妙な思いが目の色にあらわれた。

「木更津の波切屋子女おきょうとそのほうとは、いかなる間柄であるのか」

思いがけない問いを佐野塚から発せられたときも、仙之助は火鉢を見詰めていた。

「えっ……」

火鉢から目を外した仙之助は、驚きのあまりに答える言葉を失った。

両肩をピンッと上げて姿勢は正した。しかし与力への返事の言葉は出なかった。

両手は膝にのせており、肘は硬く突っ張っていた。背筋もしっかり伸びていた。

が、目は伏し目で火鉢を見ていた。

与力のわきに置かれた火鉢は、備長炭が赤い色を放って熾きていた。

「仙之助」

黙したままの仙之助の名を、佐野塚は咎め口調で呼んだ。

「はい」

伸びている背筋をぶるるっと震わせて、仙之助は返事をした。が、伏し目のままである。

「わしが問うたことは、そのほうの耳に届いておるのか」

「はい」

顔を上げずに返答した。

「聞こえております」

声は上ずっていたが、仙之助はしっかりと答えた。

「ならば仙之助、なにゆえあって問いに答えぬのか」

佐野塚の物言いは、一段ときつい詮議口調になっていた。

「それは……」

口を開きかけたものの、先が続かずにまたもや口ごもった。

「たびたび返答をためらうとは、与力様に対して無礼千万であるぞ」

堀田が声を荒らげた。

その堀田を佐野塚は目で制して黙らせた。

しばしの沈黙のあと、仙之助は肚をくくったという顔で佐野塚を見た。

「てまえはおきょう様のことを、深く深く想っておりますです」

与力の面前で、仙之助は迷いなくおきょうへの想いを口にし始めた。

他人には明かしてならぬ、悟られてはならないと、重たいふたをして閉じ込めてきた想いである。

与力に明かすと肚を決めたことで、ふたが外れた。

「身分が釣り合わぬのは重々承知のうえで、てまえの想いを申し上げます」

おきょうは五歳年下だが、物事の運びを先読みする眼力は、年上の自分よりはるかに秀でている。

感じていた深い敬いが、いつしか相手を好くことへと育っていた。

「てまえの正直なところが好ましいと、おきょうさまは言ってくださいました」

互いに知恵を補い合いながら生きていく。

おきょうとならば、どんな苦難に遭遇しても、手を携えて乗り越えられます……想いの丈《たけ》を仙之助は与力に吐露した。

しばしの沈黙が、執務部屋におおいかぶさった。

言葉を発し、執務部屋の気配を変えたのは佐野塚だった。

「波切屋の当主と上総屋の当主は、そのほうがいまここで口にしたことを、ともに承知いたしておるのか？」

佐野塚は、変わらぬ詮議口調で質した。

仙之助はまたもや返答に詰まり、固唾を呑んだ。

「速やかに返答いたせ」

佐野塚はわずかに声を大きくした。

「波切屋さんの旦那様も、てまえどものあるじも、一切承知いたしておりません」

与力にきつく問われたことで、いま一度肚をくくり直したのだろう。

仙之助はきっぱりとした口調で答えた。

「ならば仙之助、そのほうは波切屋と上総屋の当主両名に、不実を働いておるのだな」

「それは違いますです」

仙之助は強い口調で言い返した。

「てまえはおきょう様を深く想ってはおりますが、手ひとつ握ったことはございません」

胸の内でおきょうを深く想っているだけだと言い切った。

「それは屁理屈《へりくつ》であろうが」

佐野塚は一段と語気を強めた。両目にも、いままでにはなかった強い光が宿されていた。

「胸の内だけであろうとも、そのほうが懸想いたしておるのは波切屋当主の娘であろう」

厳しさをはらんだ佐野塚の声が、執務部屋に響き渡った。

「そのほうの為していることは、身分をわきまえぬ不埒《ふらち》な振舞いだとは思わぬのか」

佐野塚は顔を伏せた仙之助の胸元に、強く光る目を突き立てた。

仙之助はこぶしに握った両手を、さらに強く握ろうとした。しかしうまく力が入らず、小さく震えていた。

与力の強い叱責を浴びて、震え上がっている仙之助。そのさまを見た堀田は、胸の内に小気味よさを覚えているらしい。

引き締めようとしても、口元がゆるむのを、抑え切れてはいなかった。

佐野塚の怒りを察したのだろう。火鉢の備長炭は、風を浴びたわけでもないのに赤みを増して熱を強めていた。

仙之助を問い質すに際し、佐野塚はその手前でおきょうの詮議を済ませていた。

両者の話を突き合わせて、ことの真偽を判ずるためである。

もとよりおきょうには、あとで仙之助の話と突き合わせるなどとは言っていなかった。

仙之助から言い分を聞き取り終えたあと、佐野塚はおきょうが別間で口にした子細を思い返した。

そして仙之助の言い分と突き合わせた。

なにひとつ、食い違いはなかった。

佐野塚は火鉢に手をかざした。

真夏のいま、夜になっても昼間の暑さが執務部屋に居座っていた。

炭火に手をかざしたのは、考えをまとめるときの佐野塚のくせだった。

火鉢の炭火は、もしものときには重要な文書を焼却するための火である。黒船襲来を契機として、佐野塚は炭火の支度を念入りにしていた。

「堀田」

呼ばれた堀田は、佐野塚のそばににじり寄った。

「五兵衛を呼び寄せなさい」

「ははっ」

堀田は短い返事を残して執務部屋を出た。

与力とふたりだけになった仙之助は、居心地がわるくて仕方がないのだろう。せわしなく正座になった足の裏の上下を組み替えていた。

三十三

五兵衛が佐野塚の執務部屋に入るなり、女が茶を運んできた。

おきょうの吟味役を務めたおせいである。

船番所の役付役人や来客に供する茶菓の支度は、同心もしくは小者が受け持つのが慣わしだ。

しかし佐野塚は、あえておせいに茶の支度を言いつけた。

自分が厳しい吟味を為したおきょうにかかわりのある来客……五兵衛たちの素性は、おせいにも分かっていた。それを承知で、佐野塚はあえておせいに支度をさせた。とはいえ五兵衛にも仙之助にも、そんな事情は分かっていない。おせいの素性が分かっているのは佐野塚と堀田だけだ。

おせいがどんな仕草で茶菓を五兵衛に供するか。佐野塚はおせいの動きを見ていた。

「どうぞ」

おせいは五兵衛と目を合わせることもせず、茶とまんじゅうを供した。そののち膝をずらして隣に座した仙之助にも茶菓を供した。

目を合わせようともしなかったのは、五兵衛のときと同じである。

ふたりに続いて佐野塚と堀田にも同じものを供して、おせいは執務部屋を出た。

茶菓を供した所作を見て、佐野塚はおせいの勇み足を確信した。

目の前の来客に気づかれぬよう、平静な顔を保ちつつ、佐野塚は知恵を働かせ始めた。

人柄の練れている五兵衛に、二度までも失態をさらしてしまった。

堀田が細工した饅頭の一件と、私憤がらみとおぼしき理不尽な留置をしでかした、おせいの不始末である。

五兵衛は知らぬ顔を装いつつも、誤ることなくまことを見抜いている……佐野塚はこう断じていた。

さりとて五兵衛には、ことを荒立てる気はないことも察していた。

いかなる落としどころを提示すれば、ことを治められようか……。

茶を口に運びながらも、佐野塚の知恵は巡りに巡っていた。

五ツ（午後八時）の鐘の音が執務部屋に流れ込んできた。

五兵衛にも仙之助にも聞き慣れない、高い音色の鐘だった。

五兵衛が耳にするのは、門前仲町永代寺が撞く鐘。

仙之助が毎日聞いているのは、本石町の刻の鐘である。

永代寺も本石町も、ともに重たくて深い響きの鐘だ。中川船番所に流れてきたのは、半鐘を思わせるような調子の高い音色だった。

「黒船の来襲あって以来、はや今日で八日が経った」

佐野塚は穏やかな口調で五兵衛に話しかけた。五兵衛は居住まいを正した。

「未曽有《みぞう》の椿事が出来いたし、御城では連日連夜の評定が続いておる」

中川船番所奉行も、明日は五ツ（午前八時）に登城すべしの命を受けていた。

「そのほうにかかわりのある者を吟味いたしたのは、おせいと申しての。かつて木更津に縁のあったものである」

波切屋ももちろん知っていたがゆえに、おきょうの申し立てにはいぶかしさを感ずることもあった。

「おせいがなにに不審の思いを抱いたかは、ここで明かすわけにはいかぬ」

五兵衛は深くうなずき、佐野塚の言い分に得心した。吟味の子細など、部外者に明かせるはずもないからだ。

「吟味役はいまもって、胸に抱いた不審の思いを晴らせてはおらぬ。それももっともだと、わしも感じておる」

佐野塚は穏やかな物言いだが、おきょうへの疑いはまだ晴れてはいないと言う。聞いている五兵衛と仙之助の顔がこわばった。

両名の顔を見た佐野塚は背筋を張り、小さな咳払いをひとつくれた。

続く言葉を待つ五兵衛と仙之助の顔つきが、さらにこわばった。

「黒船の来航以来、小名木川を上る者は、男女を問わず吟味を厳しくせよというお達しだ。そんな折りに、波切屋娘を名乗るおきょうがおせいの吟味を受けた」

いささか手厳しい吟味であったとしても、時節柄仕方あるまい……こう言い置いた佐野塚は、ふうっと吐息を漏らした。

「いまも申したことだが、黒船騒動が勃発いたして以来、心持ちが軽くなるような話は皆無だ」

石川島においても、さぞかし警護は厳しさを増しているだろうと佐野塚は問いかけた。

「まことに左様にございます」

五兵衛は大きくうなずき、しっかりと相槌を打った。おきょうの様子を知りたかったからだ。

五兵衛の胸の内を察したのだろう。佐野塚はわずかに上体を五兵衛のほうに乗り出した。

「難儀が際限なく押し寄せてくる時節だ。気持ちが浮き立つような話も、多少なりとも聞いてみたいものだ」

佐野塚の口調がガラリと変わった。重々しさが引っ込み、明るさすら感じられた。

「仙之助」

いきなり名を呼ばれた仙之助は、見開いた目を佐野塚に向けた。

「おきょうは、まことにひたむきな娘だ。また、そのほうのおきょうへの想いにもぶれはないと分かった」

佐野塚の目の底が強い光を帯びていた。

「おまえもおのれの命にかけて、おきょうを大事にいたしてみよ」

仙之助は、畳に両手をついて受けとめた。

「まことに与力様の申された通りにございます」

よほどに深く感じ入ったのだろう。五兵衛の物言いには、佐野塚に対する大きな敬いが含まれていた。

「若い漁師が嫁を娶るときは、てまえどものところに話が持ち込まれますが」

五兵衛は膝に載せた両手に力をこめて、佐野塚を見詰めた。

「いま与力様が口にされた通りのことを、わしらは若い者に問うております」

五兵衛の口調がすっかり変わっていた。

心底から与力の人柄に敬いを覚えたがゆえの、物言いの変化だった。

将軍家に魚介を献上する佃島漁師。その佃島の肝煎だという自負が、五兵衛の物言いから影を潜めていた。

「わしと同じことをとはなにか」

五兵衛の言い分に気を動かされた佐野塚は、詳しく聞かせよと続きを促した。

深くうなずいた五兵衛は、漁師の嫁取りの子細を話し始めた。

「与力様にはご承知の通り、佃島の漁師は遠い昔に権現様《ごんげん》（徳川家康）に招かれまして、摂津国から移り住んで参りました」

以来御城への魚介献上はいまも変わらず続いていたが、漁師の暮らしは大きく変わった。

日々の食べ物の味付けは、上方風だったものが江戸前へと変わった。

変化の途中で、佃島特有の濃い味付けは『佃煮』を生み出した。

「佃煮で熱々のおまんまを食ってこその江戸っ子だぜ」

当節では、佃煮は江戸前だと広く思い込まれていた。

佃島の若い漁師のなかには、威勢のいい江戸っ子を売り物にする者も少なくなかった。

「将軍様に毎日獲れたての魚を献上できるのは、七代も八代も佃島で暮らしている島の江戸っ子漁師だけなんでえ」

若い者が啖呵《たんか》を切るのも無理はなかった。

三代続けて江戸で暮らしてこその江戸っ子だと、世間は言う。

佃島の漁師は三代どころか、七代、八代続きを自慢する家がごろごろあった。

そして漁師がしゃべるのは、江戸っ子のなかでも飛び切り歯切れのいい佃島江戸弁だ。

上方風の薄い色づけの料理は、島ではすっかり姿を消していた。いまでは濃い醤油味の、照りが鮮やかな佃煮こそが佃島の味だ。

言葉遣いも料理の味も、もはや摂津国を思わせるものは佃島には皆無だ。

そんな島を切り盛りする肝煎衆である。

いまどきの若い漁師が持ち込んでくる嫁娶り相談にのるときには、島の興りを忘れさせないように気を配った。

「わしら川漁師といえども、板子一枚下は地獄であることに変わりはない。野分で荒れた大川の怖さは、おまえたちも身体で覚えているはずだ」

女房にするなら、常に生き死にの垣根の上を共に歩く覚悟を決めさせることが大事だと、肝煎は若い漁師に迫った。

「わしらの先祖は、権現様から請われて摂津国から移ってきた。その誉れに恥じない家を作り、授かった子にも佃島漁師の心意気をしっかり叩き込める母親となること」

相手にこのふたつの覚悟がなければ、女房にはするなと、肝煎は強い口調で断じた。

「その覚悟は、おまえが相手を命がけで好いてこそ生まれる。つまりは女房に覚悟をさせるもとは、おまえ次第だということだ」

いつもここで、肝煎は相談にきた若い漁師を睨みつけた。

「なにがあっても命がけで女房を守る。その覚悟がないまま、娶りたいなどと甘い相談にくるんじゃない」

大声で一喝をくれるのが、肝煎の大事なつとめだった。

「まことにあっぱれな話だの」

子細を聞き終えた佐野塚は、仙之助を見た。

「そのほうには、おきょうを命がけで守る覚悟はできておるのか？」

あらためて、佐野塚は覚悟のほどを仙之助に問い質した。

威厳に満ちた声音だが、佐野塚の両目は柔らかな光を宿していた。

「ございます」

仙之助は迷いのない口調で答えた。五兵衛が明かした佃島漁師の話が、よくよく仙之助の骨身に染みこんだらしい。

仙之助の返答を諒とした佐野塚は、目を五兵衛に移した。

「上総屋のあるじは仙之助の願い出を、しかと受け止められるだけの度量を持ち合わせておるか？」

器量のほどを計るかのような口調で、佐野塚は五兵衛に問いかけた。

五兵衛は即答はせずに、目を閉じて考え込んだ。

与力の正面で目を閉じるのは無礼である。堀田は尖った目で五兵衛を睨みつけた。しかし佐野塚は堀田を制して、五兵衛の振舞いを許した。

しばしの後に、五兵衛は目を開いた。

「与力様へのご返答は、てまえよりも上総屋二番番頭の馬ノ助のほうが、分にかなっていると存じます」

別間で待つ馬ノ助に質してほしいと五兵衛は願い出た。

「道理であるの」

佐野塚は陪席している堀田に、馬ノ助を呼び寄せるように命じた。

「御意の通りに」

すこぶるていねいに答えるなり、堀田は執務部屋を出た。

三十四

ひとりだけ部屋に残された馬ノ助は、落ち着かない心持ちで思案を巡らせていた。

五兵衛はともかく、仙之助が呼び入れられてから四半刻（三十分）が過ぎた見当だ。

その間、馬ノ助のもとにはなにひとつ、与力執務部屋の動きは知らされていなかった。

上司の自分を差し置いて、仙之助は佃島の肝煎におきょうとの大事を話した。

いまではさらに、船番所上席役人から名指しの呼び出しまで受けていた。

仕入れ先のお嬢と薪炭屋手代とでは、身分違いもはなはだしい。釣り合わぬ色恋沙汰が佃島の肝煎に留まらず、船番所の上席役人にまで知られたとしたら……。

馬ノ助は深いため息をついた。

お店《たな》の屋台骨まで揺るがしてしまう、一大不祥事である。この顚末を頭取番頭と当主に、なんと話せばいいのか。

次第によっては、波切屋までも巻き込むことになるだろう。

次々に浮かぶ難題を思うと、馬ノ助は息苦しさすら覚えた。

特大に深いため息をついたら、部屋の明かりが揺れた。

行灯の油が切れかかっているのだろう。

部屋に流れ込む風もないのに、明かりはゆらゆらと揺れた。

いやな揺れ方が、馬ノ助の不安を大いに煽《あお》り立てた。

馬ノ助と仙之助が奉公している上総屋は、薪や炭のほかにも夜を照らす明かりに用いる油も商っていた。

「ひとは海賊橋の薪炭屋と言うが、それはうちの商いを正しく言い当ててはいない。夜の闇を切り破る行灯の明かりこそが、上総屋の商い頭だ」

頭取番頭の今日左衛門は、折りに触れてこれを奉公人に言い聞かせた。

世間は上総屋を薪炭屋だと言う。

薪炭あっての上総屋であるが、新しい商いも常に模索してきた。

薪炭の得意先に菜種油を売り込むうちに、ここ数年は油の売り上げが勝っていた。

「房州勝山の菜種油は、他所の品に比べて図抜けて明るい。そんな上物の油を商う上総屋が、夜が薄暗くては商いにも障る」

灯火の無駄遣いは、きつく戒めた。

その片方で今日左衛門は、明かりを惜しむなと口にした。

「上総屋の夜が暗くては、商う油が安物だと勘違いをされかねない」

今日左衛門は頭取番頭に就くなり、店の前に大型の常夜灯を据え付けた。台座から灯《あかり》屋《や》までの高さが一間（約一・八メートル）もある常夜灯だ。

「上総屋さんのおかげで、夜の川の行き来が楽になりやした」

夜の楓川を走らせる船頭たちは、二町（約二百十八メートル）先からでも明かりが見届けられると、大いに喜んだ。

「町木戸が閉じたあとも、真夜中の九ツ（午前零時）までは常夜灯を灯し続けなさい」

油の注ぎ足しは年少の手代の役目とされた。

「油が切れかかって灯火が揺れるのは、なによりも店の縁起に障る。たとえ白い糸を引いて降り続けるような大雨の夜でも、油を切らしてはならない」

今日左衛門の言いつけを、手代は守った。

馬ノ助は胸の内で舌打ちをしながら、行灯の揺れを見詰めていた。

さらに油が少なくなったのだろう。灯火は揺れるというよりも、灯り方がひどく頼りなくなった。

ジジジッ。

灯心が鳴き始めた。皿の油が燃え尽きようとしている前触れだ。

だれかいないのか。油がなくなろうとしているのに、だれも気づかないのか。

馬ノ助は怒りを募らせた。

とはいえここは、中川船番所のなかだ。腹立ちを声に出せるわけがなかった。

もちろん承知だった。が、仙之助に対する苛立ちを振り払うには、切れかかった油に当たり散らすしかなかった。

表だっては声を荒らげることはできない。

そのもどかしい思いが、胸の内の怒り声をさらに荒らげさせていた。

揺れていた行灯の明かりが、さらに細くなった。油切れが間近なのだ。

部屋にひとりしかいないこんなときに、油切れとは縁起でもない。

馬ノ助はわずかに息を漏らした。

本当はため息をつきたい気分だった。しかし思いっきり息を吐き出したりしたら、か細い行灯の灯を吹き消してしまいそうに思えた。

たとえ難儀に直面しても、それぐらいのことなら大したことはないと、笑い飛ばせるほどに馬ノ助は世慣れていた。

しかしいまは仙之助のうちあけ話に仰天させられた挙句、船番所の粗末な部屋にひとり取り残されていた。しかも行灯の油が切れかかっているのだ。馬ノ助といえども、尋常な心持ちではいられなかった。

ジジジジッ。

行灯の灯心が鳴いていた。いよいよ油が燃え尽きそうだ。

いったい今夜は、どうなっているんだ？

馬ノ助は胸の内でため息をついた。

黒船来襲の騒動が起きて以来、公儀は落ち着きを失っていた。

御上がこんなことで大丈夫なのか……灯心の鳴き声を聞きながら、馬ノ助は近頃の様子を思い返した。

浦賀沖に黒船四杯が姿を現したのは、八日前だ。その翌日から、公儀はお触れを発し続けていた。

最初の町触れが出たのは、六月四日の五ツ半（午後九時）。浦賀船番所が大騒動となった翌日のことである。

「今夜から、四ツ（午後十時）を過ぎての行き来は、いかなる用があろうともきつい御法度となった」

町触れは高札に仕上げて、要所要所の辻《つじ》に立てかけられるのが常である。ところが六月四日の触れは、町役人が口頭で各町の肝煎に伝えた。

「医者も坊主も按摩《あんま》も物売りも、いっさい行き来はまかりならぬとのことだ」

触れを破った者はその場で取り押さえて自身番小屋に留め置くと、町役人は付け加えた。

浦賀沖から江戸湾深くにまで侵入してきた黒船は、公儀を脅すかのように空砲をぶった。

放した。その音に怯えきっていた江戸各町の肝煎たちは、町役人が口頭で伝える指図に震えながらうなずいた。

六月五日には、担ぎ売りの行き来を四ツ（午前十時）から八ツ（午後二時）までの二刻（四時間）に限るという触れが加えられた。

「ばか言うんじゃねえ。四ツにならなきゃあ仕入れにも出られねえなら、商いにならねえじゃねえか」

「こんなバカな触れを守ってたんじゃあ、江戸では暮らせねえてえことだぜ」

青物、鮮魚、豆腐やしじみなどを商う棒手振たちは、一斉に口を尖らせた。

「文句をいう不埒な者には、その場で縄を打てというお達しだ」

町役人が睨みつけると、棒手振たちは尖らせた口を元に戻した。

このあとも、あれはだめだ、これはするなの町触れが次々に出された。

「こんなことでは息が詰まってしまう」

「いんや、息が詰まるんじゃねえ。身動きがとれなくて、息ができなくなっちまう」

「まさにその通りだ。律儀に守っていては、暮らしが成り立たなくなる」

各町の肝煎たちは、触れ破りが出ても知らぬ顔を決め込んだ。

担ぎ売りが八ツを過ぎて町内に入ってきても、咎める者は皆無だった。それどころか、棒手振の周りには客が群れを作った。

「もしも町役人がうるさいことを言ってきたら、うちに逃げ込めばいいさ。心張り棒はあたしがかけてあげるから」

「うちだって身体を張ってあんたをかばうから、心配いらないよ」

長屋の女房連中は、馴染みの棒手振に威勢よく告げた。

いつもは嫌われ者の十手《じって》持ちの下っ引きも、尋常さを欠いた町触れには呆れた。

「触れが守られているか、見回りを抜かるでないぞ」

町役人に尻を叩かれた下っ引きは、形だけは見回りに出た。が、たとえ四ツ前や八ツ過ぎに棒手振を見かけても、知らぬ顔を決め込んだ。

町役人に忠義立てをしても、得るものはないと分かっていたからだ。

しかし店を構えた商家は、触れを破るわけにはいかなかった。

朝の五ツ（午前八時）から、日没の暮れ六ツ（午後六時）まで。この間、ほとんどの商家は店を開いていた。天道の明かりがある限りは、商いを続けるのが江戸の商人の慣わしだった。

「店を開くのは四ツ。店仕舞いは七ツ（午後四時）を限りとする」

黒船襲来から二日が過ぎた六月五日、公儀は御府内の商家の商いを四ツから七ツまでと定めた。

「無用の者が町を行き来するのはまかりならぬ。商家が店仕舞いを早めれば、町人が町に出張ることも少なくなる」

大工・左官・石工など、普請にかかわる職人が働くのも五ツから七ツまで。荷車・はしけ・荷物船の行き来も、五ツより七ツ限り。漏らしてなるものかとばかりに、公儀は六月五日に町触れを発した。

「御上はいったい、なにを考えておいでだ」

「こんなことを続けていては、江戸の町は死んでしまう」

「御上の怯えを、われら下々の者に押しつけるのは了見違いというものだ」

職人・商人を問わず、町人は公儀のうろたえぶりに口を尖らせた。が、声高に言ったりすれば咎めを受けることになる。

不満は落首となった。

泰平の眠りをさます上喜撰《じようきせん》
たった四杯で夜も眠れず
浦賀沖に現れた黒船は、真っ黒な煙を吐いていた。船が煙を吐くなどとは、幕閣を含めてだれひとり思いも及ばなかった。

「船中にて石炭を燃やし、それで湯を沸かして蒸気を拵えます。黒船が動きますのは、その蒸気の仕業にござります」

御城に招集された蘭学者たちは、蒸気機関の原理を幕閣に説き聞かせた。

蒸気機関で走る蒸気船。

この話は、その日のうちに江戸市中に広まった。町人には蒸気機関がなにであるかなどは、まったく呑み込めなかった。

しかし蒸気船という語は、江戸の隅々にまで知れ渡った。

落首の上喜撰とは、特撰の宇治茶のことだ。すこぶるつきの美味だが、飲み過ぎると気が昂ぶり、眠りが遠くなるといわれた。

浦賀沖にあらわれた黒船は四杯。

四杯すべてが蒸気船ではなかったが、巨大な黒船であったのは間違いない。

まさにたった四杯の黒船襲来で、公儀はうろたえまくった。その挙げ句、尋常ではない町触れを頻発させた。

暮らしに障りをきたした町人は、落首で公儀の狼狽ぶりに一矢を放ったのだ。

一昨日《おととい》には、多くの町触れが引っ込められた。

「どうやら御上のケツも、ようやく落ち着いたらしいぜ」

「あたぼうさ。あんなバカな触れが、いつまでも保《も》つわけがねえさ」

町方の暮らしは、六月九日以降はそれまでの落ち着きを取り戻していた。

公儀と大名はそうではなかった。

町奉行所を始めとする役所は、いまだに気を張り詰めていた。

江戸在府の大名諸家も、見張りの厳しさは尋常ではなかった。

「黒船の大砲は、江戸城にまで届く」

「御府内に攻め入ってきたのちは、大名の内室を人質に取る」

うわさを真に受けた大名は、中屋敷と下屋敷の家臣全員を上屋敷に集結させた。連夜、かがり火を何十籠も焚いて、敵襲に備えた。

上総屋は江戸でも名の通った薪炭問屋である。得意先には三十を超える大名諸家の上・中・下屋敷があった。

それらの大名が、群れをなして薪の納めを求めてきた。しかも通常の五倍に及ぶ数量である。

それだけではなく、南町奉行所からも薪の拠出を求められた。

たちまち上総屋の納屋《なや》から薪が失せた。

一刻も早く、木更津から薪を納めてもらわなければならない。骨の折れる談判を続けていたさなかに、馬ノ助はこのたびの難儀に引きずり込まれた。

ジジジジ……。

ひときわ大きな音で鳴いた直後に、行灯の明かりが落ちた。

闇のなかで、馬ノ助は遠慮のないため息をついた。もはやどれほど大きな息を吐き出しても、灯火が消える心配はなかった。

ふううっ。

三つ目のため息をついたとき、不意に部屋のふすまが開かれた。

「与力様が御召だ」

暗がりのなかで、堀田の居丈高な声が聞こえた。

「うっ」

馬ノ助はため息をつく代わりに、息を詰まらせた。

様子が分からぬまま、馬ノ助は素早い動きで部屋の外に出た。堀田の尖った声が、馬ノ助に敏捷な動きを迫っていた。

「与力様が、てまえを御召でございますのでしょうか？」

廊下で堀田と向き合うなり、馬ノ助は思わず問うた。

「くどい！」

尖った声で、馬ノ助の戸惑いが増した。

仙之助がなにを話したのかもわからぬまま、上司として与力の面前で話すのだ。つまりは馬ノ助が、上総屋ののれんを背負って答えるのも同然である。

「わたしはたとえ大名家のご当主相手であっても、臆することなく受け答えができる」

目下の者に常から言ってきた馬ノ助が、いまはうろたえを隠せずにいた。

が、すぐにそんな自分を恥じた。

ここには波切屋のおきょうが留め置かれている。その身を案じたがゆえ、佃島の肝煎にまで頼み込んで、身請けにきたのだ。

与力から呼び出しを受けたのは、おきょうの安否を知るには願ってもないことだ。

馬ノ助は廊下を行くわずかの間に、自分の不明を正した。

かくなるうえは丹田に力を込めて、問われたことにはまことで答えるしかない……正直こそが唯一の道だと、おのれに言い聞かせた。

馬ノ助の逡巡も決断も、堀田にはなんら通じなかったらしい。尖った目で振り返った。

「もそっと俊敏な動きで、ついてきなさい」

堀田は両目をきつく尖らせて、馬ノ助を睨《ね》めつけた。

「申しわけございませんです」

馬ノ助は、ひたいが膝にくっつくほどに身体を深く折り曲げて詫びた。

与力の召し出しはまことなのかと、馬ノ助は二度も問いかけた。堀田が偽りを言っているのではないかと、疑ったも同然の振舞いである。

堀田が目を尖らせたのも無理はなかった。

「三度は許さぬぞ」

きつい言葉を馬ノ助に突き刺した堀田は、先に立って歩き始めた。

馬ノ助は両手を帯にあてて、丹田に力を込めた。

うろたえるな馬ノ助。

おまえは上総屋の二番番頭ではないか。

同心にきつい目で睨まれたぐらいは、屁でもなかろうが。

おのれに言い聞かせてから、馬ノ助は一歩を踏み出した。

先を行く堀田はすり足で、音も立てずに廊下を歩いている。

居丈高な物言いをするいやな武家だが、廊下を歩く所作は堂々としていた。

馬ノ助は堀田を真似《まね》て、すり足であとに従った。歩を進めるうちに、心持ちが落ち着いてきた。

与力が待つ部屋の前で足を止めた堀田は、馬ノ助のほうに向き直った。

いま一度下腹に力を込めて、馬ノ助は与力との向き合いに備えた。

五兵衛は正座で重ね合わせた足裏から力を抜いた。こうすることで、五兵衛は肩の力も抜いていた。

仙之助は五兵衛とは逆に、両肩に力が集まっていた。

「木更津から出張ってきた、おきょうなる女人であるが」

佐野塚は入室してきた馬ノ助を見詰める目の光を、一段強めた。

馬ノ助は背筋を張って、続く佐野塚の言葉に備えた。

「その者は上総屋と商いのかかわりを持つ波切屋の娘に相違はないか」

「ございません」

馬ノ助は背筋を真っ直ぐに伸ばしたまま、即座に答えた。

「ならば上総屋二番番頭のそのほうは、当然のことながらおきょうの用向きがなにであるかもわきまえておろうな？」

「それは……」

馬ノ助は口ごもってしまった。

「与力様じきじきのおたずねである。神妙に返答いたせ」

堀田はこめかみに青筋を浮かべて怒鳴りつけた。その堀田を目で抑えてから、佐野塚は馬ノ助を見た。

「商人にとっては、商いにかかわる大事は、いかにわしが問うたところで軽々しくは答えられぬであろうが……」

佐野塚は目の光り具合を和らげた。

「いまはおきょうなる女人の吟味のさなかだ。ことをつまびらかにせぬことには、先には進められぬ」

息継ぎをした佐野塚は、ふうっと音を立てて息を吐き出した。

滅多なことでは、武家は息遣いの音を他人に聞かせたりはしない。それを承知で、佐野塚は音をさせて息を吐き出した。

五兵衛たち町人三人も驚いたが、佐野塚のわきにいた堀田は顔つきが動いた。

佐野塚は気にもとめず、言葉を続けた。

「そのほうが言いにくいとあらば、わしが代わりにおきょうなる者の用向きを言い当ててもよいぞ」

いっとき和らいでいた佐野塚の目が、再び強い光を帯びた。

「おきょうの用向きは、木柾との談判で、急ぎ木更津より出向いてきたのであろうが」

それに相違あるまいと、佐野塚は迫った。

堀田は目を見開いて与力を見た。

まさか与力が幕引き役を買ってでるとは、思ってもいなかったからだ。

仙之助も、懸命に驚きを抑え込もうとしていた。いきなり早くなった息遣いが、仙之助の驚きを正直にあらわしていた。

五兵衛は知らぬ顔で、執務部屋の壁を見ていた。が、目に浮かんでいる満足の色は隠しようもなかった。

馬ノ助は足裏の上下を入れ替えて座り直した。

「まことに……まことに与力様の眼力のほどには、恐れ入りましてございます」

馬ノ助は畳に両手をつき、佐野塚に衷心からの敬意を示した。

「ならば馬ノ助」

与力は親しみを込めた口調で、二番番頭の名を口にした。

「わしの読みに、相違はないのであるな」

「寸分の読み違いもございませんです」

馬ノ助は畳にひたいを押しつけて、言葉を重ねた。

五兵衛も馬ノ助同様、畳に両手をついた。

ひと息遅れた仙之助はイグサの跡もつけよとばかりに、畳にひたいを押しつけた。

「一同、おもてを上げなさい」

穏やかな口調で、佐野塚は三人におもてを上げさせた。

「世情が穏やかならぬ昨今にあって、家業手伝いのために女人ひとりで木更津より出張ってくるとは、見上げた心がけである」

佐野塚は言葉を惜しまずに褒めた。

「さりとておきょうは口のきき方、物言いには格段の気遣いが入り用であろうぞ」

佐野塚は口調を厳しいものに変えた。

「吟味方のおせいに疑念を抱かせたのも、畢竟、おきょうの口が災いしたからである」

おきょうがおせいになにを言ったのか。

佐野塚は子細を明かさなかった。が、聞き入っている三人とも、得心顔を見せていた。

おきょうが放免されて上総屋と波切屋に咎めが及ばなければ、ことの子細など知りたいことでもなかった。

三人の表情を諒とした佐野塚は、ひと息をおいて話に戻った。

「わしが言うことでもないが」

再び物言いには、柔らかさが戻っていた。

「この先の商い談判にあっては、ときに引くことも口を慎むことも大事であろうぞ」

堀田もおせいも傷つけず、おきょうを放免するとした、見事な裁きであった。

佐野塚に目を合わせた五兵衛は、然《しか》りとばかりに強くうなずいた。

「この先は馬ノ助」

佐野塚は目の光り具合を自在に操ることができるらしい。いまはまた、馬ノ助を強く光る目で見詰めていた。

「おきょうと仙之助がことを運ぶにおいて障りなきよう、そのほうは二番番頭としての務めを負って取り計らうように」

「うけたまわりました」

馬ノ助は佐野塚の指図を、背筋を伸ばした身体で受け止めた。

「てまえどものあるじにも、与力様から頂戴いたしましたお言葉を、一言一句たがえずに申し伝えます」

馬ノ助はきっぱりとした物言いで、佐野塚の温情ある沙汰を伝えると請け合った。

落ち着きを取り戻した物言いは、馬ノ助に深い安堵感があったればこそである。

頭痛の種だった、仙之助の行く末。

これについても、与力の力強い言葉が大きく役立ってくれるとの、強い確信が抱けた。

馬ノ助を見ていた佐野塚は、脇に控えている堀田に目を向けた。

「おきょうをここに呼び入れなさい」

佐野塚から指図された堀田は、直ちに立ち上がった。

猪牙舟は舳先に提灯を灯して、中川船番所の船着き場を離れた。

三人の船客を乗せるのが精一杯の猪牙舟である。

仙之助は遠慮気味の表情ながらも、おきょうと並んで座ろうとした。その動きを阻むかのように、ふたりの間に馬ノ助が割り込んだ。

「いささか窮屈でしょうが、しばしの間、ご容赦願います」

おきょうに身体が触れぬようにと、馬ノ助は気遣っていた。が、猪牙舟の幅は狭い。

馬ノ助の強引な尻の力に押されて、仙之助は船端に押しつけられた。

窮屈さに顔をしかめた仙之助の耳元で、馬ノ助が囁《ささや》き始めた。

「まだ波切屋様にも当家《うち》の旦那様にも、ご承知を頂戴してはいない」

そんなふたりが並んで座ることなど、断じて見逃すことはできないと、小声ながらも厳しい口調で戒めた。

言われるなり、仙之助の背筋が伸びた。

「大きな心得違いをいたしました」

舳先に灯された提灯一張りだけの闇のなかで、仙之助は馬ノ助の目を見て詫びた。

「わかればいい」

馬ノ助の囁きが柔和さを取り戻していた。

どれほど小声のやり取りでも、狭い猪牙舟でのことだ。おきょうの耳にも、ふたりのやり取りは聞こえた。

馬ノ助の言い分はもっともだと、おきょうは闇に溶け込んだ小名木川を見ながら心底得心していた。

「すまないが番頭さん、煙草盆をわしに取ってくださらんか」

「ただいま」

五兵衛も馬ノ助も、膝がくっつき合っているのも気にならないらしい。

船頭が棹を櫓に替えた。

船足が速まるにつれて、頬を撫でる川風が強さを増した。

「船番所に向かうときはなんとも気鬱だったが、いまは風が心地よいじゃないか」

「まことに、おっしゃる通りです」

煙草盆を五兵衛に手渡した馬ノ助は、夜空を見上げた。

夏空を星が埋めている。幅広い流れの天の川が、夜空の真ん中に横たわっていた。

おきょうも夜空を見上げた。

川風を受けたおきょうのほつれ髪が、心地よさそうに横になびいていた。

三十五

猪牙舟が船着き場から二十間（約三十六メートル）ほど離れたとき、佐野塚が石段をおりてきた。

背後には堀田が従っていた。

格別の用でもない限り、庶務方筆頭与力が船着き場におりてくることなど、起こり得ないことだ。

とはいえ今日は六月十一日である。

月初めの三日に起きた黒船襲来騒動から、まだ八日しか過ぎてはいないのだ。

すわっ、またも変事の勃発か。

船着き場の役人たちは、おりてきた佐野塚と堀田を見て集まってきた。

「大事ない。わしには構わずに、持ち場に戻りなさい」

佐野塚は張り詰めた顔の役人に声をかけて、構えを解かせた。

「仰せのままに」

与力に一礼をしてから、役人たちは持ち場に戻った。

役人と入れ替わるように、船番所の飼い犬が石段をおりてきた。

佐野塚の背後に控えた堀田にはまるで構わず、犬は前に出てきた。

「おう」

短く佐野塚が応えると、犬は尾を振った。

佐野塚は船着き場から遠ざかって行く猪牙舟を目で追っていた。舳先にぶら下げた提灯の明かりは、遠ざかるにつれて川面にかぶさった闇に溶け込んでゆく。

闇と猪牙舟との区別がつかなくなったとき、佐野塚は犬のあたまを撫でた。

いつまで猪牙舟を見ているのかと言わぬばかりに、堀田は苦々しげに口元を歪《ゆが》めた。

背後の気配を、もちろん佐野塚は察していた。が、堀田のことは捨ておいたまま、犬のあたまを撫でていた。

舳先に灯した提灯の明かりは、猪牙舟が遠ざかるにつれて闇に吸い込まれていた。

しかし大豆ほどに小さくなった灯火でも、深い闇のなかでは確かな明かりだ。

堀田とおせいがしでかした企みも同じであると、佐野塚は考えていた。

些細《ささい》な染みであっても、真実という純白の敷布のうえでは、見過ごせない汚点となる。

すべてを承知で知らぬ顔を決め込んでくれた五兵衛に、佐野塚はあらためて胸の内で礼を告げた。

馬ノ助に対しても、思いを新たにしていた。猪牙舟に乗るなり、馬ノ助はおきょうと仙之助の間に割り込んでいた。

あれこそがおとなの作法、若い者の窘《たしな》め方だと感心した。

おきょうと仙之助がいかほど深く好き合っていたとしても、まだ親は承知していない。

それを馬ノ助は言葉に頼らず、動きで示した。

あの男に任せておけば、先の万事も滑らかに運ぶに違いないと思えた。

仙之助とおきょうは、ともに相手のことを深く想い、慕い合っている。

男と女が互いの気持ちを固結びにする。

胸の内からこみ上げてくるものを噛みしめつつ、佐野塚は犬のあたまを撫で続けていた。

犬は強く尾を振って応えた。

背後の堀田が放っている苦々しさを、犬の尾が振り払っていた。

中川船番所には番犬として三匹の犬が飼われていた。それぞれに一郎・次郎・三郎の名がつけられている。

奉行所や船番所などの公儀役所で飼う犬のほとんどは、血統の確かな川上犬である。狼の血をひく川上犬は、敵対する者には命を惜しまずに飛びかかった。すこぶる気は荒いが、飼い主には従順至極だ。

この気性を諒として、公儀は役所番犬に川上犬を多用してきた。

中川船番所の一郎・次郎はともに川上犬だ。

しかし三郎は違った。

見た目は黒毛で川上犬に似ているが、血筋不詳の雑種だった。

三郎の母親は前任奉行が就任時に連れてきた黒犬である。その親犬は中川船番所の川上犬といい仲になり、船番所の納屋で三匹の子を産んだ。

二匹は近在の川漁師にもらわれた。

三匹のなかでもっとも賢い動きを示した三郎は、奉行の命で船番所に留め置かれた。

御役御免で奉行が離任したあとも、三郎は一郎・次郎に加わって船番所の番犬を務めていた。

庶務方筆頭与力として中川船番所に赴任してきた日に、三郎は佐野塚が差し出した右手に鼻をすり寄せた。

強い慕いのさまを示された佐野塚も、身体を撫でて三郎の仕草に応えた。

ひとには分からないが、佐野塚の身体には犬のにおいが染みついていた。そのにおいを好んで、三郎はすり寄ったのだろう。

以来、三郎は中川船番所の飼育掛にも増して、佐野塚になついていた。

中川船番所に赴任してくる前の組屋敷で、佐野塚は犬を飼っていた。

中川船番所に赴任する当日、佐野塚は屋敷の下男に世話を言いつけた。

「旦那様だと思って、大事に世話をさせていただきます」

下男は正味の物言いで応じた。

すでに十歳を過ぎている老犬を、佐野塚が大事にしていることを下男はわきまえていた。

四十路を過ぎた佐野塚は、二人の子を授かっていた。

やがて家督を継ぐことになる嫡男長之助《ちようのすけ》は、今年で二十歳を過ぎた。

算術にはすこぶる長けている長之助だが、四尺九寸（約百四十八センチ）、目方十三貫（約四十九キロ）と、体軀には恵まれていない。

十六歳になった長女美乃《みの》は、長之助よりもはるかに大柄で、背丈は五尺五寸、目方も十六貫を超えていた。

「長之助様と美乃様の身体が入れ替わっておいでならよかったのに……」

奉公人が陰でささやきあっている声は、佐野塚の耳にも届いていた。

親のひいき目もあるだろうが、長之助も美乃もよき気性だと佐野塚は確信していた。

とりわけ美乃は、生き物すべてに優しさを示した。組屋敷で飼っている老犬は、もとは捨て犬だった。

まだ目も開いていない子犬が、組屋敷の門前で鳴いていた。下男が見つけるよりも先に、美乃がその子犬を抱き上げた。

戌年生まれの美乃は、なんとか助けてほしいと佐野塚に頼み込んだ。

長之助も妹のために、懸命に口を添えた。

以来、佐野塚家の飼い犬となった。

犬は飼い主の格には敏感である。自分を拾ってくれた美乃以上に、この家の当主佐野塚には恭順だった。

長之助と美乃は、息災に育った。が、身体つきは男女が入れ替わってほしいと、強く願いたくなるような育ち方となった。

元服を過ぎても、長之助の上背はさほどには伸びなかった。目方も増えない。

「もしも戦となったときには、長之助は一日ももたないぞ」

同年代の若者の軽口は、長之助を傷つけた。佐野塚にはしかし、見ぬふり、聞こえぬふりをするほかに手立てはなかった。

美乃は美乃で大柄ゆえに、長之助とは真反対の胸の痛みを抱えていた。

年頃に差し掛かるにつれて、長之助も美乃も、密《ひそ》かに想いを寄せる相手が胸の内に芽生えていた。

男女間の機微には佐野塚は聡《さと》い男だ。

息子と娘がだれを好いているかは、早くから察していた。

しかしこのことにもまた、知らぬふりを決め込んだ。うかつに口出しをしようものなら、長之助と美乃のこころに深手を負わせると考えたからである。

たとえ肉親相手であろうとも、武家は軽々しくだれを好いているなどと明かせるものではない。

しかも長之助も美乃も、おのれの体軀には負い目を抱いているのだ。

父親としてできることは、知らぬふりを決め込むこと以外にない。

その代わり、もしも長之助と美乃が想いの丈を明かしたときには、できる限りの力添えはしようと決めていた。

そんなときに中川船番所への赴任を申し渡された。

庶務方筆頭与力としての異動は、大いなる栄転である。周囲のだれもが佐野塚に衷心よりの祝いを伝えた。

佐野塚は長之助・美乃・老犬に深い想いを残したまま中川船番所に着任した。

それほど間をおかずに、かつての部下堀田庄助が佐野塚を追いかけるようにして異動してきた。

堀田もまた昇進していた。

しかし中川船番所での堀田の評判は、決して芳しいものではなかった。

上司には従順に振舞うが、同輩や目下の者には頭《ず》が高い。とりわけ吟味に際しては、居丈高な振舞いが目に余る……こんな声が佐野塚に聞こえていた。

堀田をいかに処断すべきか。

佐野塚は深くて重たい息を吐いていた。

船番所内では、堀田は蛇蝎《だかつ》の如くに嫌われていた。佐野塚の耳にも届いていたが、堀田を起用した与力当人である。

折を見て諫言《かんげん》し、振舞いを正させる腹づもりでいた。堀田みずから所業を改めれば悪評も静まると、佐野塚は判じていた。

あろうことか佐野塚の面前で、まんじゅうに細工するという愚挙に出た。

もはや、これまでと、佐野塚は堀田切り捨てを断じた。

かくなるうえは船番所の同輩はもとより、同心・小者に至るまでが、更迭やむなしと得心できる状況に、堀田を追い込むことが肝要であろう。

ゆるみなき沙汰を下すことは、堀田を起用した与力が負う責務だと心得ている。

遠ざかる舟に目を向けて吐く息は重たい。

佐野塚が負うべき責めの重さを、吐息が表しているかのようだった。


どれほど目を凝らしても、もはや猪牙舟の舟影は闇に溶けて見えなくなっていた。

ゆるい風が小名木川を渡っている。番所の畑ではナスの花が揺れているに違いない。

わしももう、親の意見をする歳となったか。

今日一日の出来事を振り返り、佐野塚は感慨を込めて吐息を漏らした。

クウン。

三郎は子犬のように鼻を鳴らし、身体を佐野塚に寄せた。

三十六

「うまくダシがとれなかったもんで、味がいまひとつなのは勘弁してくだせえ」

納戸のわきに設けられた小部屋に、俊造が熱々のうどんを運んできた。

「うむ……」

むずかしい顔を拵えたまま、堀田が短く応じたとき。

ゴオオーーンーーー。

はるか遠く、深川とおぼしきあたりから鐘の音が流れてきた。本日の撞き仕舞いとなる、四ツ（午後十時）の鐘である。

鐘撞き堂から遠く離れているだけに、四ツの鐘は長い韻を引いて聞こえた。

明け六ツ（午前六時）から一刻（二時間）ごとに時を報せる鐘は、四ツがその日の仕舞いとなる。

九ツ（午前零時）から翌日の夜明けまでは、江戸の鐘も眠りについた。

深川で時を告げる鐘は、富岡八幡宮別当寺の永代寺だ。

中川船番所から永代寺までは、ツバメのように空を一直線に飛んだとしても、ざっと二里（約八キロ）の隔たりがあった。

それほど離れている永代寺の鐘が、納戸わきの小部屋にまで届いていた。

「どうやら江戸の町にも、静けさが戻ってきたようですぜ」

俊造の物言いは、うどんを運んできたとき同様に、妙になれなれしかった。

黒船襲来から数日は、江戸は夜更けても騒がしかった。永代寺が撞く四ツの鐘など、町の喧噪《けんそう》に呑み込まれていた。

今夜は鐘が聞こえた。それだけ町に静けさが戻ったということだろう。

俊造のぞんざいな物言いに、堀田は返事をしなかった。代わりに、きつい目で俊造を睨んだ。

身分をわきまえろと、堀田の尖った目が告げていた。

「へえ……」

俊造はすくめた首筋をパシッと叩いた。小さく開いた杉戸の隙間から、ヤブ蚊が飛んできたからだ。

堀田は俊造には目もくれず、うどんをすすった。

五兵衛たち四人を乗せた猪牙舟は、遠ざかるにつれて闇に溶け込んだ。提灯の白い明かりがすっかり見えなくなったのちも、佐野塚は船着き場から離れようとはしなかった。

与力が動かない限り、下の者は身動きができない。

なにをいつまで、船着き場に……。

堀田は胸の内で強く舌打ちをした。

じっと立っていると、ヤブ蚊の格好の餌食になってしまうからだ。

船番所周辺を群れ飛ぶヤブ蚊は、下働きの小者に限らず、武家にも食いついてきた。

「中川のヤブ蚊には、わきまえというものがない」

役人のなかには、武家にも食いつくとは不届き千万だと、真顔で蚊に文句をつける者もいた。

蚊に武家・町人の区別など、分かるはずもあるまいにと、異動してきた当初の堀田は陰で嗤《わら》っていた。

しかし中川船番所に起居するうちに、堀田は同僚同様にヤブ蚊を無礼者呼ばわりするように変わっていた。

船番所に詰めている者は、武家はもちろんのこと、役所手伝いの町人身分の小者や下男まで、だれもが漏れなく頭が高くなっていた。

船番所は川の関所である。

ここを通すも通さぬも、役人や吟味役の胸三寸である。

「なにとぞてまえを、江戸に向かわせてください」

吟味部屋に押し込まれた町人は、あたまを畳にこすりつけて懇願した。その者の生殺与奪のすべてを、船番所の役人や吟味役は握っていた。

明けても暮れても、晴れても降っても、小名木川を江戸に向かいたい者と、行徳や松戸、房州への旅を続けたい者は、強くあたまを畳に押しつけた。

「ならぬ」

「吟味が終わるまでは、船番所を出ることまかりならぬ」

役人は居丈高に言い放つのみである。

なにが、そしてどこが不審なのか、子細は一切聞かせなかった。

船番所勤務を始めてわずか一カ月足らずで、堀田は同輩や目下の者にまで頭が高くなっていた。

上司に対しては、なにを言われようとも恭順の意を示すのが、役人の常である。

その反動だろう、自分よりも力の弱い者に対して、堀田は尊大に振舞った。

上司佐野塚の今夜の振舞いに、堀田は憤りを覚えていた。

御城出入り勝手次第の鑑札を携えた、佃島の肝煎を佐野塚は、ことさら大事に扱った。

のみならず、吟味のために留め置いていたおきょうの身を解き放った。

おきょうは、堀田好みの豊かな肉置《ししおき》を見せていた。

今夜にでも、丸みのある尻を……。

存分にいたぶろうと考えていた堀田の楽しみを、佐野塚が押し潰した。

今夜のことに限らず、佐野塚は町民をおもんぱかるような所業に及ぶことがあった。

船番所の役人は、どんな無理難題でも町人相手に押しつけられる力を持っている。途方にくれた表情を見るたびに、堀田の胸の内には悦《よろこ》びが湧き上がった。

町人をいたぶることこそが、中川船番所役人の醍醐味《だいごみ》……堀田同様に考える役人もいた。

温情ある沙汰など、堀田は唾棄すべきものだと思っている。

ひとりで居ると、佐野塚への怒りが身体の奥底から湧き上がってきた。煮えたぎった熱さゆえか、口元がひどく歪《ゆが》んでいた。

内儀は佐野塚への付け届けを、一度たりとて欠かしたことはなかった。それも半端なものではない。

薦被りの四斗樽を妻の実家から贈り届けていたのだ。

平然と受け取っておきながら、今日の仕打ちは一体なんだ！

抑えきれなくなった身の内の憤怒が、両手を固いこぶしに握らせていた。

おきょうの放免は、留置を命じた堀田の面子《メンツ》を丸ごと潰していた。

町人をいたぶるのは、船番所同心の特権である。その悦楽まで、佐野塚の浅慮が反故《ほご》にしてしまったのだ。

湧きあがる怒りは、止《と》め処《ど》がなかった。堀田は憤りを抑えつけながら、船着き場につながる石段でヤブ蚊を叩き潰していた。

胸の内の強い舌打ちも、その思いのあらわれである。

猪牙舟が船着き場を離れてから、しばらく過ぎたのちに、佐野塚はようやくその場から動いた。

堀田のわきを通り過ぎるとき、佐野塚は堀田を真正面から見据えた。

「舌打ちは、武家にあるまじき振舞いと心得よ」

堀田が胸の内で幾度もなした舌打ちが、佐野塚には聞こえていたのか。

堀田はこわばった顔で辞儀をした。

同心部屋に戻ったあとも、堀田は胸の内の怒りを抑えきれずにいた。

黒船襲来があって以来、江戸には剣呑《けんのん》な気配が満ちていた。

不要不急の旅は控えよとの触れは、なににもまして遵守すべき事柄である。

木更津から出張ってきたおきょうには、江戸に急ぎ向かう理由がなかった。

「江戸の身内が、明日をも知れぬ危篤だとでも言うのか」

吟味役のおせいに、吟味頭はこれを質した。

「まったくありません」

応えたおせいの口元が歪んでいた。おせいは、おきょうの言い分を正しく伝えてはいなかった。

「わしが首実検をする」

その場に居合わせた堀田はおせいに案内させて、おきょうを留め置いた吟味部屋に向かった。

部屋には堀田の好む白粉《おしろい》の香りが満ちていた。髪の油もまた、堀田の気をそそった。

向き合っただけで、堀田はひとことも問い質さずに部屋を出た。

今夜はわしが当直……夜更けてからのきつい吟味を思い浮かべた堀田は、廊下の歩き方がぎこちなくなった。

不意に股間が重たく膨らんだからだ。

気持ちを昂ぶらせていただけに、おきょうを取り上げられた気落ちも大きかった。

業務日誌をしたためようと、筆を手に取った。しかし苛立ちは募るばかりで、手先に震えが生じた。

日誌どころではないと筆を戻したところに、俊造が入ってきた。

五ツ半（午後九時）を過ぎており、同心部屋には当直の堀田しかいなかった。

「四ツ（午後十時）どきには、あちらにうどんを用意させてもらいやす」

俊造はぞんざいな物言いで告げただけで、さっさと部屋から出て行った。

五兵衛に出す茶菓の支度を言いつけたことで、俊造はいきなり間合いを詰めてきた。

小者の分際で。

さらに別の怒りを覚えた堀田は、ふうっとため息をついた。

部屋の端の行灯が揺れたほどに、ため息は深かった。

「熱燗《あつかん》を一本、支度してきやす」

無言でうどんをする堀田に、気まずさを感じたらしい。

おもねる口調で言い残して、俊造は台所に向かった。

夏に熱燗もわるくない、か。

酒好きの堀田の目元がゆるんだ。

三十七

「大きな声じゃあ言えやせんが……」

声をひそめた俊造は、気配を探るような目で部屋の戸を見た。

ふたりが向き合っている納戸わきの小部屋は、杉の板戸を開け閉めする造りだ。

すでに四ツ（午後十時）を四半刻（三十分）近くも過ぎていた。当直の堀田のほかは、だれもが床についている時分だ。

杉戸の外で立ち聞きされる恐れはなかった。が、俊造は堀田の手前、気を配っているという素振りを見せた。

堀田は膝に両手を載せた姿勢で、俊造に先を促した。

徳利《とっくり》と盃《さかずき》は膳に載っていたが、堀田は正座で酒を味わっていた。

「今夜の佐野塚様のご沙汰は、あっしには筋が通らねえ気がしやす」

俊造の物言いは、大きく崩れている。船番所にくる前が堅気ではなかったと、容易に察しがついた。

いつもは懸命にこの物言いを隠していた。しかし今夜の俊造は、いささかもためらわずに渡世人風の物言いを続けた。

「口が過ぎるぞ、俊造」

佐野塚の沙汰に言い及んだ俊造を、堀田はたしなめた。が、それは口先だけのことだと、俊造は見抜いていた。

「旦那はそう言われやすが、あっしはどうにも腹の虫がおさまらねえんでさ」

俊造は尖らせた口を引っ込めようとはしなかった。佐野塚をわるく言うことが、いまの堀田には心地よいはずだと見極めてのことである。

「なにがそれほど腹立たしいのだ？」

図星だった。堀田はもはや俊造を咎めてはおらず、逆に先を聞きたがっていた。

「だって旦那……」

俊造は堀田を旦那と呼んだ。

堀田が膝に載せている両手の先が、ぴくりと動いた。まるで喉を撫でられた猫のような動き方だった。

南北町奉行所の定町廻《じょうまちまわり》同心は、自分の手先となって働く目明《めあか》しと、目明しの配下として働く下っ引きを抱えていた。我が身ひとつで、江戸全域の見張りなど、できるはずもないからだ。

雇われた目明したちは、雇い主で十手を預けてくれている定町廻同心を「旦那」と呼んで敬った。

堀田は同心職とはいえ、中川船番所の吟味方である。御府内の町家であれば、どんな大店でも出入り勝手次第の定町廻同心よりは、はるかに格下だ。

そんなことは先刻承知で、俊造は旦那と呼びかけた。堀田が乗ってくると分かっていたからだ。

「佐野塚様は、たしかに旦那の上役でしょうが、なにも旦那に断りもなしにあのおきょうという女を解き放つことはねえでしょう」

おせいから聞きやしたが……俊造は上目遣いで堀田を見た。

「あの女は木更津の薪炭問屋波切屋の娘で、日本橋の上総屋てえ薪炭問屋に向かっていたそうじゃありやせんか」

おせいと俊造が日頃から親しくしているのは、堀田も見ていた。

役目で知り得たことは口外無用。

これは船番所に限らず、公儀役所のきつい定めである。おせいはしかし、俊造におきょうの素性を話していた。

堀田はわずかに顔をしかめたものの、咎めはせずに話の続きを待っていた。

「黒船が浦賀沖に出し抜けにあらわれたのは、船に積む薪と水、それに食い物と酒が欲しかったからだてえのが、もっぱらのうわさでさあ」

俊造の耳は大きい。御府内から相当に外れた中川船番所にいながら、町のうわさをしっかり聞き込んでいた。

「こんなご時勢に、こともあろうに薪炭問屋の娘が、木更津から血相を変えて飛びだしてきたてえんですぜ」

咎めなしに解き放つのは、船番所与力のすることじゃねえ……俊造は強い口調で、佐野塚をなじった。

天井裏を、また鼠が駆け抜けた。

三十八

堀田と俊造が向き合っている小部屋には、窓が普請されてはいなかった。

元来が納戸の控えの間として作られた、物置き用の部屋である。窓はなかったが、荷物の出し入れには都合がいいように、幅四尺（約一・二メートル）・高さ八尺の四八寸法の杉戸が一枚設けられていた。

戸を開けば外という造りである。

「なんとも蒸し暑い部屋だ」

酒が回り、身体に火照《ほて》りを覚えたのだろう。堀田はぞんざいな物言いを俊造に投げつけた。

「そこの四八の戸を開いて、小名木川の夜風を取り込め」

声が大きくなっており、目も濁っている。酔いの回ったあかしだった。

「開くのは構いやせんが、ヤブ蚊がなだれ込んできやすし、この部屋の物音も外に漏れてしまいやす」

戸を開くのは考え物だと、俊造の口調が告げていた。が、堀田には俊造の物言いが気に入らないらしい。

「おまえはわしに指図をする気か」

堀田はさらに声を大きくした。

「旦那に指図をするなんぞは、滅相もねえことでやす」

堀田の機嫌を損ねたら、あとの仕事がやりにくくなる……そう判じた俊造は、急いで土間におりた。

心張り棒を内側から外し、四八の大きな戸を半分だけ開いた。全開にしたら、ヤブ蚊の群れが襲いかかってくるのが目に見えていたからだ。

窓のない狭い部屋である。戸を半開きにしただけでも、川風が涼味を運び入れた。

ふうっ。

武家とも思えぬため息をついた堀田は、右手をひらひらさせて風を肌に取り込んだ。

行灯の芯がゆらゆらと揺れた。ほどよい風が部屋に流れ込んでいた。

涼味を感じたことで、堀田の表情がわずかに和らいだ。

「こんな開き加減でよろしいんで？」

堀田は返事をしなかったが、表情がそれでいいと告げていた。

戸がそれ以上は開かないように、俊造は杉板の両側を石で挟んだ。

小名木川が目の前を流れている番所だ。川石は大小とりまぜて、幾らでも裏庭に転がっていた。

俊造は堀田のそばに戻る前に、四方に目を凝らした。

番所に忍び込む間抜けな盗人など、いるはずもなかった。しかしこれから堀田に持ちかける話は、他人には断じて聞かれたくない秘め事である。

周囲に余計な耳や目がないことを、俊造は念入りに確かめた。

ことさら夜目が利くわけではなかった。が、わるくもなかった。人並みには暗闇の向こうを見極めることができた。

番所はすでに寝静まっていた。起きているのは当直の堀田ぐらいで、番所のどの部屋にも明かりはなかった。

でえじょうぶだ。

自分に言い聞かせてから、俊造は堀田のそばに戻った。

すでに徳利をカラにした堀田は、目で代わりを持ってこいと催促していた。

「あと一本だけ、つけてきやしょう」

あと一本に力をこめてから、俊造は徳利を持って流し場に向かった。土間におりたあとは、息を詰めて周りに物音がないかと聞き耳を立てた。

音も、ひとの気配もなかった。

吐息を漏らした俊造は、沸かしておいた湯に新たな酒を注《つ》いだ徳利を浸《つ》けた。

煮えたぎった湯ではないが、ぬる燗をつけるにはほどのよい熱さが残っていた。

ひとの気配も物音もなかったが、それでも俊造は音を立てぬように気遣いつつ、徳利が温まるのを待った。

当直の同心が酒を呑むことは、固く禁じられていた。しかしそれは建前で、ほとんどの当直同心は酒を呑んでいた。

俊造のような同心付きの小者が、気を利かせて夜食と称して酒肴《しゅこう》を差し入れた。

黒船襲来の騒動が勃発してからは、建前が建前ではなくなった。

「当直の者は、構えて番所周辺への目配りを怠らぬように」

訓示を垂れた与力は、夜食の酒はまかりならぬぞと同心たちを目で戒めた。

六月三日以降、夜食の膳から酒が失《う》せた。

俊造はしかし、事情を分かっていながら堀田に酒の支度をした。堀田がいかに酒に卑しいかを知り抜いていたからだ。

吟味婆のおせいは今日、娘をひとり留め置いた。その子細をおせいから聞き込んだとき、俊造は大きな金儲《かねもう》けの絵図を思い描いた。

絵図通りにことを進めるには、堀田という役者が欠かせなかった。

なんとか堀田をうまく引き込めないものかと、俊造はあれこれ思案を巡らせた。幸いにも、堀田のほうから俊造に近寄ってきた。

まんじゅう細工は、うまく弾《はじ》けなかった。しかしこの一件は、俊造に格好の足がかりをもたらした。

堀田は与力に対して存念を抱え持っていると、察することができたのだ。

堀田をうまく丸め込むには、今夜が一番。

それを決めたあとの俊造は、いささかも迷わなかった。周囲の気配に気を配りつつ、酒にだらしない堀田に徳利二本分を用意した。

酒好きなのに、堀田はすこぶる弱い。

わずか徳利一本で、様子が変わっていた。

支度をするのはあと一本だ。これを呑ませ終わったら、話をまとめるぜ。

ぬる燗の支度を済ませた俊造は、下腹に力を込めた。

流し場の戸はきつく閉じてあるはずなのに、ヤブ蚊の飛び交う音がした。

パシッ。

首筋に止まったヤブ蚊を叩き潰してから、俊造は徳利を盆に載せた。

ブーン。

納戸わきの小部屋のあたりから、ヤブ蚊が飛び交う音が聞こえてきた。

三十九

「なにを手間取っておるのか。待ちかねておったぞ」

俊造が小部屋に入るなり、堀田は上体を乗り出した。

「見よ、このありさまを」

堀田は両腕を突き出した。

「ヤブ蚊がひどい。即刻、始末をいたせ」

蚊が飛び回るのは俊造のせいだと言わぬばかりに、堀田は口を尖らせた。

「ですから旦那に申し上げた通り……」

「黙れ」

俊造の口を、堀田は尖った目と物言いとで抑えつけた。

松葉をいぶして、うっとうしい蚊を追い払えと、堀田はきつい口調で命じた。

話している間にも、ひっきりなしにヤブ蚊は飛んできた。そして堀田の手といわず首筋といわずに血吸いの管を突き立てた。

酒の回った堀田は、ヤブ蚊が好むにおいを発しているのだろう。

「ええい、小癪なやつらだ」

ひときわ大きな音を立てて、堀田は自分の右腕を左手で引《ひ》っ叩《ぱた》いた。

俊造は半開きの戸から外に出ると、薪置き場に向かった。

空には満月に向かう途中の大きな月があった。

幸いなことに夜空は晴れており、月星の蒼い光が地べたを照らしていた。

小名木川の川面も蒼く見える。手元に明かりはなくても、月星の光で難なく歩けた。

薪置き場の隅には、カラカラに乾かした松葉が山積みになっていた。

松葉はどれほど乾いていても、燃やせば白濁の煙を立ち上らせた。松葉に含まれた脂《あぶら》が燃えて発する煙である。

この煙をヤブ蚊は嫌った。吸い込むと息が詰まって飛ぶ力を失うのだ。

俊造は松葉を一抱えと、大型の焙烙《ほうろく》を手に持った。小部屋に戻ろうとして一歩を踏み出した直後、俊造はその足を止めた。

夜目は大して利かないが、ひとの気配には敏感である。首筋に、言葉にはできない違和感を覚えた。それゆえに足を止めたのだ。

俊造がザラリとしたいやな心持ちを首筋に感じたときには、周囲に他人の目と耳が潜んでいた。

これを察したことで、俊造はいままで何度も修羅場を潜《くぐ》り抜けることができていた。

息を詰めた俊造は、松葉を抱え、焙烙を手にしたまま、闇の四方に目を凝らした。

蒼い光に慣れていた目は、暗闇の向こうまで見通すことができた。

充分に目を凝らしたが、俊造にはなにも見えなかった。

チェッ。

大きな舌打ちをひとつくれてから、俊造は小部屋に戻った。土間から上がるとき、半開きの戸をさらに大きく開いた。

「なにをするか」

堀田がきつい口調で咎めた。

「いやな気配を感じたものでやすから、用心のために戸を開きやした」

部屋に二張り用意されていた行灯のひとつを、俊造は土間におろした。

その明かりを、ヤブ蚊だの蛾《が》だのが群れをなして取り巻いた。

「おかしな動きが起きたら、あの連中がおせえてくれやすんで」

行灯に群がった蚊と蛾を俊造は指さした。

「なにか怪しい気配があったのか」

堀田の物言いが張り詰めていた。酔ってはいても、そこは当直の武家である。酔いはどこかに吹き飛んでいた。

「念のための用心でさ」

大事はないと、俊造は打ち消した。

焙烙を堀田の近くに置いたあと、俊造は松葉を枝から外した。そしてやぐらに組んだ。

手元に残ったのは、松葉を取り除いた枝である。乾きのいい枝を手にした俊造は、行灯の火皿に近づけた。

たちまち枝が燃え立った。その炎で焙烙の松葉に火をつけた。炎が立ったあとは、強い息を吹きかけて炎を消した。

松葉がくすぶり始めて、白く濁った煙を漂わせた。

一目散にヤブ蚊が逃げ出した。が、小部屋の外には飛び出さず、土間の行灯の周りで羽音を立てた。

厄介なヤブ蚊がいなくなったのを見極めてから、俊造は背筋を伸ばした。

「折り入って、旦那にお話がありやす」

俊造は声を潜めて尻を動かし、堀田との間合いを詰めた。

「なんだ、話とは」

堀田は大きく開かれた四八の戸を気にしている。俊造ではなく、戸に目を向けていた。

「ふたりで、でかい金儲けをしやしょう」

俊造は口調を強くした。

「なんだ、その声は」

堀田は俊造とは逆に、声を潜ませた。

勢いよく立ち上がった俊造は土間におりて、行灯を外に出した。ヤブ蚊と蛾が行灯の明かりを追って外に出た。

飛び交っていた虫がすべて出たところで、俊造は火皿の芯を摘《つま》んだ。

行灯の明かりが消えた。

俊造は素早く四八の戸を閉じた。

「だんなのお力添えさえあれば」

土間に立ったまま、堀田に話しかけた。

俊造を見詰め返している堀田の両目が、強い光を帯びていた。

四十

どこに隠してあったのか、俊造は肴《さかな》まで支度して戻ってきた。高値で知られたアカエイのひれだ。

奉行ですら、この船番所では一度も口にしたことはない代物である。

しかも俊造は、新たな一合徳利まで運んできていた。

「どこで手に入れたのだ、この品を」

炙りアカエイのひれを見て、さすがに堀田は顔色を変えた。当直同心であるにもかかわらず、俊造相手に酒肴を楽しんだことが同僚・上役の知るところとなれば、ただでは済まないからだ。

「心配は無用でさあ」

酒肴を運んできた盆を畳に置いたあと、俊造は両方の手のひらを下に向けた。

案ずるには及ばないと、堀田のうろたえを抑えるような仕草を見せた。

俊造の物腰は、先刻までとはすっかり違っている。言葉遣いではまだ堀田に従っていたが、振舞いでは俊造のほうが主役だった。

「あっしらがその気になれば、大概のことはできやすから」

エイヒレを炙るぐらいは造作もないことだと、俊造は続けた。

「役所のなかで旨味のある思いをしたければ、あっしら小者を味方につけることが一番の大事でさあ」

俊造はわずかにあごを突き出していた。

小者から深く敬われている者でなければ、役所のなかで真の出世はむずかしいと言い放ち、俊造はしたり顔を拵えた。

うろたえを引っ込めた堀田は、目つきを尖らせた。

言い過ぎに気づいたのだろう。俊造はいきなり堀田におもねる目を見せた。

「堀田さんにはあっしら小者連中が、一目も二目もおいておりやすんでね」

いまの調子で小者たちとの間合いを保ってくれれば、堀田の大出世も間違いなしだと俊造は真顔で持ち上げた。

「勝手なことを言いおって」

堀田は渋面を拵えようとした。が、身の内から湧き上がる思いが強いのか、頬がゆるむのを抑えきれなくなっていた。

目下の者にはことあるごとに強く出て、居丈高に振舞う堀田である。

小者たちが堀田に一目をおいているというのは、俊造の作り話だ。まことのところは、小者も下女も、堀田をひどく嫌っていた。

それに堀田はまるで気づいていない。いないがゆえに、俊造の追従を真に受けて頬をゆるめていた。

弱い者には居丈高に出ながら、ひとには好かれていたいらしい。褒められ好きという堀田の性分を、小者たちは見抜いていた。

「堀田さんほど扱いやすいひとはいない。世辞がまるごと通用するんだから」

小者たちは陰で堀田を嗤っていた。

そんな堀田に、俊造は際限なしの世辞を言い続けた。しかも口先だけではない。

炙り加減のいいアカエイのひれに、三本目の酒まで添えて出しているのだ。

堀田の気を惹きつけた極めつきは、俊造がさらりと口にしたひとことである。

堀田は、儲け話の中身を聞きたくて仕方がないのだろう。

徳利の酒を手酌で注ぎ、喉を鳴らして一気にあおる。

そして盃を膝元に戻したあと、右手でエイヒレを摑み、前歯に挟んで引きちぎる。

これを繰り返しながら、俊造に光る目を当てていた。

俊造は存分に堀田を焦らしてから、顔つきをあらためて間合いを詰めた。

堀田も上体を前倒しにし、俊造に顔を近づけた。武家がみずから町人に顔を寄せるなど、およそあり得ないことだ。

堀田がいかに儲け話を聞きたがっているか、その思いが所作に出ていた。

「波切屋といえば、木更津では名の通った薪炭の大店でやす」

俊造はわざと声を小さくした。

堀田はさらに自分の顔を近づけた。酒臭い息が俊造にかかった。

四十一

六月十三日、四ツ（午前十時）前。

この日が非番の俊造は扇橋《おうぎばし》のたもとで、仕立ててきた船を降りた。

俊造が乗ってきたのは、船番所向かい岸の船宿で仕立てた猪牙舟である。

中川から小名木川を上る大半の者は、中川船番所と万年橋とを行き来する乗合船を使った。

ほぼ四半刻（三十分）ごとに、船番所と万年橋の船着き場を発着する乗合船は、途中のどの橋の船着き場でも下船ができた。

まるで猪牙舟を仕立てたかのように好き勝手に乗り降りができるのに、船賃はひとりわずか十二文だ。

船番所から万年橋まで猪牙舟を仕立てれば、船賃は六十文もした。

さらに、船頭への心付けが少なくとも二十文は入り用だった。

乗合船なら船頭への酒手も不要で、十二文ぽっきりで済むのだ。

中川から扇橋までしか乗らないのに、わざわざ猪牙舟を仕立てる者は皆無に近い。

「ばか言うんじゃねえ。江戸っ子が乗合船なんぞに乗ってられっかよ」

見栄っ張りの職人たちの中には高値を承知で猪牙舟を仕立てる者もいた。が、安値に惹かれて乗合船を使う者のほうがはるかに多かった。

俊造が猪牙舟を使ったのは、見栄を張りたくてのことではない。これから訪れる扇橋の貸元が、船番所向かい側の船宿の陰のあるじだったからだ。

貸元との話を滑らかに運ぶためには、猪牙舟を仕立てるのは賽銭《さいせん》も同然だった。

俊造が出向いた先は扇橋たもとの瓦版屋、調布屋承平《じょうへい》の宿である。

平屋の調布屋の玄関先には『瓦版調布屋』の看板が出されていた。しかしこれは表向きの飾りで、賭場の貸元というのが承平のまことの顔である。

瓦版屋は始終、雑多なひとの出入りがある生業である。しかも夜通し、明かりが消えないこともめずらしくはない。

賭場は夜が盛りで、多くの客が出入りをした。瓦版屋の看板は、表向きの飾りにはすこぶる好都合だった。

しかも調布屋は扇橋のたもとで、自前の船着き場まで設けている。猪牙舟を使って遊びに来る客にも、うってつけの建家だった。

「いらっしゃいやし」

調布屋の土間に入った俊造に、承平配下の若い者が声をかけた。世間に対して表の顔を保つために、瓦版屋の手代に見えるしつけを承平は若い者に為していた。

「旦那につないでもらいてえんでさ」

俊造も若い者の物言いに調子を合わせた。

さほど土間で待たされることもなく、俊造は帳場に招き上げられた。瓦版屋風の、板の間張りの帳場である。

「どうした、前触れもなしに」

承平の物言いには、機嫌のよさが滲《にじ》んでいた。

返事に詰まった俊造は、あいまいな笑みを浮かべて承平を見た。

「うちに来るのに、中川から猪牙舟を仕立てたてえじゃねえか」

承平の耳には、猪牙舟で来たことがすでに伝わっていた。

船賃を惜しまねえでよかったと、俊造は胸の内で自分の判断を褒めた。

「折り入って貸元に、聞いてもらいてえことがありやすもんで」

承平の都合も聞かず自分の非番を使って出向いてきたと、俊造は前触れなしの訪れを詫びた。

「相応のわけがあってのことだろう」

承平の上機嫌が続いていると判じた俊造は、余計な前置きを言わずに本題を切り出した。

「いまから二日前のことになりやすが、木更津の波切屋てえ薪炭屋のお嬢が、供も連れずひとりで木更津船で出張ってきやした」

娘の名はおきょう。吟味役のおせいは、おきょうを船番所に留め置いた。

事の顚末を、俊造はこと細かに承平に話した。

相談事を持ちかけられたときの承平は、相手が都合よく言い漏らしたり言い忘れたりすることを、なによりも嫌った。

承平の気性を呑み込んでいる俊造は、先を急がずにすべてを話した。

船番所の堀田とのやり取りも、アカエイのひれの大きさまで聞かせた。

「木更津の波切屋も、日本橋の上総屋も、どちらも大店でやす」

談判の持ちかけようひとつで、大きなカネが転がり込むに違いない。

話の出所は船番所の同心だから、飛び切り堅い話だ。入り用とあれば、中川船番所の鑑札も使うことができそうだと、俊造は話を結んだ。

かねてより中川船番所の、同心以上の役人を取り込みたいと考えていた承平である。願ってもないおいしい話を、俊造は持ち込んできていた。筋はよさそうだと承平は断じた。

「おい、やっこ」

若い者を呼びつけた承平は、俊造に茶を支度してやれと言いつけた。

ことが前に向かって転がり始めた。

四十一

ながむしの承平は俊造を待たせたまま、若い者を使いに出した。承平がもっとも頼りにしている耳鼻達《じびたつ》(取材記者)ふたりを、この場に呼び寄せるためである。

「あとで喉が渇くことになる。いまの間に、たっぷり茶を呑んでおきねえ」

承平は耳鼻達のことには一言も触れず、意味ありげなことを口にした。

「呑まなくても平気です」

俊造は両目に力をこめて強がった。

「なら、好きにすればいい」

口を閉じた承平は銅壺《どうこ》の湯を急須に注ぎ、自分で茶をいれた。

使いに出た若い者は、四半刻(三十分)少々で戻ってきた。ふたりの男を伴っていた。

「お呼びだそうで」

海老蔵《えびぞう》と團五郎《だんごろう》が顔を出したのは、四ツ半(午前十一時)に差しかかるころだった。

俊造と向かい合わせに座したふたりの名と身分は、承平が教えた。

「うちの耳鼻達のなかでも、飛び切りの腕をしたふたりだ」

承平は強く光る目を俊造に向けた。

「あんたが持ち込んできた話は、このふたりを使うだけの値打ちがあると踏んだんだが、思い違いではないだろうな？」

承平の物言いは静かだった。しかし俊造を見据えた目の光が凄んでいた。

俊造は口に溜まった唾を呑み込みながら、小さくうなずいた。

「へえりやす」

部屋の外から、若い者が声を投げ入れてきた。ふっと場の気配がゆるんだ。

ふうっ。

俊造は息を吐き出し、肩の力を抜いた。

俊造から目を外さぬまま、承平は若い者を呼び入れた。丸盆に湯呑みと菓子皿を載せて、若い者が入ってきた。

海老蔵の前には厚みのある湯呑みと、分厚く切ったようかん二切れが載った朱塗りの菓子皿を置いた。

團五郎の前に置いた湯呑みは、海老蔵と同じものだった。菓子皿も朱色の春慶塗《しゅんけいぬり》で同じだが、載っている品が違っていた。

粒の大きな梅干し二粒には、大きな黒文字（爪楊枝《つまようじ》）が添えられていた。

「いただきやす」

承平が勧めもしないのに、海老蔵と團五郎はともに湯呑みに手を伸ばした。夏の真っ盛りだが、持ち重りのする湯呑みには、熱々の焙じ茶が注がれていた。

ふたりは同時に口をつけ、茶を喉に流した。海老蔵も團五郎も、茶を呑みながら片時も俊造から目を離すことはなかった。

いぶかしく思っても、俊造は耳鼻達ふたりの素性を承平には問えずにいた。

團五郎は器用な手つきで黒文字を使い梅干しの実をほぐしている。

俊造は口を閉じたまま、團五郎の手元に見入っていた。


「おれの生業は瓦版の版元だ」

承平はことあるごとに胸を張った。江戸に数ある生業のなかで、瓦版の版元にはひとの敬いが集まった。

御上は御政道に都合のいいことしか、庶民に報せようとはしなかった。

「御上の言い分とまこととの間には、これだけの食い違いがある」

瓦版版元のなかには、御上の言い分に真っ向から異を唱える剛の者もいた。一部十文の安値で売る瓦版に、骨のある版元は命を賭していた。

庶民はそんな瓦版を、毎度売り切れにすることで支えた。

調布屋の摺《す》るものも、名前は瓦版である。しかし中身は、ひとに自慢できる代物ではなかった。

表通りに店を構えて五十人、六十人もの奉公人を抱える大店は、どこの店に限らず疵《きず》を隠し持っていた。

大店が世間に知られることをひどく嫌う疵は二種類あった。

奉公人の使い込み。

男女の間のもめ事。

この二つである。

十両のカネを盗んだ者は死罪というのが、公儀が定めた表向きの罰である。

十両盗めば首が飛ぶと言われたが、実際にはさまざま斟酌を加えて、容易に死罪にはしなかった。

しかし「十両盗めば……」をあまねく知らしめることで、不心得者や盗人がはびこることを公儀は防ごうとした。

大店の奉公人が店のカネを使い込むことは、少なからず生じた。しかし世の中に知られることは、きわめてまれだった。

年に二度の節季の掛け取り（集金）では、百両のカネを受け取ることも多々あった。

奉公人が掛け取りに手をつけたりすれば、たちまち十両を大きく超えたのだが……。

「御上に訴え出たところで、カネが戻ってくるわけではない。訴え出てうちから死罪の縄付きを出すなどは、とんでもない名折れだ」

被害に遭った大店は業腹な思いを抱えつつも、使い込みが世に知られないように気を遣った。

使い込みを世間に知られたら、奉公人のしつけがなっていないことも露見してしまう。しつけのわるさまで知られては、店ののれんにかかわる。

さらには正直に使い込まれた金高を届け出たりすれば、奉公人の死罪は間違いなしだ。

「気づかなかったのは、店の目が行き届いていないからだ」

「そのうえ御上に届け出て死罪人を出すとは、なんとも間抜けで不人情な店だ」

「あんなところと付き合うのは御免だ」

届け出でもしようものなら、世間から冷たい目を向けられた。

奉公人の不始末が、世間に知られることのないように……。

肚をくった大店は不祥事を外に漏らさぬよう、奉公人に固く口止めをした。

男女のもめ事が世間に漏れるのもまた、大店ののれんを傷つけることになった。

大店の住み込み奉公人は丁稚小僧から手代、番頭にいたるまで、独り身の男だ。

手代が所帯を構えて通いを許されるなどは、まれのきわみである。手代から番頭に取り立てられて、初めて女房をもらい、店の外に所帯を構えることができた。

大店に住み込みで暮らしているのは独り身の男たちと、わずかな数の女中・飯炊きなどの女である。

手代も女中も歳《とし》は若い。閉ざされたなかで、間違いが起きるのもやむを得なかった。

奉公人同士のあやまちならまだしも、あるじの娘と奉公人との間に生じた間違いには、世間は容赦がなかった。

「お店のお嬢に手出しをするとは、なんてえ不心得者でえ」

奥のお嬢と、うまいことやりやがって。

多分にやっかみを交えて、世間はお嬢と奉公人との男女のもめ事を求めた。

お嬢と奉公人の一件は、致命傷になりかねない不祥事である。ことの子細が世間に知れ渡る前に、あるじは奉公人を呼び寄せて因果を含めた。

さりとて、始末を誤ると奉公人とお嬢が心中騒ぎを起こしかねない。

早まって過ちをおかさぬよう、奉公人の両親や後見人を同席させて、以後、お嬢とはかかわりを持たないとの起請文を奉公人当人に差し入れさせて身を引かせた。

海老蔵と團五郎は、奉公人の使い込みや、奉公人とお嬢のなさぬ仲のもめ事子細を聞き出す達人だった。

海老蔵と團五郎は双子の兄弟で、海老蔵が兄である。

ともに三十二歳で背丈は五尺三寸（約百六十一センチ）、目方は十五貫（約五十六キロ）とまったく同じだ。

身体つきだけではなく、顔も瓜二《うりふた》つである。どんな身分の者にでも扮装《ふんそう》できるように、ふたりとも禿頭《とくとう》で、毎日剃刀《かみそり》で手入れをした。禿頭なら、かつらをかぶりやすいからだ。

兄の海老蔵は使い込みを聞き出すのが得手で、弟の團五郎は男女のあやまちの聞き出しを得意とした。

が、ふたりはどんな聞き込みでも巧みにこなした。

「海老蔵と團五郎の聞き込みには、髪の毛一本の隙間もねえ」

滅多なことではひとを褒めない承平だが、双子の耳鼻達の聞き込みには全幅の信頼を寄せていた。

ふたりはかならず二度の聞き込みを行った。しかも兄弟が入れ替わって、である。

見た目瓜二つの兄弟は、声も所作もよく似ていた。

「うっかり昨日、聞き漏らしたことですが」

こう断ったあと、前日と同じ人物からもう一度同じことを聞き込んだ。そのふたつを突き合わせ、食い違いがあればまた出向いて質した。

「まったくあんたの念入り具合には、呆れるばかりだ」

双子が別々に聞き込みにきているなど、相手は思ってもいない。うんざり顔を拵えながらも、同じ話を繰り返した。

腕がいいだけに、海老蔵・團五郎の聞き込み料は途方もなく高かった。

聞き込み料は、承平が店からせしめたカネの四分一《しぶいち》（二十五パーセント）だ。

「おたくさんの幸次郎てえ手代が五十両もの大金に手をつけたのを、知りたくもねえのに知る羽目になっちまいやしてねえ」

海老蔵と團五郎が聞き込んだ手代の名と金高には、寸分の間違いもない。図星をさされた店は言葉をなくした。

「明後日《あさって》に摺るうちの瓦版で江戸中に報せるのが、版元に背負わされた務めてえもんだ」

調布屋の読者は江戸中で五千人を上回ると、承平は目を光らせた。

「うちの売り子は本郷の前田様上屋敷前の辻《つじ》でも売るし、湯島天神の境内でも売る」

本所深川では三十カ所に売り子が立つと承平はホラを吹いた。

「それだけの場所で、五千枚の瓦版が売り切れるんだ。さぞかしおたくのことは評判を呼ぶだろうさ」

光る目で承平に睨まれた番頭は、上体を前に突き出した。

「五千枚の瓦版を、ぜひともてまえどもで買い取らせていただきたいのですが……」

番頭の申し出を、承平は唇を舌で濡らしながら受け入れた。

瓦版一部につき五十文、相場の五倍という高値だ。そんな法外な値で、買い取る部数は五千部である。

瓦版の最大手といえども、二千枚を摺ることはなかった。

総額二百五十貫文。一両四貫文の相場で六十三両にもなる勘定だ。

そんな大金を払ってでも、大店は不祥事が外に漏れることを防ごうとした。

「おたくさんにも事情がおありでしょうから、今回に限り外には漏らさずに五千部そっくり売り渡しやすぜ」

散々にもったいをつけて、承平は五十両のカネを巻き上げた。

すべてを買い取るという大店も、摺るという調布屋も、互いに一部も摺らないのを承知のうえの談判である。

瓦版に名を借りた強請《ゆすり》だった。が、脅された大店が訴え出るわけはなかった。

海老蔵と團五郎は、承平が大店と談判に臨む場に同席した。禿頭に、歌舞伎の隈取《くまど》りを施した顔でだ。

ふたりは大店の番頭やあるじを睨みつけて、承平の強談判《こわだんぱん》を後押しした。

大店と承平が幾らで話し合いをつけるのか、その金高も確かめた。

双子の耳鼻達は、強請が上首尾に運ぶように、確かな聞き込みを為した。

承平は一両でも多くカネを強請り取るように凄みを強めた。

耳鼻達と承平は、互いに息を合わせて強請を繰り返していた。

「俊造が持ち込んできた話は、おめえたちがひと汗流すだけの値打ちがありそうだ。確かなところは、おめえたちが判じてみねえ」

海老蔵と團五郎に目を向けたあと、承平は場をふたりに預けた。

「手間だろうが、もう一度、おれと弟にことの子細を聞かせてもらいたい」

口を開いたのは海老蔵である。團五郎は一言も口を挟まず、俊造を見詰めた。

う、うんっ。

カラの咳払いひとつのあと、俊造は顛末を話し始めた。

耳鼻達ふたりはすぐさま帳面を開き、俊造の話の肝を書き留め出した。

話し始めて一刻（二時間）が過ぎても、耳鼻達ふたりはまだ得心していなかった。

「もう一度、堀田という同心の話を聞かせてもらおう」

海老蔵に見詰められた俊造は、ため息を漏らしつつ膝元の湯呑みに手を伸ばしていた。

四十三

佃島の屋形船「葵丸《あおいまる》」は、大川を横切ったあとは真っ直《ま》ぐ《す》日本橋川に入った。

葵丸という船名を許されていることに、佃島の格式の高さがあらわれていた。

「海賊橋を潜った先の船着き場に、四ツ（午前十時）の鐘とともに横付けしてくれ」

「がってんでさ」

威勢よく答えた松吉《まつきち》は、障子戸を開いて艫に出た。

「五兵衛さんが、四ツの鐘に合わせて横付けさせろと言っておいでだ」

「任せてくれ、あにさん」

櫓を漕ぐ手を休めもせず、船頭役の杉吉《すぎきち》が請け合った。

松吉と杉吉は兄弟で、ともに佃島の漁師である。折り入っての御用で葵丸を漕ぎ出すとき、五兵衛はふたりに船の扱いを任せた。

松吉が舳先で進路を読み、弟の杉吉が櫓と棹を扱うのだ。

日本橋川に入ったあとで、杉吉は櫓の漕ぎ方をゆるめた。四ツに海賊橋の船着き場に横付けするには、いささか船足が速すぎた。

五兵衛はキセルに新たな煙草を詰めながら、船足が変わったことを感じていた。

向かう先は海賊橋たもとの上総屋である。昨日の夕暮れ前に、馬ノ助からの書状が猪牙舟で届けられた。

「木更津の波切屋ご当主も、十四日の朝五ツ（午前八時）には出張っておいでです。当初の打ち合わせ通り、十四日の四ツに、てまえどもまでご足労願えますように」

馬ノ助の気性なのだろう。書状の筆遣いは、文字のひとつひとつが大きい。そして読みやすい楷書で書かれていた。

煙草を吹かしながら、五兵衛は十一日の夜のやり取りを思い返した。

中川船番所を出た猪牙舟は、寄り道をせずに佃島に向かった。

島の船着き場では、かがり火が三籠も焚《た》かれていた。船番所に出向いた五兵衛の帰りを待っていたのだ。

黒船騒動が勃発して以来、江戸の町は夜が明るくなっていた。大名屋敷に限らず、市中の自身番小屋、火の見やぐら、町木戸わきの番太郎小屋でも終夜かがり火を焚いていた。

「おかえんなせえ」

猪牙舟から降りる五兵衛に、出迎えの漁師が手を差し出した。その手を払って五兵衛は桟橋に降りた。

馬ノ助・仙之助・おきょうの三人を伴っているのだ。手を借りないのは五兵衛の見栄だった。

出迎えの漁師たちには馬ノ助らの顔つなぎはせず、五兵衛は真っ直ぐに宿に向かった。

「急ぎ、海賊橋たもとの上総屋さんまで言伝を届けてくれ」

すでに五ツ半（午後九時）を大きく過ぎていた。上総屋では馬ノ助たちの様子を案じているに違いない。

馬ノ助たち三人とは、まだ半刻（一時間）以上も段取りの話し合いが入り用である。

ひとまず上総屋当主を安心させるために、五兵衛は下男に言伝を届けさせることにした。

急ぎ筆を走らせた言伝を、下男は猪牙舟で届けるのだ。佃島から海賊橋のたもとまで、下男の櫓さばきなら四半刻（三十分）で行き着けた。

取り急ぎの手配りを終えてから、五兵衛は三人と向き合った。

「あんたらふたりの行く末にかかわりを持つことになったのも、巡り合わせだ」

船番所の与力にも約束したことだ、ことが成就するまで後見人を務める……仙之助とおきょうを等分に見ながら、五兵衛は確かな物言いで請け合った。

「ありがとう存じます」

おきょうは三つ指をついて礼を言った。

仙之助もおきょうに合わせて上体を折り、畳に手をついた。

五兵衛は煙草に火をつけ、深く吸った煙を吐き出した。

ふうっ。

吐息を漏らすかのような吐き出し方だった。

「後見人に立つと請け合ったものの、老舗薪炭問屋のお嬢と薪炭問屋の手代とが所帯を構えるというのは、尋常ならざる話だ」

おきょうさんの親父《おやじ》さんを得心させるのは、相当に難儀なことだと五兵衛は思いを明かした。

「仙之助さんには、商いにかかわる大きな思案があります」

口を閉じたままの仙之助に代わり、おきょうが強い口調で話を始めた。

商いにかかわる思案……馬ノ助は見開いた目をおきょうに向けた。

「黒船が押しかけてきたことで、仙之助さんの思案が間違ってなかったとはっきり分かりました。わたしは父に、そのことをしっかりと話します」

「商いの思案とはなんのことか、ぜひこの場で聞かせてもらいたい」

五兵衛はキセルを煙草盆に戻し、上体を仙之助に向けた。

仙之助は背筋を張って、五兵衛の目を受け止めた。おきょうは頼もしげな目で、仙之助を見詰めた。

「薪や炭以上に、石炭を大事にする日が遠からずやってきます」

石炭にかかわる事柄を、仙之助は細かに調べていた。知っている限りを五兵衛に向かって聞かせ始めた。

「九州の黒田藩では窯業《ようぎょう》や製塩業の燃料として、百年以上も昔から石炭を使っています」

黒田藩は石炭の採掘を藩の占有とし、石炭仕組《いしずみしくみ》という組を構えていた。

黒田藩は自藩の使用のみならず、製塩の盛んな瀬戸内の諸藩にも石炭を卸していた。

「火力の強さと火保《ひも》ちのよさの両方で、石炭は赤松の薪や炭とは比べものにならないほどに優れています」

浦賀に襲来した黒船のうち二杯は、黒煙を吐き出していた。

その二杯は船体の両側に取り付けた巨大な水車を回して、船を走らせている。

「この目で見たわけではありませんが、水車を回す力の源は石炭です。船が吐き出す黒煙が、石炭を燃やしているあかしです」

仙之助は力強く言い切った。

おきょうが五兵衛に話したことを聞いて、仙之助は背骨の芯から心強く思った。

自分のことをこれほど信頼し、理解してくれていたのかと、あらためて思い知ることができたからだ。

おきょうは五兵衛を見詰めたまま、何度もうなずいた。

「薪と炭に加えて、石炭も商いの柱に据えるのが、これからの薪炭屋には欠かせません」

江戸中の薪炭屋は、上総屋を含めてただの一軒も石炭に気を払っていない……言い切る仙之助を、馬ノ助は息遣いを荒くして見詰めていた。

いまのうちから九州に出向き、石炭の買い付け談判を進めれば、商いの太い柱に育つことは間違いない。

話を終えた仙之助は、膝元に出された茶に口をつけた。中川船番所のときとは、別人のように物言いに張りがあった。

「いい話を聞かせてもらった」

仙之助の話に深く得心したのだろう。満足げな顔で立ち上がった五兵衛は、暦を手に持って戻ってきた。

「しあさっての十四日は、丁亥《ひのとい》の日だ」

暦から目を上げた五兵衛は、顔を大きくほころばせた。

「丁とは火の弟のことだ。しかも亥は、こうと決めれば一直線に突っ走る干支《えと》だ」

薪炭屋と談判をするには最良の日だと喜んでから、五兵衛は馬ノ助を見た。

「十四日に上総屋さんと波切屋さんのご当主が揃うように、段取りをして下され」

馬ノ助は思案顔になり、指を折り始めた。今夜は十一日で、十四日までには間に二日しかないのだ。

「わたしに思案があります」

静かながら、きっぱりとした物言いでおきょうが口を開いた。

「波切屋は木更津河岸の至急便飛脚問屋と付き合いがあります」

江戸で生じた異変を、直ちに木更津に報せる手立てである。

一間間口の小屋のような問屋で屋号もなく、看板も掲げてはいなかった。

「木更津の主立った薪炭商と料亭が、費えを出し合うことで成り立っております」

おきょうは飛脚問屋のあらましを話し始めた。一刻を争う大事だと判じたがゆえだ。

「問屋には、江戸と木更津とを結ぶ海路を知り尽くした飛脚人足が詰めています」

江戸で至急報を頼まれた飛脚は、即日もしくは翌朝の船で木更津に向かう。

「なんとしても十四日朝に着く船で江戸に出向いてくれるように、父に手紙を書きます」

木柾との丸太譲り受け談判で、江戸まで出向いたおきょうからの至急報である。

源右衛門とて、なにをおいても直ちに江戸まで出向くのは間違いないと思われた。

「父は十四日朝には江戸に着きます」

馬ノ助に代わり、おきょうは顔を引き締めて五兵衛に返答した。

「なにとぞ、十四日の談判を上首尾にまとめてくださいまし」

おきょうは五兵衛の目を見詰めていた。

「わたしは明日から木柾さんに出向き、なんとしても流木譲り受けの話をまとめます」

おきょうは畳にひたいがくっつくほどに身体を折った。

仙之助も深い辞儀をした。

「仙之助に、そんな知恵があったとは……」

馬ノ助がしみじみと漏らしたつぶやきは、正味のものだった。

「茶でもいれやしょうか？」

江戸橋が近くなったとき、障子戸の外から松吉が問いかけてきた。

その声で、五兵衛は思い返しを閉じた。

「いや、結構だ」

答えた五兵衛は羽織の袖を引き、背筋を伸ばした。

羽織の五つ紋がピンと伸びて形を整えた。

四十四

六月十四日、四ツ（午前十時）を告げる鐘が鳴り始めたときに……。

「なんだい、あの屋形船は」

「この橋を潜ろうというのか」

楓川に架かる海賊橋の上で、何人ものおとなが目を細くした。

佃島の屋形船葵丸が、海賊橋を潜ろうとして向かってきた。四ツどきの陽を浴びた葵丸の屋根が光り輝いていたからだ。

船に積まれた座敷の大きさは十畳どまりで、さほどに大きくはない。しかし葵丸の屋根は銅葺《どうぶき》である。

船出の前に松吉と杉吉の手で磨き込まれた銅屋根は、夏の強い陽を弾き返している。眩しさゆえに、海賊橋の真ん中に立つ通行人が目を細くしていた。

江戸橋のたもとで日本橋川と交わる楓川は、モノとひとを運ぶ大事な水路だ。ひっきりなしに荷物船が楓川を行き交っていた。

川幅はたかだか六間（約十・八メートル）しかないが、川に架かるどの橋も真ん中は大きく盛り上がっていた。

橋の下を大型のはしけが潜り抜けられるように、である。

はしけも猪牙舟も川面を走っていた。

しかし楓川に、屋形船が入り込んでくることはなかった。

水面から屋根のてっぺんまで、二十畳の屋形船なら八尺（約二・四メートル）を超えた。

海賊橋はもっとも高い真ん中でも川面から八尺しかなかった。この川に架かる橋は、他のどの橋も水面からの高さは八尺どまりだ。

橋の高さを知っている船頭は、楓川に屋形船を乗り入れることはしなかった。

ところが総銅張り屋根の葵丸は、船足をためらうこともせず海賊橋の真ん中を目がけて進んだ。

舳先には半纏を羽織った松吉が立っていた。両腕を動かして、艫の杉吉に進む水路を指図している。

腕を大きく振るたびに、濃紺半纏の袖がひらひらと動いた。極上の紺染めらしく、夏日を浴びて艶々と半纏の生地が輝いていた。

襟元には金糸で縫い取りがしてある。が、海賊橋の上からでは遠すぎて、縫い取りの文字は読めなかった。

半纏はしかし、襟元の縫い取りだけではなかった。

両袖ともに、あたまと尾が反り返った鯛《たい》が金糸で縫い取りされていた。

「そうか！」

近づく屋形船を見ていたひとりが、手をパシンと打ち合わせた。

「そうかって、なにがそうかだい？」

「あれは佃島の屋形船に違いない」

舳先が橋まで一間に迫った葵丸を、男は指さした。

「権現様に招かれて、大坂の漁村から移り住んできたというのが、佃島漁師の見栄だ」

いまでも御城の台所には、出入り自由という漁師である。楓川に屋形船で乗り入れてくるのも得心がいく。

「確かに舳先に立つひとの半纏は、襟元に佃島と縫い取りがしてあった」

ひとりの男が感心しているうちに、船は海賊橋を潜った。橋の上の見物人たちは反対側へと急いだ。

櫓を棹に持ち替えた船頭の半纏は、背に「佃島」の二文字が白く染め抜かれていた。

「いったい佃島から、何様がここにやってきたんだろう」

橋に群がった見物人の話し声が、屋形船の内に座した五兵衛の耳に届いた。

船の拵えの見事さと船頭の棹さばきに感心した見物人たちは、声の加減を気遣うことを忘れていた。

桟橋に横付けしようとする葵丸の真上で、二羽のカモメが白い翼を広げていた。

四十五

上総屋当主、上総屋徳四郎。

波切屋当主、波切屋源右衛門。

上総屋頭取番頭、今日左衛門。

上総屋二番番頭馬ノ助と、手代仙之助。

上総屋自前の船着き場から乗り込んできた五人の客全員に、分厚くて心地よさそうな座布団が用意されていた。

持ち船自慢の徳四郎が心底舌を巻いた、豪勢極まりない調度だった。

客を座布団に案内したのは、兄弟船頭の兄・松吉である。松吉はだれが当主でだれが番頭なのかを、身なりと、船に乗り込んできたときの所作で見抜いた。

「上総屋さんは、どうぞこちらへ」

「隣には波切屋さんがお座りくだせえ」

「頭取番頭さんは、上総屋さんの真後ろにお座りくだせえ」

ひとりの見誤りもなく、見事に五人を座布団に案内した。

兄が客を迎え入れているとき、杉吉は茶の支度を調えていた。

葵丸の艫には小型ながら使い勝手のいいへっついと、土瓶と小鍋、そして器の仕舞われた水屋が備え付けられていた。

土瓶は益子焼《ましこやき》で、一升の湯が沸かせる大型である。

葵丸で調理はしない。客に食事を振舞うときは、料亭から仕出しを受けた。

小鍋は汁を温めたりもするが、多くは燗づけに使われた。

器は伊万里焼《いまりやき》で揃えられていた。たとえ石川島の上級官吏を迎えたときでも、伊万里焼なら礼を失することはなかった。

「大川に出るまで、いささか手間がかかりやす。その間に茶をやってくだせえ」

漁師言葉だが、客の膝元に茶を供する杉吉の手つきはしなやかである。

五人の客と向かい合う形で、五兵衛が座している。杉吉が茶を供するさまを、五兵衛は黙したまま見ていた。

「ご造作をおかけします」

　上総屋徳四郎は五兵衛に礼を言った。

　五兵衛は鷹揚《おうよう》にうなずき返したが、口は開かなかった。

　茶を出し終えた杉吉が屋形から出ると、舫い綱がほどかれた。

　船を操るのは松吉・杉吉の兄弟だ。息のあったふたりは、湯呑みに注がれた茶を揺らすこともなく船を走らせた。

　湯呑みからほのかな湯気が立ち上っている。薄い緑色の上等な茶だが、徳四郎は湯呑みに手を伸ばさなかった。

　堅い気配が屋形の内に充《み》ちている。

　江戸橋まで戻った葵丸は、大川を目指して東に舵を切った。日本橋川を走り、大川との交わり口に差し掛かったあと、船は永代橋の方角にゆっくりと舳先を向けた。

　川幅が広くなった。舳先の障子戸を照らしていた陽光が右舷に移ったとき、五兵衛が背筋を伸ばして徳四郎を見た。

「黒船騒動が生じて以来、江戸のどこにひとの耳目が潜んでいるか、知れたものではありませんでの」

　大川の広い流れに出たあとで、初めて五兵衛が口を開いた。

「とりわけこのたびのような話をするには、肝に銘じておくことが肝要です」

船に呼び出してわるかったが、こんな時節柄ゆえに容赦いただきたい……徳四郎を見詰めたまま、五兵衛は本題に入る前に断りを言った。

五兵衛の目を受け止めた徳四郎は、得たりと深くうなずいた。

「てまえのほうこそ、肝煎には大きにお手数をおかけ申し上げました。しかも肝煎とは何らかかわりのない、てまえどもの奉公人のことで中川船番所までお出向きいただいたと、馬ノ助から聞かされました」

徳四郎は落ち着いた物言いで、五兵衛が示した好意への礼を伝えた。

奉公人のことで……に言い及んだときは、波切屋源右衛門も感謝の想いがこもった目を五兵衛に向けた。

波切屋源右衛門はこの朝、五ツ（午前八時）着の早船で木更津河岸に到着した。

「ご苦労様でございます」

「娘は、いまどこに？」

おきょうは上総屋に逗留しているとしか手紙には記していなかった。

「てまえどもにて、波切屋様のご到着をお待ちでございます」

上総屋手代から聞かされた源右衛門は、その足で海賊橋たもとへと向かった。

源右衛門が持参した着替え一式は、出迎えた手代と小僧が運んだ。

店の奥玄関では頭取番頭が出迎え、そのまま徳四郎の居室まで案内した。

「急なお呼び立て、なにとぞご容赦のほど」

「なんの上総屋さん、てまえのほうこそ上総屋さんにご迷惑をおかけしているはずです」

互いに詫びをやり取りしたあと、すぐさま徳四郎が用件を切り出した。

「じつはおきょうさんが、中川船番所に留め置かれるという騒動が生じましてな」

「なんと！」

源右衛門からナマの声が出た。

「それで娘は、いまどこに」

「てまえどもの別間においでです」

源右衛門を安堵させたあと、ここまでの顚末を徳四郎みずからの口で聞かせた。

「船番所の与力様にも格別のお気遣いを賜りましたことでもあり、なんとしても波切屋さんのお耳にいれねばと考えましてな」

徳四郎は話す調子を変えた。

「てまえどもの手代仙之助は、こともあろうにおきょうさんに懸想してしまいまして」

ところが身分がまるで釣り合わぬを承知で、おきょうも仙之助に深い想いを寄せている。

留め置かれていたおきょうの身柄が解かれたのも、船番所与力が両名の思い合いは固く確かなものだと得心したからだ。

わざわざ船番所まで出向いてくれた佃島肝煎が、仙之助の後見人として波切屋源右衛門と向き合うことを買って出てくれた。

「波切屋さんには唐突な話を押しつけることになり、まことに申しわけありません。が、ぜひにもおきょうさんの気持ちを、ご当主の耳で聞き取っていただきたい」

仙之助については上総屋徳四郎が、すべての責めを負うと肚をきめていると結んだ。

出し抜けの話を聞かされて業腹さの消えぬ源右衛門だった。が、船番所と佃島肝煎がかかわっているのだ。ことの重さは充分に理解していた。

上総屋の別間で、父娘は四半刻（三十分）の話し合いに及んだ。

部屋から出てきた源右衛門は、真っ直ぐに徳四郎の居室に向かった。

「あの気性の娘が、なんら迷わずに嫁ぎたいと申しております。もはや、わたしが口を挟むことでもございません」

源右衛門は話を受け入れることで、度量のほどを示そうと努めていた。

源右衛門の胸中を察してあまりある徳四郎は、一度深くうなずいた。

持参した正装に身なりを調え直したあと、源右衛門は佃島からの船に乗り込んだ。

徳四郎の言い分に区切りがついたところで、五兵衛は源右衛門に目を移した。

「おきょうさんは息災にしておいでか？」

「このたびは、まことに多大なるご尽力を賜りました。波切屋源右衛門、ありがたく厚く御礼申し上げます」

両手を膝に載せた源右衛門は、気持ちをこめてあたまを下げた。

「思ったことをすぐさま動きに移すおきょうさんのご気性は、まことに見上げたものだ」

五兵衛は正味でおきょうを褒めた。

「わしが余計な口をはさむことでもないが、おきょうさんと仙之助さんのことは、なにとぞよしなに取りはからってくだされ」

「…………」

源右衛門の返事が出るまでには、少し間が空いた。が、その間も波切屋当主は五兵衛の目をしっかりと受け止めていた。

詰めていた息を吐き出してから、源右衛門は返答を始めた。

「娘の気持ちは、てまえも誤りなく聞き取りました」

五兵衛を見る源右衛門の目が、強い光を帯びていた。

「肝煎のお耳にはすでに、石炭の一件は届いていると仙之助から聞かされました」

五兵衛も目に光を宿してうなずいた。

「てまえども薪炭屋には、石炭はまことに手強《てごわ》い相手です」

源右衛門は羽織のたもとから、石炭の小さな塊ひとつを取り出した。仙之助から手渡された小片である。

「もしもこの石炭が」

源右衛門は右手で摑んで目の高さにかざした。右舷のほうから差し込む陽を浴びて、石炭は艶々と黒光りした。

「大手を振って世の中を歩き始めましたならば、てまえどもの屋台骨を大きく揺るがしかねません」

敵に回せばすこぶるつきの強敵となるが、味方につければ大きな商いの源となる。

石炭が頼りになるのは間違いないと、源右衛門は強い口調で断じた。

「仙之助が石炭に目をつけていなければ、てまえどもも上総屋さんも、先々で大きな後《おく》れを取る羽目になったことでしょう」

うかつにも石炭のことを詳しくは知らなかったと、源右衛門は素直な物言いで不明を認めた。

「襲来した黒船は、三千里（約一万二千キロ）に届くという途方もない長旅ののちに、浦賀沖に着いたと聞きました」

それほどの海路を走り抜けることがかなったのも、畢竟、石炭の力……源右衛門は心底、石炭に気を惹かれていた。

「仙之助を福岡に差し向けて、黒田藩のしかるべき筋と買い付け談判をさせます」

きっぱりとした物言いである。背後で聞いていた仙之助は、思わず膝をずらした。

「そのことは今朝、上総屋さんと取り決めをいたしました」

源右衛門を見ていた五兵衛の目が、徳四郎に戻された。

徳四郎は深くうなずき、源右衛門の話を受け継いだ。

「仙之助は、上総屋・波切屋両方の福の神も同然です」

徳四郎は話を続ける前に、茶で口を湿した。船頭から勧められても、徳四郎はここまで口をつけずにいた。

供されてから大きく時を過ぎた茶は、すでに冷めかけていた。

にもかかわらず、徳四郎は茶の美味さに驚き顔を拵えた。

「もしや土橋屋の上煎茶では？」

「あんた、ご存じか？」

五兵衛の口調が不意に和らいだ。親しみをこめて、あんたと呼びかけた。

「てまえもこの茶を好んでおります」

応えた徳四郎の物言いも、かみしもを脱いだ親しいものに変わっていた。

源右衛門も湯呑みに手を伸ばして、冷めかけた茶を味わった。

「まことにこれは、土橋屋の上煎茶です」

三人の顔が大きくほころんだ。

杉吉がていねいに湯の熱さを吟味しながらいれた、薄緑色の上煎茶。

湯呑み一杯の茶が、ひととひととの隔たりを一気に縮めていた。

四十六

四ツ（午前十時）に海賊橋の船着き場を離れた葵丸は、九ツ（正午）前に同じ場所に戻ってきた。

夏の真昼近くである。四ツ刻以上に強さを増した陽光が、葵丸の赤銅屋根を光らせていた。

「おかえりなさいまし」

船着き場は上総屋の自前桟橋である。戻ってきた当主を、奉公人たちが総出で出迎えた。

葵丸は佃島の持ち物で、海賊橋に見物人が群がるほどの美しい屋形船だ。

上総屋は佃島と競いあうわけではなかっただろう。しかし薪炭屋大店としての見栄はあるのだ。

佃島に店の威勢を示そうとばかりに、桟橋は上総屋の奉公人で埋め尽くされていた。

最初に当主の徳四郎が船から降りると、手代と小僧がもう一度一斉に、出迎えの声を発した。

声が収まったところで、徳四郎は船のほうに向き直った。

「なにとぞてまえどもで、昼食を召し上がってください」

徳四郎がていねいな物言いで頼みを口にした。が、立っているのは上総屋の桟橋である。

徳四郎があたまを下げることはなかった。

「せっかく誘っていただいたのを、断るのも失礼だ」

徳四郎よりも年長の五兵衛である。昼飯の誘いが口先だけの儀礼なのか、正味の誘いなのかは充分に分かっている口ぶりだった。

「それでは徳四郎さんの言葉に、甘えさせていただこう」

今日が初対面だというのに、五兵衛はもう上総屋当主を名前で呼んでいた。

徳四郎・源右衛門・五兵衛の話し合いは、すこぶる滑らかに運んだ。

杉吉がいれた上煎茶の美味さを褒めながら、世慣れた男三人が、正味で親しげにあれこれと話を弾ませていた。

思うことも存念も巧みに引っ込めて、ことを滑らかに運ぼうとする、おとななならではの知恵であった。

仙之助とおきょうが所帯を構えることには、上総屋も波切屋も承知をしていた。

ただし祝言《しゆうげん》は仙之助が福岡から江戸に帰ってきたあとでと、条件づけがなされた。

「仙之助の買い付けが上首尾に運ぶか否かには一切かかわりなく、江戸に戻ってくるなり祝言を挙げさせます」

上総屋徳四郎と波切屋源右衛門が、口を揃えてきっぱりと請け合った。

聞かされた五兵衛の顔つきが引き締まった。

「おまえは主人に恵まれた果報者だ」

五兵衛の物言いは、徳四郎と源右衛門を称えていた。

手代と、取り引き先当主の娘との祝言が認められるなどは万にひとつもないことだ。

たとえ話があったとしても、そこには厳しい条件がつくに決まっている。

「おまえが黒田藩との取り引きを上首尾にまとめ上げたら、娘と所帯を構えることを許してもいい」

並の当主なら、こんな条件づけをしたことだろう。

波切屋も上総屋も、無粋な条件づけはしなかった。

唯一つけた縛りは、江戸に帰ったあとならだけである。

上首尾に運んだらなどと、鼻先にニンジンをぶら下げられるよりも、このほうがはるかに談判には力が入る。

波切屋と上総屋の肝の太さを知った五兵衛は、引き締まった顔を仙之助に向けていた。

「肝煎に仲立ちしていただいたおかげで、まことに滑らかに話がまとまりました」

ぜひとも上総屋で昼食を一緒にと、徳四郎は五兵衛を誘っていた。

徳四郎と源右衛門と五兵衛は肩を並べて、船着き場から河岸に上がる石段を歩いた。

荷運びに便利なように、上総屋は幅が六尺（約一・八メートル）もある石段を造作していた。

九ツの強い陽差しが降り注いでいる。並んで歩く三人の短くて濃い影が地べたに描かれていた。

「店先からお入りいただくことになりますが、どうぞお先に」

日除《ひよ》けのれんの前で、徳四郎がふたりを先に店へ入れようとしたとき。

「おめえさんが上総屋徳四郎さんかい？」

目つきの尖った男が、若い者を背後に従えて横柄な口調で問うた。

慌てて二番番頭の馬ノ助があるじの前に出ようとした。その動きを徳四郎は目で抑えた。

「てまえが上総屋ですが、どちらさまでございましょう？」

「名乗るほどでもねえが」

男は帯に手をかけた。

「こういうモンだ」

男は十手を徳四郎の胸元に突きつけた。

陽を浴びた十手が鈍い光を放っていた。

四十七

「祥吉《しょうきち》」

総出で出迎えていた手代のひとりを、徳四郎は小声で呼び寄せた。

小さな声で指図をするのが、大店当主の風格である。大声を出さなくても奉公人はきびきびと従うという見栄でもあった。

名指しをされた祥吉は、雪駄《せった》の音を立てずにあるじに近寄った。

「こちらの方が、わたしに御用をお持ちのようだ。二階の奥の間にご案内しなさい」

小声でも威厳に充ちていた。

二階の奥の間という指図は目明しの耳にも届いたらしい。男の頬のあたりがゆるんだ。

あるじの指図に応えた祥吉は、目明しに近寄った。

「手前がご案内をさせていただきます」

大店の当主みずからの指図で、自分を奥の間に案内しろと言いつけたのだ。目明しの頬がゆるんだのも道理だった。

先に立った祥吉のあとに、目明しは上体を反り返らせて続いた。下っ引き風の若い者が目明しの真後ろに従った。

反り身になった目明しの、つっかい棒のように見えた。

「かしこまりました」


上総屋の二階には接客用の客間が三部屋用意されていた。

どの部屋も楓川に面した造りだ。が、部屋の拵えは三部屋それぞれに異なっていた。

三部屋の真ん中は十畳間で、床の間が設けられている。

夏場の商談の折りには、女中が障子戸を大きく開いた。涼風と川景色の両方を、脇息に寄りかかって愛《め》でることができた。

階段に近い手前の客間は八畳間だ。床の間はなく、違い棚には伊万里焼の絵皿一枚が飾られていた。

川に面して障子戸も構えられている。しかし戸を開いても、見えるのは向こう岸の武家屋敷の白壁と柳の枝だった。

一番奥が奥の間である。

何ひとつ調度品もない六畳間で、障子戸を開いても目隠しの杉板しか見えない。

六畳間の対岸は、武家屋敷につながる小道である。町人が二階から武家小路を見通す非礼を咎められぬように、目隠しの杉板で覆っていた。

六畳間のすぐわきには、来客用のかわやを構えていた。二階にかわやを構えている商家は少ない。

普請の費えも大きい。

それ以上に、においを消すための日頃の掃除に大変な手間がかかるからだ。

「上総屋さんの二階にはかわやがあるそうだ」

料亭でもない商家が二階にかわやを構えているだけで、客の間では評判になった。

掃除には気を遣っているが、においを絶つことはできない。樋《とい》を伝って、階下からにおいが立ち上ってくるからだ。

六畳間の障子戸を開くと、においが忍び込んでくる……それが奥の間だった。

「祥吉さんが、お客さまを二階に連れて上がりました」

店から駆け出してきた小僧は、徳四郎に告げたあとで息を弾ませた。

わずかにうなずいた徳四郎は、源右衛門と五兵衛の先に立って店に入った。往来での立ち話がはばかられたからだ。

土間に入ったあとで、徳四郎はふたりを振り返った。

「あの連中が」

徳四郎は天井を指差した。二階の奥の間に上げさせた目明しと下っ引きを示していた。

「厄介ごとを持ち込んできたようです」

徳四郎はふたりを見詰めた。

「てまえは二階で、あの者たちと向き合ってまいります。まことにお手数とは存じますが、定かな様子が分かりますまで、暫時奥でお待ちいただきたく存じます」

二番番頭の馬ノ助が五兵衛と波切屋源右衛門を奥まで案内する……途中まで言いかけたとき、五兵衛が徳四郎の言葉を遮った。

「わしの勘働きだけで言わせてもらうが」

五兵衛も徳四郎同様に小声である。声は小さくても張りがみなぎっていた。

「いまの目明しと徳四郎さんの談判の近くには、波切屋さんもわしもいるほうがよさそうに思う」

五兵衛はさらに言葉を続けた。

「二階の奥の間というのは、なにやらわけがありそうだ」

佃島を差配する五兵衛である。「二階の奥の間」の謎解きは、造作もないことらしい。

見事に部屋のいわくを言い当てた。

「恐れ入りました」

徳四郎は正味で、五兵衛の慧眼ぶりに感服していた。

「どうだろう、徳四郎さん。波切屋さんとわしとが上総屋さんの上客のふりをして、真ん中の間《ま》に入るというのは……」

五兵衛はいま、この場で思いついた計略を徳四郎と源右衛門に聞かせた。

「妙案至極です」

徳四郎と源右衛門が同意したことで、五兵衛の計略が動き始めた。

四十八

「それにつけても、上総屋さんも偉くなったもんだ」

五兵衛の太い声は、やすやすと間仕切りのふすまを突き抜けた。

「そうは思わないか、あんたは」

「さようですなあ……」

源右衛門は語尾を伸ばして、あいまいな返事をした。

「あんたは、それだからいかん」

五兵衛は声の調子を尖らせて、源右衛門を咎め始めた。

「思ったことは腹に溜めず、はっきりと口に出すことだ。物言わぬは腹ふくるる業なりと、昔から言うだろうが」

五兵衛が言い終えたところに、上総屋の女中が茶を運んできた。

五兵衛はいきなり口調を変えた。

「いつもいつも、美味い茶をいれてくだすって、ほんにありがたい。あんたの白い指で出されると、茶の美味さが倍に引き立つというものだ」

五兵衛は上機嫌の口調で茶と女中の振舞いのよさを称えた。

女中は口元にお仕着せのたもとを当てて、笑いを噛み殺して下がった。五兵衛の芝居がよほどおかしかったらしい。

女中が下がると、五兵衛は湯呑みに手を伸ばした。隣の目明しに聞こえるほどに、ずずっと大きな音を立てて茶をすすった。

六畳間は静まり返っていた。が、目明しが聞き耳を立てているのは気配で察しがついた。

湯呑みを膝元に戻すと、五兵衛と源右衛門はまた芝居に戻った。

「このたび上総屋さんは、御城の炊事場から薪の注文をいただいたそうです」

今度は源右衛門が芝居の口火を切った。

「なんでも、勘定奉行様の強い後押しがあったと聞きました」

「まさにそのことだ」

五兵衛はさらに野太い声で応じた。

「さっきの女中もそうだが、お奉行から頼まれれば上総屋さんはわけのある者を何人でも雇っている」

こんなひどい茶しかいれられない女中に月に四両もの給金を払っていると、五兵衛は遠慮のないことを言い放った。

「だがねえ、お奉行所のお役人方は世間の評判をひどく気にするのが常だ」

言っている途中で、五兵衛は声を潜めた。

六畳間の気配が動いた。一言も聞き漏らすまいと、ふすまに近寄ったのだろう。

「どんな些細な疵でも、いまの上総屋さんには命取りになる。ここからがあの男には、商いの正念場だろうよ」

わるいうわさは命取りだと、五兵衛が言葉を重ねたとき。

階段を急ぎ足で上ってくる足音が聞こえた。

五兵衛は口を閉じた。

六畳間のひとの気配も、ふすまから離れた。

おきょうと仙之助の一件で、船番所に出向いて堀田から裏取りをしたのが専蔵《せんぞう》だった。

「俊造が聞かせたことに間違いはない」

堀田から確かな裏が取れたことで、承平は前のめりになってゆすりの指図を始めた。

耳鼻達の海老蔵と團五郎は、仙之助とおきょうの仲が間違いないことを突き止めた。

「まずは上総屋を責め立てろ」

承平は専蔵に細かな指図を与えた。

「上総屋にとっては、木更津の波切屋は大事な仕入れ先だ」

堀田から裏が取れたことで、承平の口は滑らかだった。

「たとえ遠縁の間柄とはいえ、仕入れ先の娘にてめえの店の腐れ手代が横恋慕《よこれんぼ》して、手まで出したてえ特上ネタがあるんだ」

承平は舌なめずりをして専蔵を見た。

狙った獲物《カモ》の宿に、まず配下の十手持ちを差し向ける。そして軽いネタで相手にゆさぶりをかけさせる……これが承平の常套手段だった。

カモを震え上がらせたあと、本ネタを手にして乗り込むのだ。

小ネタでなんとか片づいたと息をついていた相手は、承平に凄まれたときには、もはや逆らう気力など残ってもいなかった。

六畳間から徳四郎の低い声がきこえてきた。

「お待たせしました」

徳四郎は目明しの前に座った。

「わたしが上総屋当主、徳四郎です」

目明しなどに用はないと、名乗った口調が告げていた。

「おたくが上総屋のあるじだてえのは、もう往来で聞いたぜ」

目明しは帯に差していた十手を抜き、膝元に置いた。持ち重りのする十手が、ゴトンと音を立てた。後ろの小者も三白眼で徳四郎を睨みつけた。

「おれは扇橋一帯の町を御上から預かっている専蔵だ」

素性を明かした専蔵は、扱いのわるさに文句をつけ始めた。

真夏の暑気は容赦なしに部屋に入り込み、専蔵と下っ引きにまとわりついていた。しかも暑いだけではなく、においもひどい。

暑気は小便の臭さを濃くしていた。

「御上の御用を預かる者を、クソ暑くて狭い部屋に押し込んでよう。茶も出さねえとは、どういう了見でえ」

話しているうちに、怒りが募ってきたらしい。専蔵の物言いは、ズイズイに尖っていた。

が、大声は出さなかった。小声の脅しのほうが効き目があると分かっているのだろう。

「うちが茶を出すのは、商いにかかわりのあるお客さまに限っています」

徳四郎は背筋を伸ばして専蔵を見た。

「抜け抜けと言ってくれるじゃねえか」

十手を手にした専蔵は、鹿皮を巻いた柄を畳にぶつけた。

ドンッと音が立った。

朱房の十手は定町廻同心しか持つことができない。が、柄に皮を巻いて飾るのは、目明しの雇い主である同心は黙認していた。

「おれに向かって、そんなご大層な口がきけるのかい？」

粘りのある口調で、専蔵は語尾を上げた。

「なにかわたしが、専蔵さんに気を遣わなければならないわけでもありますか？」

徳四郎は相手の怒りを煽り立てるように、一段と冷ややかな物言いをした。

「そうまで言うなら、もう容赦はしねえ」

専蔵はあぐらに組んでいた片方を、立て膝にして声を荒らげた。

「おめえは御城の炊事場に納めがかなうようにと、勘定奉行さまにあれこれと手を尽くしているだろう」

「なんですか、それは」

言い返しはしたが、徳四郎の物言いは落ち着かないものに変わっていた。

専蔵は舌なめずりをして、あとを続けた。

「役にも立たねえ女中によう、言い成りになって高い給金を払ってることまで、こっちの耳にはへえってるんだ」

十手を舐《な》めるとおめえの首が飛ぶだけでは済まねえと、専蔵はさらに凄んだ。

「おれの後ろには南町奉行所定町廻同心の田所《たどころ》様と、中川船番所の堀田様がついてらっしゃるんでえ」

専蔵はひどい敬語で役人の名前をふたり挙げて、脅しに箔《はく》をつけた。

田所も堀田も、扇橋の承平から聞かされた役人の名前である。専蔵ごときが口のきける相手ではなかった。

あたかも後ろ盾であるかの如く口にする専蔵が、徳四郎には滑稽に思えた。が、素知らぬ顔で相手の好きに語らせた。

「おめえんところに薪を納めてる木更津の波切屋てえのは、とんでもねえふてえ野郎だ」

波切屋の娘の所業については、いまだに中川船番所の堀田様が許してはいない。

いつでも娘に縄を打つ準備はできている。

波切屋から縄付きが出たりすれば、勘定奉行の後押しで実った御城への納めも、泡と消えることになる。

痛い目に遭うも遭わないも、おまえの出方ひとつだ。このうえ横着な物言いを続けるなら、もう容赦はしねえ。

今日にも御用船を木更津に差し向けて、波切屋の娘とあるじに縄を打つ。

「ただの脅しじゃねえぜ」

専蔵は目の端を吊《つ》り上げた。

「嘘だと思うなら、中川船番所の堀田様に訊いてみねえ」

専蔵は手のひらに十手を打ち付けた。

ビシャッ。

手のひらは汗ばんでいたらしい。間の抜けた音が立った。

五兵衛と源右衛門の耳にも、専蔵が十手を打ち付けた音は聞こえた。

立ち上がろうとした源右衛門を、五兵衛は目で抑えた。

もっと専蔵にしゃべらせたほうがいいと、五兵衛の目が告げている。

得心した源右衛門は、座り直した。

また堀田だと……めずらしく五兵衛の顔が動いた。

四十九

六月十四日、九ツ（正午）前。

「時分どきでもあります。てまえどもで昼餉を用意させていただきます」

上総屋徳四郎がこう切り出したとき、本石町から九ツを告げる鐘の音が流れてきた。

専蔵は後ろの下っ引きを見た。

どうだと言わぬばかりのにんまり顔である。下っ引きも目元をゆるめていた。

十手の威光に上総屋も折れたぜと、ほくそ笑んでいたのだろう。徳四郎のほうに向き直った専蔵は、また手のひらを十手で叩いた。

「おめえさんがそうまで言うなら、昼飯をごちになってもいいぜ」

専蔵はことさら横柄な口調で応えた。

「聞き届けていただき、ありがとう存じます」

徳四郎は大きく胸を張り、軽い口調で礼を言った。

専蔵は十手を持ったまま、徳四郎に向かってあごを突き出した。

「メシを食うのはいいが」

専蔵は鼻をひくひくさせた。

「まさかこんな、ションベンくせえ部屋でてえんじゃあねえだろうな?」

「二階に支度をするように、申しつけておきます」

二階と聞いて、専蔵の顔つきが動いた。

「その部屋てえのは、おたくの……なんとかと言う上得意に昼飯を振舞う部屋かい?」

今度は徳四郎の表情が動いた。

「さすがは親分ですなあ」

徳四郎は驚き顔を拵えていた。

「てまえどものことを、よくご存じでおいでのようだ」

「それほどのことでもねえが」

専蔵は十手の先で胸元を叩いた。

「おれの稼業は、耳が大きくなけりゃあ務まらねえんだ」

耳の大きなことではひとに負けないと、専蔵は鼻の穴を膨らませた。

背後に控えた下っ引きが何度もうなずいた。


大川の西側には、およそ四百五十の薪炭屋があった。その六割、二百七十の店に上総屋は薪と炭とを卸していた。

月に二十両の薪炭を仕入れてくれる店は十四軒に限られていたが、上総屋には飛び切りの上得意先である。

店ではこの十四軒を『お松さま』と呼んで、別格の扱いをした。

脂《あぶら》をたっぷり含んだ松は最上の薪である。お松さまは、その松にちなんで命名された。

小売店もその呼び名は知っていた。

「うちも商いに精を出して、ぜひともお松さまに加えてもらいたいものだ」

上総屋のお松さまになることは、江戸の薪炭屋の大きな目標とされていた。

薪も炭も、暮らしの源を支える品である。

薪炭屋は庶民の暮らしに欠かせない店として、米屋や青物屋、鮮魚屋などよりも庶民には大事に思われていた。

上総屋はその薪炭屋の元締めも同然の大店である。

上総屋のお松さまに名を連ねれば、商談には一階奥の十二畳間に招き入れられた。

東と南の二面が庭に面した部屋で、商談は四ツ半（午前十一時）からが決まりだった。

上総屋の手代と、お松さまの当主や番頭などが半刻（一時間）近くを費やして、念入りに商いを煮詰めた。

本石町の刻の鐘が九ツを撞き始めると、商談は終了である。あとに続く楽しみのために、商談にはことさら熱が入った。

九ツの鐘が鳴り始めたら、お松さまは別間に移り、上煎茶と干菓子のもてなしを受けた。


その間に十二畳の座敷には、昼餉の膳が運ばれた。

上総屋当主、頭取番頭も同席するお松さまの昼餉には、老舗料亭八百善《やおぜん》の料理番を招いて調理に当たらせた。

十二種の料理が供される会席料理で、献立は季節ごとに異なった。

一年を通じてかならず供される一品が「きんとん」である。

蜂蜜をたっぷり使ったきんとんは、八百善が創り出した極上の甘味である。

「上総屋さんできんとんを振舞われたら、その薪炭屋さんは末代まで商いを案ずることはないそうだ」

お松さまに加わることのできない薪炭屋は、強い羨望をこめて、

「上総屋のきんとんを、ひと口でいいから生きているうちに食べてみたいものだ」

と、しみじみつぶやいた。

「ごちになる方が勝手なことを言うが、おたくのきんとんてえのも食べられるのかい？」

専蔵は身を乗り出して訊いた。

「まことに恐れ入りました」

感心したという顔つきを見せながらも、徳四郎の両目は強い光を宿していた。

「それも調えさせましょう」

告げたあとで、徳四郎は表情を強く引き締めた。

「ただし、昼餉の膳は親分おひとりに限らせていただきます」

上総屋徳四郎は、専蔵の目を見詰めて静かな口調で告げた。

目明しと下っ引きとでは、まるで格が違う。下っ引きは相手にしないと、徳四郎の目が強く言い渡していた。

「ううむ……」

専蔵は返事の代わりに唸《うな》り声《ごえ》を漏らした。

そんなことならいらねえとは言わなかった。

五十

専蔵をおだてて口を軽くしようと考えた徳四郎の計略は、見事に功を奏した。

「おめえはもう、けえっていいぜ」

小便臭い部屋で、専蔵は下っ引きを追い出しにかかった。首から吊《つる》していた紙入れを取り出し、小粒銀ひと粒（約八十三文）を握らせた。

出て行っていいぜとばかりに、専蔵はあごをしゃくった。

下っ引きはその場にいる徳四郎の目もわきまえず、専蔵に向かって頰を膨らませた。

上総屋を脅してカネを引き出し、その分け前にあずかろうとばかりに従ってきた男だ。

ガキの駄賃じゃあるまいに……。

膨らませた頰が、専蔵に毒づいていた。

上総屋徳四郎から親分と呼ばれている専蔵である。見栄の張りどころだと考えたのか、紙入れをまさぐり一分金一枚を摘み出した。

下っ引きに渡すときの専蔵の目は、怒りに燃えていた。

来客の前でおねだりするこどもに向けた、親の目のような怒り方である。

一分金一枚でも、下っ引きはまだ不満らしい。が、このうえはとても無理だと察したのだろう。

「先にけえってやすぜ」

専蔵とは目も合わさず、とっとと部屋から出て行った。

「それでは下にどうぞ」

徳四郎が言うと、女中が姿を見せた。

「ご案内します」

女中は部屋の外の廊下に立ったまま、専蔵に告げた。

立ち上がった専蔵は、胸を反り返らせて女中の案内を受けた。

専蔵は一階のあの部屋だと思い込んでいる様子だ。しかし徳四郎はお松さまをもてなす客間に専蔵を招き入れはしなかった。

お松さまは、上総屋にはかけがえのない極上の取り引き先だ。その大事な客をもてなす部屋に、目明しごときを招き入れるはずもなかった。

二階にはお松さま用の客間のほかに、十畳間と八畳間の客間が設けられていた。いずれも庭に面した造りだが、畳からふすまに至るまで、格下の拵えだった。

が、扇橋の目明しにそんな違いなど分かるはずもなかった。

「さすがは上総屋だ。世間の評判通り、まああの造りじゃねえか」

専蔵は十畳間の拵えを見て、横柄な口調で褒めた。

「親分ほどのお方からお褒めにあずかり、あるじもさぞ喜びますでしょう」

徳四郎に言い含められていた女中は、親分に力を入れて持ち上げた。

専蔵に供した昼餉の膳は、日本橋の仕出し屋弁松《べんまつ》に急ぎ誂えさせた、並の幕の内弁当である。

しかし並とはいえ、弁松の弁当は三段重ねである。飯《メシ》はごま塩を振りかけた、弁松自慢のおこわだった。

中村座の芝居見物客に仕出す弁当で、一人前が百五十文もした。

徳四郎は女中に言いつけて、くわいのきんとんも重箱に詰めさせた。奉公人たちのおやつで、上総屋の料理人が拵えた品だ。

専蔵に供する前に、料理人は蜂蜜を加えて甘さを際立たせていた。

「これはうめえ！」

女中に茶の給仕を受けながら、専蔵は重箱に残った煮はまぐりの煮汁まで舐めた。甘味はお松さまに供するきんとんとはまるで別物の、くわいのきんとんである。専蔵は皿にくっついているものまで、人差し指ですくった。

作法など、かけらもない食べ方である。

ただガツガツと平らげ終えたのを見計らって、徳四郎・源右衛門・五兵衛が連れ立って顔を出した。

「親分みずから、てまえどもに顔を出されたのですから、波切屋の一件はよほどに大ごとなのでしょうな」

徳四郎が切り出したとき、女中が黒い丸盆に載った祝儀袋を運んできた。分厚く膨れているのを、専蔵は抜かりなく目に入れていた。

徳四郎はしかし、祝儀袋を専蔵に差し出しはしなかった。自分の脇に置いて、専蔵に見せつけているだけである。

「いったい木更津の波切屋になにがあったのかお聞かせいただければ、上総屋徳四郎、恩に着ます」

祝儀袋をどうするかは、話の中身次第だと徳四郎は専蔵を見る目で伝えた。

「うめえ昼飯をごちになったことだ。おれの舌も、どうやら軽く動くみてえだぜ」

専蔵は湯呑みに手を伸ばした。女中がいれ直した焙じ茶である。

きんとんのあとだけに、茶請けは梅酢に漬けた生姜《しょうが》の薄切りが添えられていた。

「おれは中川船番所の堀田様には、すこぶる仲良くしてもらってるんだ」

ここで話すことは口外無用だぜと、専蔵は勿体《もったい》をつけた。

「てまえどもは、口の堅いことが身上です」

徳四郎は専蔵を見詰めて請け合った。

ひとことも口を開いていない源右衛門と五兵衛も、共にうなずいた。

ふたりの顔つなぎをされていない専蔵だが、祝儀袋の厚さに気がいっているのだろう。

ふたりはだれだと問い質しもしなかった。

「おめえさんの言い分を買ったぜ」

座り直した専蔵は、仕入れたというよた話を徳四郎たちに聞かせ始めた。

「木更津の波切屋てえのは、ふてえ商人だ」

湯呑みの茶をすすり、話を続けた。

波切屋は藩の許しも得ずに、伐採御法度の樹木を山から伐《き》り出している。

流木も他の薪炭卸には分けず、木更津浜の漁師などをカネで操り独り占めにしている。波切屋の阿漕《あこぎ》なやり口には、木更津の卸衆は怒り心頭だ。

「おまえは木更津に出張り、波切屋の様子をその目で確かめてこい」

船番所の堀田から、この指図を受けた。

わざわざ出向くまでもなく、波切屋の悪行を記したものは、船番所の堀田の手元に残らず集まっている。

しかし船番所は商い向きのことを詮議する役所ではない。

堀田の意を受けて、自分がおおそれながらと同心に訴え出たら、波切屋は取り潰しの沙汰を食らうのは間違いない。

江戸町奉行所の同心に波切屋の悪行を訴え出るか出ないかは、自分の胸ひとつだ。

波切屋が処罰されれば、深いつながりのある上総屋も無事では済まない。

この一件を握り潰してもらいたいなら、相応の気持ちを示してもらいたい……こう言って専蔵は話を閉じた。

言うまでもなく、作り話である。

人柄の練れた三人にまんまと乗せられて、専蔵の口は滑りに滑った。

承平の腹づもりとはまるで違う運びとなっていた。

「話はうけたまわりました」

徳四郎の目は、いままでにないほどに強い光を帯びていた。

「親分の言われた気持ちとは、なんのことでしょう？」

「カネだ」

専蔵はあけすけに言い放った。

「握り潰し代の相場は、罪の五割だと決まっている」

流木代やら御法度の伐採やらのカネを足し算すれば、楽に五百両を超える。

「黙って二百五十両を出すなら、堀田さんを説き伏せて、なかったことにするぜ」

専蔵は赤い舌で唇を舐めた。

徳四郎はそんな専蔵を光る目で見据えた。

「親分の宿は、扇橋でよろしいか」

奉公人を問い質す口調になっていた。

しかし大金が入ると思い込んでいる専蔵は、まるで気にしてはいなかった。

「扇橋でおれの名を言えば、はな垂れ小僧だって知ってるぜ」

「うけたまわった」

後日、あらためてあいさつに出向く。今日はこれをあいさつ代わりにと、祝儀袋を差し出した。

袋の膨らみはカネではない。

薪炭の引き替え切手一貫文分で、袋は分厚く膨らんでいた。

切手とは露ほども思っていない専蔵は、袋の軽さに違和感を覚えながらも、赤い舌で唇を舐めていた。

五十一

「あちらさまは乗合船で大川のほうに出て行かれました」

専蔵を見送った手代は、ことさらていねいな物言いをした。胸の内のざらりとした想いが、その物言いにあらわれていた。

専蔵はすでに乗合船の上である。徳四郎は手代にうなずき、目顔でねぎらった。

下がる手代と入れ替わりに、女中が昼餉を運んできた。予期せぬ闖入者《ちんにゅうしゃ》のせいで、大きく遅れてしまった昼餉だ。

佃島の肝煎と波切屋源右衛門をもてなす膳である。徳四郎の意を受けた女中頭は、精進料理を料理番に言いつけていた。

どれほど旨味ののった旬の魚や貝でも、五兵衛に目新しさはない……そう判じた女中頭は、野菜と焼き物を多く調理させていた。

最初に運ばれてきたのは、井戸水で冷やした冷酒と、焼きししとうの皿だった。

「これはいい香りだ」

焼きたてのししとうには、鰹の削り節があしらわれている。わきにはおろした生姜が添えられていた。

五兵衛が声を弾ませたのは、生姜の香りが冷酒をそそったからだろう。

五兵衛は佃島の内でも健啖《けんたん》で通っていた。が、真夏の昼過ぎはメシよりも喉を潤すことが先らしい。

井戸水でキリキリに冷やされた冷酒を呑んだあとは、ししとうに箸をつけた。

削り節に注がれた下地（醤油）のひと垂らしが、ほどよくししとうの辛味を引き出しているようだ。

削り節を箸でたっぷりまぶしてから、五兵衛は焼きたてを口に運んだ。

正味で味を褒めたあと、おろし生姜を箸の先につけて口にした。

冷酒とおろし生姜は、五兵衛の気に入りの取り合わせだった。

「のっけから酒が美味い」

五兵衛は相好《そうごう》を崩した。

船をおりたあとの徳四郎たち三人は、心ならずも目明しの相手をさせられた。そのときに抱いた屈託を、冷酒とおろし生姜が見事に払いのけてくれていた。

「ゆるゆると昼餉をいただきながら、今し方聞かされたあの話の善後策を、この場で相談させてください」

「なんら異存はない」

徳四郎の申し出を五兵衛も源右衛門も快諾した。

話し合いの邪魔にならぬように、女中頭はその後も三人の様子を見定めながら料理を運んでいた。

酒のつまみで、食事はまだあとだった。

五兵衛は中川船番所の話から始めていた。

「目明しが名前を出した中川船番所の堀田さんは、与力の佐野塚様の部下です」

堀田はさんで、佐野塚は様……五兵衛の思いが呼び方に出ていた。

佐野塚と五兵衛は、船番所を訪れた折りに一度会っただけの間柄だ。しかし五兵衛は佐野塚に好感を抱いた。

「堀田という男が」

五兵衛は堀田と呼び捨てにした。

「わしに仕掛けてきた悪巧みは、佐野塚さまも承知しておいでだった」

言葉の繋ぎ目で、五兵衛は吐息を漏らした。

「あれほどの人物でおられる佐野塚さまとて、部下の扱いには難儀をしておられるらしい」

堀田がまだ船番所に居座り、悪事に手を染めていられるのがそのあかしだと断じた。

「人使いのむずかしさには、武家も商人も何ら変わりはない」

五兵衛が強い口調でこれを言ったとき、焼いた油揚げが運ばれてきた。

半分に切った油揚げに、刻み茗荷《みょうが》と削り節を下地で和《あ》えた具が挟まれている。その油揚げの口を楊枝で止めて、炭火で焦げ目がつくまで炙った一品である。

油揚げから滲み出た下地が、炭火に落ちると香ばしい香りを放った。

仕上がった焼き油揚げは、その美味《おい》しい香りを存分にまとっていた。

「わしの好物を、徳四郎さんにはすっかり見抜かれたらしい」

揚げの口を閉じた爪楊枝を外しながら、五兵衛は声を漏らした。一個の油揚げをきれいに平らげたあと、冷酒で下地の味を喉に流し落とした。

「石川島人足寄場の庶務役同心岡野代三郎様には、いささか貸しがありましてな」

五兵衛はいたずら小僧が秘密を暴露するときのように、見開いた目を輝かせた。

貸しの源は、仙之助である。

石川島で生じた出来事のあらましを、徳四郎と源右衛門に聞かせた。

五兵衛は岡野がいかに尊大な人物であるかを、細かに話した。

抜き打ちの稽古だと言い張る岡野の言い分を、すべて承知のうえで受け入れた。

これが五兵衛の言う「貸し」の中身だった。

「格式の権化《ごんげ》だけに、上手に持ち上げれば我々の強い味方となるのは必定。なにしろ骨の髄まで、役人根性が染み透っておりますでなあ」

五兵衛の目元がゆるんでいた。

「役人がなによりも欲しいのは、自分が先頭に立って挙げる手柄だ。目覚ましい手柄を挙げるためなら、あの手合いは自分の内儀でも差し出すに決まっておるでな」

五兵衛はよくよく役人が嫌いらしい。この思いが、きつい物言いにはっきりと出ていた。

「黒船騒動が勃発した当初は、石川島の役人衆の張り切り具合は尋常ではなかった」

五兵衛は手酌の冷酒を口に運んだ。大事に味わっているのが、盃の干し方で分かった。

「いっときは張り切った役人衆も、いまは気が抜けておる。ここでひとつ手柄を挙げさせてやると持ちかければ、岡野様は木にでも登るだろうよ」

五兵衛が言い終えたのをきっかけに、徳四郎が口を開いた。

「あの日の騒動ぶりは、てまえどもの町内でも同じでした」

徳四郎もあの日を思い出したらしい。

「夜に入っても楓川の河岸では、二十籠のかがり火を焚き続ける騒ぎとなりました」

南町奉行所の言いつけで、薪は上総屋がその全量を供した。

「三日、四日の二日間で、じつに六百把もの薪を用立てることになりました」

薪の拠出を言いつけにきたのは、南町奉行所定町廻同心の岡崎俊郎《おかざきとしろう》である。

「五兵衛さんのお話をうかがいながら、てまえは南町奉行所の定町廻同心の旦那と付き合いのあることに思い至りました」

「それはまた、好都合なことですなあ」

ぜひとも子細を聞きたいと、五兵衛は徳四郎の口を強く促した。

話し手が五兵衛から徳四郎に移った。

「六月三日の黒船襲来は、降って湧いたような騒動でした。夕暮れどきから海賊橋のたもとには、南町奉行所の捕り方が群れをなして集まってこられました」

徳四郎も冷や酒で口を湿した。長い話が始まった。


三十人の捕り方を差配していたのが、定町廻同心の岡崎俊郎だった。

暮れ六ツ（午後六時）前に岡崎は、小者二人を引き連れて上総屋に出向いてきた。

「公儀御用に使う薪である。かがり火二十籠分の薪を用意いただこう」

火力の強い松の薪をとり急ぎ四十把出すようにと、応対に出てきた頭取番頭の今日左衛門に岡崎は言いつけた。

「火急のことゆえ、薪代は持参いたしておらぬ。後払いで構わぬな？」

「結構でございます」

頭取番頭はもちろん受け入れた。

捕り方の張り込みは六月三日と四日の二日間、暮れ六ツから明け六ツ（午前六時）まで、夜通しで続いた。その間、片時もかがり火が途絶えることはなかった。

上総屋が用意した薪は、二日間で六百把にもなった。

頭取番頭が手代に言いつけたのは、松脂がたっぷり詰まった赤松の薪だ。二十本一把で、小売値は八十文である。

奉行所が燃やした六百把は四十八貫文（約十二両）にもなった。

「捕り方が引き上げた翌日、五日の八ツ（午後二時）過ぎに岡崎様がてまえどもにお見えになりました」

供もつれず、羽織に着流しという定町廻同心の身なりだった。

「江戸中に捕り方を出張らせる騒動になり、多大な出費を余儀なくされた。それゆえ、奉行所の手元金が底を突く羽目になった」

払いを待って欲しいとの談判が、岡崎の用向きだった。

今日左衛門は徳四郎に事情を話した。

「わたしが会おう」

徳四郎はみずから岡崎との談判の場に出ると言い出した。

商いの話は、頭取番頭に任せるのが大店の流儀である。それを承知であえて場に臨んだのは、頭取番頭から聞かされた岡崎の人柄に気を惹かれたがゆえだった。

「背筋を伸ばして、真っ直ぐな目でてまえを見ておいでです」

威張らぬが、定町廻同心の威厳が伝わってくると頭取番頭は言い添えた。

威張らぬと聞いて、徳四郎は気を動かした。

定町廻同心は、御府内であればどこにでも出入りが許されていた。咎人《とがにん》の探索においても、強大な権限が与えられていた。

定町廻同心が見せる朱房の十手は、木戸御免の通行手形も同然なのだ。

公儀から与えられた力をかさに着る定町廻は、威張りちらす者が大半だった。

威張らず、そして威厳がある。

頭取番頭が伝えた人柄は、見事に岡崎を言い当てていた。

徳四郎が部屋に入ると、驚いたことに岡崎は立ち上がって迎えた。

同心が町人を立ち上がって迎えるなど、ないことである。その振舞いにも驚いたが、痩身で長身であることにも目を見張った。

身の丈五尺八寸（約百七十六センチ）もあるのに、目方は十五貫（約五十六キロ）だ。

徳四郎の驚きのわけを察したらしい。

「わたしの背丈が五尺七寸になったときには、半鐘泥棒とからかわれたが、さらに一寸

（約三センチ）高くなってしまった」

ひょろりと背の高い者を、町人たちは火の見やぐらの半鐘も盗めるとからかった。

そんな町人の言い草を、岡崎は知っていたらしい。

徳四郎と向き合った岡崎は、屈託のない笑みを浮かべた。

その笑顔を見て、徳四郎はすっかり岡崎に惚《ほ》れ込んだ。

「岡崎様のお申し出は、てまえどもの頭取番頭からうかがいました」

「まことに面目ないが、しばし待っていただきたい」

九月には支払うと、岡崎は三カ月先の期日を申し出た。支払い延期を頼みながらも、堂々と背筋を張っていた。

「うけたまわりました」

徳四郎も背筋を伸ばした。

「このたびのことを、よろしきご縁とさせていただきたく存じます」

「わたしのほうこそ、それはお願いしたいことだ」

岡崎は正味で上総屋との縁を結べたことを喜んでいた。

「岡崎様さえよろしければ、いつにても、ご随意にてまえどもにお立ち寄りください」

「ありがたく受けさせていただく」

岡崎は徳四郎の申し出を、しっかりと受け止めたようだ。深くうなずいてから、口調をあらためた。

「もしもわたしに用があるときは、奉行所正門の門番に言伝をしてくれればよい」

一両日のうちに顔を出すと、岡崎は強い口調で請け合っていた。

「岡崎様にもこのたびのことを耳に入れたほうがよいかと存じます」

徳四郎が長いいきさつを話し終えると、五兵衛は身を乗り出した。

「定町廻同心の岡崎様に中川船番所の佐野塚様が加われば、あの連中を一網打尽にできますぞ」

五兵衛のひたいが光っている。気持ちが昂ぶり、ひたいに脂が滲み出たのだろう。

「そうと決まれば、飯を食いながら細かなところまで煮詰めましょう」

応じた徳四郎の声も弾んでいる。

黙って成り行きを見守っていた源右衛門が、初めて口を開いた。

「不出来な娘がしでかした、軽はずみな不始末を片づけるために」

源右衛門は目に力を込めて、五兵衛と徳四郎を見た。

「ご両人が大事にしてこられたひととモノとを使わせてしまう羽目になりました」

御礼を申し上げる前に、深くお詫びを申し上げますと、源右衛門はあたまを下げた。

「波切屋さんの詫びは上総屋さんもわしも、存分に受け止めさせていただいた」

五兵衛の答えを、源右衛門は背筋を目一杯に伸ばした姿勢で受け止めていた。

五十一

佃島の葵丸が八丁堀河岸の南町奉行所桟橋に横付けされたのは、六月十五日の朝五ツ（午前八時）である。

組屋敷の連なる八丁堀河岸には、南北両町奉行所が桟橋を構えていた。

奉行所勤めの与力・同心が暮らす組屋敷は、河岸の奥に立ち並んでいる。遠目には長屋に見えるが、一軒ずつの戸建てだ。

独り身、妻帯者を問わず、どの組屋敷も冠木門《かぶきもん》と裏庭を備えていた。

六月三日の黒船襲来以来、八丁堀の気配は張り詰め続けてきた。

組屋敷周辺には大名屋敷や幕閣の屋敷が多い。有事に備えて、奉行所役人は、周辺の警護に追われていた。

辻には六尺棒を握った中間が立っている。捕り方を従えた騎馬の与力は、一刻（二時間）ごとに周辺を見て回った。

「とっても怖くて近寄れない」

「くわばら、くわばらとはこのことだ」

よほどの用がない限り、町人は八丁堀河岸に近寄らなかった。

が、黒船が六月十二日に出航したあとは、いままでの反動で気配がゆるんだ。

葵丸が桟橋に着けられたこの日は、前日にも増しての晴天となった。まだ五ツだが、夏の朝日は威勢がよかった。

連日の晴天で、桟橋の杉板は節目がはっきりと見えるまでに乾いていた。

葵丸の舳先にいる松吉が投げた舫い綱を、濃紺の股引・半纏姿の桟橋番が受け取った。

手早く杭に舫うと、船頭の杉吉が棹を使って船を寄せた。

銅板を張った屋根を輝かせながら、葵丸は桟橋に横付けされた。

船頭も桟橋番も、動きは敏捷である。しかし八丁堀河岸には、凪のやんだ昼下がりにも似た、けだるい気配が横たわっていた。

屋形船の障子戸を開き、五兵衛が最初に桟橋に降り立った。

「定町廻同心岡崎俊郎様に仕えます、英助と申します」

紺色無地の長着を着た小者が、五兵衛に名乗った。

八丁堀の奉行所桟橋に横付けできる船は限られていた。役人の乗る御用船が大半で、屋形船が横付けされるのはまれ中のまれである。

岡崎から佃島の屋形船が横付けされることを聞かされていた英助は、桟橋番ともども到着を待ち受けていた。

五兵衛に続き上総屋徳四郎、波切屋源右衛門が葵丸から降りた。

「旦那様がお待ちです」

英助は岡崎を旦那様と呼んだ。

定町廻同心は、配下の目明しから「旦那」と呼ばれている。組屋敷に雇い入れられた武家奉公人たちも旦那様と呼んでいた。

桟橋から岡崎の組屋敷までは、およそ二町半（約二百七十三メートル）である。

先を歩く英助の後ろに五兵衛、徳四郎、源右衛門の順で続いた。

空を昇り始めた夏日が、徳四郎の背中を照らしていた。

昨日は足取りが重かった……。

組屋敷に向かいながら、徳四郎は昨日の午後の一部始終を思い返していた。

「岡崎様にお願いしてみましょう」

自分で言い出したことだったが、徳四郎は歩きながら気持ちが深く沈んでいた。

上総屋から八丁堀まで、三人は陸伝いに向かった。

葵丸は上総屋の桟橋に舫われていたが、許しもなしに八丁堀桟橋に横付けはできない。

徳四郎、五兵衛、源右衛門の三人は、徒《かち》にて岡崎の組屋敷を訪れようとしていた。

「あんたの話を聞く限り、岡崎様は立派なお武家さんだ」

いきなり訪れても門前払いは食わされまいと、五兵衛は強い口調で請け合った。

善は急げと口にした源右衛門も、確かな足取りで歩いている。

徳四郎ただひとりが、重たい歩みだった。

言い出したものの、果たして岡崎が話を聞いてくれるか否か、大いに不安だったのだ。

定町廻は当番と非番が一日交替である。

「わしの当番は奇数日だ。非番の偶数日は、おおむね組屋敷にて身体を休めておる。用があるときは、いつでも訪ねてきなさい」

岡崎から聞かされたことを頼りに、徳四郎たちは八丁堀に向かっていた。

不安が膨らみ、徳四郎の足は何度も止まりそうになった。

黒船騒動の勃発で、八丁堀周辺はひどく気配が張り詰めていると、徳四郎は奉公人から聞かされていた。そのことも足取りを重たくした。

しかしいまさら訪問を止《や》めましょうとは言えない。

萎える気持ちを奮い立たせて、八丁堀に向かった。

ところが河岸に足を踏み入れたら、大きく様子が違っていた。

辻に立つ警備の中間は見えず、騎馬の与力も捕り方もどこにもいなかった。

岡崎の組屋敷を訪れたら、取り次ぎの小者がさほど待たせずに三人を招き入れた。

「よく来てくれた」

来訪を喜んだ岡崎は、家人に言いつけて麦湯と瓜を用意させた。

「うちの者が門前仲町にまで足を延ばして買い求めた瓜だ」

遠慮なしに味わってくれと岡崎が勧めたのは、井戸水で冷やした真桑瓜《まくわうり》だった。熟《う》れ加減がよく、前歯で軽く噛んだだけで実が千切れた。

「仲町の青物屋は、いまの時季ならば毎日のように砂村の農家から仕入れておる」

岡崎の瓜好きを知っている青物屋のあるじは、熟れ加減のいい実をより分けていた。

しかし別扱いはそこまでである。

青物屋に言いつけて、組屋敷に届けさせたりはしない。奉公人を乗合船で佐賀町に向かわせ、桟橋から仲町まで五町の道のりを青物屋まで歩かせていた。

岡崎がこれを話したわけではない。家人から次第を聞かされた三人は、岡崎の背筋を伸ばした生き方に感銘を覚えた。

「いただきます」

遠慮をわきに押しのけて、真桑瓜を平らげた。しっかり食べることが、岡崎への礼儀と心得たからだ。

瓜の皿が空になったところで、徳四郎は用向きを切り出した。

「まことに勝手なお願いではございますが」

扇橋の専蔵が仕掛けてきた顚末を、岡崎に余すところなく聞かせた。

聞き終えた岡崎は、家人に言いつけて麦湯の代わりを用意させた。噛みしめるかのように呑み終えたあとで、徳四郎を見た。

徳四郎たち三人が居住まいを正した。

「到底、目明しひとりが描いた絵図ではない。背後にいる船番所の同心も、この企みに深くかかわっているのは間違いない」

奉行所の役人も、船番所の役人も、負うべき務めはただひとつ。

御上に対する忠誠心だと岡崎は自分の考えを説き始めた。

「御上の務めを負うということは、畢竟、御公儀お膝元である江戸の安泰を守ることに他ならない」

江戸は武家と町人が共に暮らす町だ。

武家の暮らしが成り立っているのも、それを下支えする町人が健やかに暮らせていればこそである。

役人が町人を脅したり、カネの無心をしたり、このたびのように騙《かた》りにかけるなどは言語道断、御上をも恐れぬ所業である。

「扇橋の専蔵なる者を捕らえて、そのほうが聞かされた子細を確かめる」

岡崎は強い怒りを示した。

役人の本分をわきまえ、自身をも厳しく律して生きている岡崎である。役人が町人いじめを為せば、それは御上崩壊につながるとの危惧を抱いていた。

「わしはこの足で組屋敷の庶務頭執務室に出向き、扇橋の専蔵なる目明しを配下とする定町廻同心の子細を調べることにする」

今日は非番だが、明日までは待てぬと岡崎は断じた。

「専蔵の上司は定町廻同心だが……」

岡崎は思案顔になって後を続けた。

「多数抱えた目明しの、すべての動静を正しく把握するのは至難の業だ」

定町廻同心が加担しているか否かは、軽々には判じられないという口調だった。

「黒幕の炙り出しには、慎重さが肝要だぞ。慎重に裏付けを取るのが大事である」

岡崎の口調が変わった。

「まずは扇橋の専蔵なる者をきつく詮議する」

それが得策だと岡崎は考えていた。

専蔵に効き目のある詮議をするためにも、扇橋の子細を調べておくと、岡崎は請け合った。

「ありがとうございます」

三人が畳に手をついて辞儀をした。

岡崎はその顔を上げさせた。

「専蔵なる者の言い分が確かならば、身を正すべきは役人であるわしら武家だ。礼にはおよばぬ」

言い切った岡崎の顔は、強く引き締まっていた。

「明日の朝五ツに、ここに出張って参れ。扇橋までわしが出向く」

専蔵に脅しをかけるために、捕り方を同行すると段取りを告げた。

五兵衛が岡崎に目を向けた。

「もしも岡崎様のお許しをいただけますならば、てまえの屋形船葵丸で扇橋まで出張りたく存じます」

五兵衛は葵丸を使いたいわけを聞かせた。

「葵丸は権現様から、葵の御紋を使うことを許されております」

専蔵は上総屋の桟橋に舫ってある葵丸を見ていた。この屋形船で向かえば、専蔵に余計な用心をさせずに済む。

「葵丸には岡崎様と捕り方にお座りいただく充分な空きがございます」

専蔵の出方を見ながら、ここぞのところで岡崎が出張る。

「てまえたちは葵丸の近くに、専蔵を引き連れて参ります」

油断をして横柄に構えている専蔵には、岡崎の姿は一層の効き目がある。

捕り方が続いて降りれば、さぞかし専蔵は肝を潰すに違いない……。

五兵衛の言い分を岡崎は買った。

「ならば明日朝五ツに、ここの桟橋に横付けをいたせ」

岡崎は横付けを許した。

「明日はわしの当番だ。公務として専蔵の召し捕りに向かうぞ」

力強く宣言した岡崎を、三人は顔を上気させて仰ぎ見た。


まだ朝の五ツ過ぎだが、降り注ぐ陽差しはすでに真夏のものである。

川を渡ってくる風が、徳四郎の頬を心地よく撫でた。

八丁堀河岸には柳が並木を作っていた。

長く垂れた枝には、緑の葉が群れている。風を浴びた長い枝が、さも心地よさげにゆらゆらと揺れていた。

五十三

六月十五日の四ツ（午前十時）過ぎ。

夏日を浴びた葵丸は、銅板の屋根をひときわ光らせながら扇橋桟橋に近寄っていた。

天道の光を屋根に浴びる角度を、舳先に立った松吉が杉吉に教えている。

「棹をあとひと突き分、面舵に切ってくんねえ」

「あいよう」

指図を受けた杉吉は、直ちに棹を川底に突き立てて面舵とした。

舳先役と船頭とが息遣いを合わせて、葵丸の向きを巧みに変えている。もっとも美しく、銅板屋根に陽光を照り返させるためだ。

松吉・杉吉の工夫は、扇橋に近づく者に大きな効き目を及ぼしていた。

「あれをご覧なさいな」

朝一番の稽古をつけに出ていた珠野《たまの》が、風呂敷包みを提げた弟子の松美《まつみ》に川面を指さした。

珠野は扇橋たもとに稽古場を構える手習いの師匠で、弟子の多くは手習いには無縁と思われる鳶《とび》に大工、建具職人たちだ。

「あんなきれいなお船、どこに行くんでしょうか」

声を弾ませた十二歳の松美は、下駄を鳴らして扇橋へと駆け出した。

松美は高橋の大店の漬物屋、山吉の次女だ。着ているものも履き物も足袋も、カネがかかっているのは一目で分かった。

十二の娘はしかし、自分の身なりには頓着しない。長屋のこども同然の足取りで駆けだした。

「滑らないように気をつけなさい」

師匠の声を聞くのももどかしげに、松美は扇橋へと駆けた。

真ん中の盛り上がった橋は、駆け登るのが大変だ。途中で橋板の段を踏み外した松美は、前のめりに転んだ。

師匠のしつけがいいのだろう。転んでも、しっかりと風呂敷包みは離さなかった。そしてすぐさま立ち上がった。

「おっしゃん、あたしは平気です」

師匠に大声で答えた松美は、再び橋を駆け登り始めた。

橋が一番盛り上がった真ん中に松美が立ったとき、葵丸の舳先は橋まで五間（約九メートル）に迫っていた。

「とってもきれいなお船です」

松美は舳先の松吉に手を振り、船の美しさを褒めた。

「ありがとよ、お嬢」

松吉は松美の身なりで、即座に大店の娘だと察したようだ。

松吉も笑みを浮かべて松美を見た。

桟橋は橋を潜った先である。葵丸は船足を減じながら、扇橋を潜り始めた。

松美は急ぎ、橋の反対側へと移った。

船の艫が橋の下から姿を見せた。

「とっても素敵なお船ですううう」

松美が語尾を引っ張って褒めた声に、船頭の杉吉は棹を握ったまま辞儀をした。たとえまだ十二の子であろうが、葵丸の美しさを褒めてくれたのだ。

辞儀は相手への礼儀だった。

「ありがとうございます」

松美は声を張り、手を振り続けた。

足を急がせて橋を登ってきた師匠も、船頭に辞儀を返した。

四ツどきの陽は珠野の背にあった。陽が眩くて珠野の表情はよく分からない。が、声と所作で杉吉には珠野の美しさが察せられた。

栈橋はすぐ目の前である。接岸に忙しいのも構わず、杉吉は珠野にも一礼をした。

船頭と珠野たちとのやり取りを、岡崎は艫が見える障子戸をわずかに開いた隙間から見ていた。

「さすがは佃島の船頭だ、出来のよさが違う」

五兵衛に向かって、岡崎は言葉を惜しまずに褒めた。船頭が橋の上に一礼をしていたのに、葵丸は見事に栈橋横で止まっていた。

「ありがとう存じます」

五兵衛は岡崎にあたまを下げた。

石川島の役人にも、滅多なことではあたまを下げない五兵衛である。そんな男が、顔をしわだらけにして喜んでいた。

岡崎の人柄をどれほど好ましく思っているかが、あたまを下げるという振舞いに示されていた。

屋形船の内に、和んだ空気が流れていた。船主の五兵衛の喜びようが、その雰囲気を作り出していた。

しかし扇橋栈橋に横付けされるなり、和やかさは根っこから失せた。

栈橋に舫い綱を放り投げた松吉は、素早く降りて杭に綱を結わえた。

葵丸は大型の屋形船である。舫い綱は舳先と艫の二本を使った。

松吉が艫の綱を結わえているところに、専蔵手下の下っ引きが近寄った。

「もう四ツ過ぎだぜ」

男はこれ見よがしに帯から抜いた十手を陽にかざした。下っ引きが持つ鉄に鍍金《めっき》を施しただけの安物だ。

そんな十手でも陽を浴びるとギラリと光った。

「もっと早くに来るはずじゃあなかったのかよ。いつまで専蔵親分を待たせる気なんでえ」

下っ引きが息巻いても、松吉は相手にしない。男が十手を突きだしたときには、杉吉が松吉に並んだ。

ちえっ。

聞こえよがしの舌打ちをしてから、松吉を睨みつけた。が、十手は引っ込めていた。

「上総屋はどこにいるんでえ」

下っ引きはぞんざいな口調で上総屋と呼び捨てにした。下品な声は屋形船のなかにまで届いた。

「幕が開きました」

徳四郎は五兵衛の顔を見て立ち上がった。

「しっかりおやんなさい」

引き締まった声で、五兵衛は徳四郎を送り出そうとしていた。

きっぱりとうなずいた徳四郎は、屋形船の障子戸に手をかけた。

ツバメが葵丸の真上で舞っていた。

五十四

「あっ、さっきのお船がまだ止まっています」

稽古場から出てきた松美は、桟橋を見て声を弾ませた。

松美はまた船に会えた嬉しさのあまり、独り言をつぶやいていた。

扇橋を潜ってから、かれこれ四半刻（三十分）が過ぎていたのに、葵丸はまだ桟橋に舫われたままだった。

桟橋上の石段に立った松美は、舫い綱が結ばれたままの葵丸を見た。綱のそばで番をしている松吉・杉吉兄弟と目が合った。

「また会えました」

松美が声を弾ませているところに、仏頂面の専蔵と、あとに従っている徳四郎が通りかかった。

「本当にあの船のなかに、お宝が詰まってるんだろうな」

口を尖らせて徳四郎を睨みつけた専蔵が、いきなり決まりわるそうな顔になった。

船を見ていた松美を見つけたからだ。

「いまもお嬢は、あそこでお稽古の途中でやすかい？」

いきなり物言いが猫なで声になり、作り笑いを浮かべた。

高橋の山吉は江戸でも三本の指に入る漬物屋だ。

扇橋の専蔵は、高橋が縄張りではなかった。が、あれやこれやと口実を作っては山吉に顔を出して小遣いをせしめていた。

大店のほとんどない高橋では、奉公人と手伝い合わせて二百人を雇っている山吉の力は大きい。

たとえ十二歳の女児であれ、専蔵は取り入るのに懸命だった。

「いまはお稽古休みで、あのきれいなお船を見ていたの」

松美は桟橋の葵丸を指さした。

「そうでやしたか」

専蔵は大げさにうなずいた。

「お嬢の言う通りピカピカと屋根が光って、とってもきれいな船でやすねえ」

専蔵は両目の端をだらしなく下げて、もみ手を始めた。見ている者が情けなくなるほどに、松美に取り入ろうとしていた。

知らぬ顔でよそを見ていた徳四郎が、不意に顔つきをあらためた。

稽古場から出てきた珠野を目にしたからだ。

出稽古から戻った珠野は、浴衣に着替えていた。

白地にふじ色のあじさいが染められている。葉の緑色が、あじさいを引き立てていた。

帯は焦げ茶色の地で、花火が白く染め抜かれていた。

夏日を浴びた黒髪は艶々と光っている。色白の珠野だが、細い眉はくっきりと黒い。

唇に引いた明るい色味の紅が、珠野の美しさを際立たせて見せた。

珠野は松美に近寄った。

専蔵はもみ手を引っ込めると、いきなり背筋を伸ばして珠野を見た。

粘り着くような専蔵の視線には取り合わず、珠野は松美の手を取った。

「お稽古に戻りましょう」

「あともう少しだけ、あのお船を見させてください」

松美は桟橋の葵丸を指さした。松吉と杉吉が、珠野に会釈をくれた。

陽を浴びた潮焼け顔は、精悍《せいかん》さが際立っている。そんなふたりが珠野に笑顔の会釈をしたのだ。

珠野は潤いのある瞳で松吉と杉吉を見た。専蔵には取り合わなかったが、船頭ふたりには親しげである。

一部始終を見ていた専蔵は、徳四郎を見て居丈高な物言いを始めた。

「どうしてもおめえが乗せてえと言うなら、断るのもおとなげがねえ。気乗りはしねえが、乗ってもいいぜ」

松美が見とれている船に、渋々ながら乗船する……そうすることで、珠野の前で自分を大きく見せようと考えたらしい。

「ありがとう存じます」

徳四郎は声だけの礼を言った。

「おめえが先に立って案内しねえ」

専蔵は上体を反り返らせて、徳四郎のあとに続いた。

「目上の人にあんな口をきくなんて」

松美は悲しげな口調でつぶやいた。珠野は弟子の肩に手を載せて、石段をおりる専蔵を見ていた。

船に近寄った徳四郎を、松吉・杉吉の兄弟は辞儀で迎えた。が、その後ろで反っくり返っている専蔵には一瞥《いちべつ》もくれなかった。

「お乗りになりますか？」

振り返った徳四郎は、大店当主の威厳ある声で問うた。

「いまさら、つまらねえことをおれに訊くんじゃねえ」

とっとと障子戸を開けて山積みのお宝を見せろと、尖った声でせっついた。

「ならば、あんたの手で開けなさい」

徳四郎は言葉を吐き捨てた。

「なんでえ、いきなり偉そうに！」

徳四郎を押しのけた専蔵は、右手で葵丸の障子戸を開いた。

船の内側には南町奉行所定町廻同心岡崎俊郎が立っていた。

背後には捕り方を従えている。

「専蔵！」

腹の底から発した重たい声は、石段の上から見ていた珠野と松美にも聞こえた。

「これで貴様は小伝馬町送りだ」

岡崎の声に直撃された専蔵は、その場にへたり込んだ。

すかさず船から飛び降りた捕り方が、専蔵に縄を打ち始めた。

ボラが青い背を見せて水面から跳ねた。

五十五

扇橋の上には鈴なりの野次馬がいた。

銅屋根の美しい葵丸見たさに、だれもが橋の真ん中で足を止めていた。

そこに姿を現したのが専蔵だった。

仏頂面を隠そうともせず、胸を反り返らせて徳四郎の後を歩いていた。

二間（約三・六メートル）ほど離れた後ろに、下っ引きがついていた。

「なんだい、扇橋のあの親分じゃないか」

「なんだってあんなやつが、こんな立派な屋形船に用があるんだろう」

専蔵が葵丸に近寄ったことをいぶかしむ声が、人垣のなかから上がった。

どの声も明らかに専蔵を嫌っていた。

橋の上までは、徳四郎と専蔵のやり取りは聞こえない。が、不機嫌さ剝き出しの専蔵の振舞いは、橋の上からでも丸見えだった。

「なんだというんだね、いつにも増しての、あの偉そうな身振りは」

「どうせまた、どこぞの大店を食い物にしようと企んでいるに違いない」

「まったくあの男は、まむしだ」

声が下まで聞こえないのをいいことに、野次馬は散々に専蔵をこき下ろした。

「どうやら専蔵の前に立っているひとが、お店のあるじで屋形船を誂えたようだな」

「あんな男を乗せる船じゃないだろうに、ご当主もお気の毒だ」

隠居風の年配者ふたりが、屋形船の誂え主を気の毒がっていたら……。

「専蔵！」

岡崎が発した声は、人垣をつくっている野次馬のはるか向こうにまで聞こえた。

「これで貴様は小伝馬町送りだ」

岡崎が大音声《だいおんじょう》で告げ終わると、専蔵はその場にへたり込んだ。十手を振り回して威張ってはいても、根は小心者である。

小伝馬町送りを告げられて腰を抜かしたのが、専蔵の正味だと見せつけていた。

屋形船から飛び出した捕り方は、手慣れた動きで専蔵を縛り上げた。

捕り方のあとから、ひとりの町人者が船を降りた。が、野次馬の目は捕り方に集まっている。

町人は気づかれることなく石段を登った。

「いい見せ場だねえ」

「まるで、中村座十八番《おはこ》の捕り物を見ているようだ」

ふたりとも土地の隠居なのだろう。見交わした笑顔はしわだらけになっていた。

「なんだい、あの男は」

野次馬のひとりが、船着き場の後ろを指さした。ひとの目が集まった。

専蔵から離れて立っていた男が、その場から逃げるようにして石段に向かっていた。

「あの野郎、下っ引きみたいだぜ」

声が聞こえたのか、男は石段を駆け上がった。

「どうせ専蔵にくっついてきた、碌《ろく》でもないやつさ」

仕事半纏を羽織った職人が、言葉を吐き捨てた。

「専蔵にくっついている下っ引きだったら、なんだって捕り方が見逃したんだよ」

相棒らしい職人が口を尖らせた。

「あんなのを捕まえてもしょうがないのさ。それよりあの格好を見ねえな」

職人が屋形船を指さした。

身体を幾重にも縛られた専蔵が、屋形船のなかに押し込まれようとしていた。

捕り方のひとりが専蔵の履き物をむしり取った。船の畳を汚さぬためだろう。

「あの調子じゃあ、船のなかで散々に懲《こ》らしめられるにちげえねえぜ」

「あんなまむし野郎は、堀に叩き込んじまえばいいんだ」

男が言ったことに、野次馬の多くが深くうなずいた。専蔵がいかに土地で嫌われているかがよく分かった。

野次馬たちは松吉と杉吉が屋形船を漕ぎ出すまで、橋の上から見物していた。

専蔵が捕り方に縄を打たれたとき、船着き場から逃げ出したのは蛾助《がすけ》である。

ああ。おっかねえこった！

後ろも見ずに駆ける蛾助は、足を止めずに言葉を吐き出した。

すれ違った職人が、怪訝《けげん》な顔を見せた。

専蔵は五人の下っ引きを抱え持っていた。

日本橋室町を近所に持つ住吉町や浜町や、富岡八幡宮を擁する門前仲町の目明しなら、下っ引きを六、七人抱える親分もいた。

御府内といえど町は同格ではない。

本所深川の外れに近い扇橋は、格からいえば末席に近い。

そんな町の専蔵が五人の下っ引きを抱えていられるのは、承平がカネの面倒をみてきたからだ。

賭場の貸元と目明しは、持ちつ持たれつの間柄であることが多い。

目明しはきつい御法度である賭場開帳を黙認する代わりに、凶状持ちなどのお尋ね者が紛れ込んだときには、賭場から報せを受けた。

目明しは下っ引きを従え、捕縛に駆けつけた。賭場内で縄を打っても、外の通りで取り押さえたことにして賭場の存在を隠した。

定町廻同心には、咎人捕縛という成果が大事である。捕縛の子細に疑義を抱いたとしても、目明しの言い分をあえて鵜呑《うの》みにした。

承平と専蔵とは五分の間柄ではない。承平に指図されれば、ときに業腹に感じつつも専蔵は従ってきた。

承平の指図で、専蔵は上総屋を脅しにかかった。まんまと膨らみのある袋を手に入れたが、中身はひとを食った切手だった。

上総屋が扇橋まで出張ってくると聞いた専蔵は、下っ引きを引き連れて向かうことにした。

上総屋から一杯食わされたのは、配下の者にも知れ渡っていた。ここで上総屋を思いっきり締め上げておかねば、下っ引き連中に示しがつかない。

扇橋は、四六時中ひとが渡っている。土地の者にも上総屋に土下座させるところを見せてやろうと、専蔵は考えていた。

「手の空いているのはだれなんでえ」

五人に訊くと、手を挙げたのは蛾助だけだった。

五人のなかで一番できのわるいのが蛾助だ。動きは鈍いし、しゃべると舌がもつれる。図体はひと一倍大きく、メシを食うのも半端ではなかった。

そんな蛾助を飼っているのは、承平から押しつけられたからだ。

「おれの甥《おい》だ。おめえのところで面倒をみてくれ」

承平の言いつけには逆らえない。

見るからに愚鈍そうな蛾助を押しつけられた専蔵は、三カ月だけ預かると限りをつけた。

「いつからおれに、そんな口がきけるようになったんだ？」

ながむしに凄まれた専蔵は、慌てて言い分を引っ込めた。

蛾助はひたすら調布屋を目指して駆けていた。

目の前で縄を打たれた専蔵の姿が、まだ目の奥に焼き付いていた。

一刻も早く承平に伝えて匿《かくま》ってもらいたい……その思いに押されて蛾助は駆けた。

町人に扮した捕り方のひとりがあとを追っているなど、蛾助は考えもしなかった。駆ける蛾助の月代を夏日が焦がしていた。

五十六

葵丸の船足が定まったところで、岡崎の前に専蔵が引き立てられてきた。

白州の代わりに、目の粗い茣蓙《ござ》が畳のうえに敷かれていた。

岡崎は折り畳みの床几《しょうぎ》に腰をおろしている。葵丸の極上の畳を気遣い、床几の脚は樫で拵えた袴《はかま》を穿《は》いていた。

捕り方は茣蓙に座らされた専蔵の後頭部を、右手で強く押さえつけている。後ろ手に縛られた専蔵は、あたかも白州に引き出された咎人のようだ。

船頭の技量は飛び切り上等である。すれ違う船の多い堀を走っているのに、いささかも揺れない。

まるで桟橋に舫われているかのようだ。

床几に座した岡崎が背筋を張った。

「扇橋の専蔵」

名を呼ばれた専蔵は、背中をビクッと痙攣《けいれん》させた。

「おもてを上げよ」

岡崎の指図を受けて、捕り方が専蔵の背中に回した綱を引いた。

猿回しの猿のごとく、専蔵の身体が引き起こされた。咎人に屈辱を覚えさせるための大事な手順である。

まさか自分がこのような目に遭うとは、考えたこともなかったのだろう。

専蔵は唇をきつく閉じていた。しかし瞳は定まっておらず、うつろである。

きつく縛られたのがよほどこたえたのだろう。口惜《くや》しさを目に宿すことすら、いまの専蔵にはできなくなっていた。

「そのほうが上総屋徳四郎方に押しかけ、騙りにかけようとした罪は重い」

岡崎は専蔵を睨めつけた。

専蔵はぼんやり顔のままだった。

「金十両では到底済まぬ騙りを、そのほうは上総屋に持ち込んでおる。相違あるまいな」

岡崎に質されたとき、捕り方が専蔵の背後からドンッと小突いた。

やっと我に返った専蔵だが、返答はできなかった。

岡崎はあとを続けた。

「しかも木更津の波切屋源右衛門に対する騙りも同時に持ち込んでおる」

岡崎の断ずる声が、屋形船に響き渡った。

「金十両を盗めば、理由の如何《いかん》を問わず死罪が法度の定めるところである」

岡崎は専蔵の綱を引いている捕り方に目配せをした。

「こうべを垂れよ！」

捕り方は怒鳴ると同時に、またもや専蔵の後頭部を強く押した。

莫蓙に専蔵の顔が押しつけられた。

「扇橋の専蔵、そのほうにはこの場で死罪を申しつける」

岡崎は声の調子を抑えて告げた。

声が小さくなった分、凄みが増した。

専蔵が座した莫蓙に、黄色のシミが広がっている。

恐怖のあまり、専蔵は小便を漏らしていた。

五十七

承平の宿は勝手口を樫戸で造作していた。素性の知れない者が出入りできぬように、戸の内側には太い心張り棒がかかっている。

この樫戸を壊して侵入するためには、掛矢《かけや》で叩き壊すしかなかった。

息を切らせて駆けてきた蛾助は、戸を叩こうと身構えた。

ドンドンドンッ。

思い切り、三度ぶっ叩いた。

「開けてくれ、この戸を開けてくれ」

こぶしに握った右手で、蛾助は分厚い樫戸を叩き続けた。

「おれは蛾助だ。専蔵親分がえれえことになった。承平叔父貴につながなきゃあならねえんだ、開けてくれえ！」

蛾助は大声を出し続けた。

戸も壊れよとばかりにドンドンッと叩いていたら、心張り棒が外されて戸が開いた。

「でけえ声を出すんじゃねえ」

戸の内側に立つ若い者・源次は、蛾助の腕を掴んで引きずり入れた。

「外には他人の耳がごっそりあるんだ。ばかな声を出して、ぺらぺら唄《うた》う（白状する）んじゃねえ」

蛾助よりも年下の源次が、こめかみに青筋を立てて叱り飛ばした。蛾助のとろさは、宿の若い者全員が知っていた。

「おめえから、そんな偉そうな物言いをされる筋合いはねえ」

叔父貴につなげと、蛾助は口を尖らせた。

承平の実姉のひとり息子だというのが、蛾助のよりどころだ。叔父貴の部分に力をこめて源次に言い返した。

「お頭《かしら》はいま、茶を呑んでくつろいでいなさるときだ。茶が終わるまでここで待ちねえ」

座っていろと、源次は板の間を指し示した。蛾助は聞き入れず、早くつなげと源次に詰め寄った。

「しゃあねえ野郎だ」

源次が言葉を吐き捨てている間に、蛾助は板の間に飛び上がった。履いていた雪駄が引っ繰り返った。

「のんびり待ってはいられねえ」

板の間に立ったまま、蛾助は土間にいる源次を睨みつけた。

「おめえがつながねえなら、おれは勝手に叔父貴んところに行くぜ」

蛾助は右腕を突き出した。動きの鈍いはずの男が、尋常ではない剣幕である。

源次もただごとではないと察したらしい。渋々ながら板の間に上がった。

蛾助は我が物顔で長火鉢の前まで進み、承平と向き合う形で座った。

「叔父貴、えれえことが起きた」

蛾助の物言いは歯切れが悪い。何度もつっかえながら、専蔵が捕り方に押さえられた顚末を話した。

聞き終えた承平は湯呑みを手に持った。井戸水で冷やした麦湯の注がれた湯呑みだ。

「それでおめえは、どうしたんだ？」

承平の声は、麦湯の表面を冷やしたほどに醒めていた。

「どうしたてえのは、なんのことなんだよ、叔父貴」

蛾助は間延びした口調で問うた。

承平の眉間に深いしわが寄った。

「専蔵が押さえられたのを見たおめえは、どんな動きをしたんだ」

「逃げだしやした」

蛾助は即座に、さらりと答えた。

「扇橋の桟橋からここまで、おめえは真っ直ぐに駆けてきたのか」

問い質す承平の語尾が下がった。

「あたぼうでさ」

蛾助は声を弾ませた。

「こんな危ねえときに、わきに寄り道するほどおれは間抜けじゃねえさ、叔父貴」

桟橋を出たあとはどこにも寄らず、いかに速く駆けてきたかを自慢げに聞かせた。

「この、糞《くそ》バカ野郎」

承平は湯呑みの麦湯を、目の前にいる蛾助の顔にぶっかけた。

剣幕の凄まじさに驚いた源次は、部屋の隅で尻を浮かせた。

「ごていねいに、帯に十手を差していたおめえだ。動きを見張っていた捕り方を、おめでたくもここまで真っ直ぐ引っ張ってきたことすら、おめえは気づいてねえ」

散々に怒鳴ったあとで、承平は源次にあごをしゃくった。

「へいっ」

短い返事が終わる前に、源次は立ち上がっていた。

わけが分からぬ顔の蛾助は、唐桟《とうざん》のたもとから手拭いを取り出した。

承平は蛾助を見ようともしなかった。

ため息をついた蛾助は、顔と髷に飛び散った麦湯を拭った。

源次は廊下を駆け戻ってきた。

「宿の周囲を見回りやしたが、どこにも妙な目はありやせんでした」

源次の答えを黙って聞き取った承平は、蛾助に目を戻した。

「専蔵を押さえた連中は、その屋根がきれいな屋形船で来たんだな？」

「へえ」

顔のしずくを拭き終えた蛾助は、仏頂面で答えた。甥っ子の蛾助でなければ、承平の前でこんな表情は見せられないだろう。

強い舌打ちをした承平は、源次を長火鉢の前に呼び寄せた。

「船番所に飛んで、俊造を引っ張ってこい」

四の五の言わせず、すぐに連れてこいと強く言いつけた。

不機嫌なときの承平の怖さを知り尽くしている源次である。

動きの鈍さをなにより嫌う承平だ。

指図を聞き終えたときには、すでに源次は部屋にはいなかった。

蛾助は立ち上がることもせず、長火鉢の手前であぐらを組み直していた。

五十八

蛾助のあとを追っていたのは南町奉行所の捕り方二番組組頭・吉川全太郎《よしかわぜんたろう》である。

蛾助が調布屋に勝手口から入ったのを見極めた吉川は、表の通りに出た。

調布屋の向かいには二階屋の漬物屋・半田屋がある。吉川は半田屋に入り、あるじにつないでほしいと小僧に告げた。

吉川がふところから取り出した十手と鑑札を見た小僧は、座敷に駆け上がった。

ほとんど間をおかずに出てきたあるじは、顔がこわばっていた。

「なにかてまえどもの奉公人が、粗相でもしでかしましたので？」

おずおずと問うあるじを、吉川は笑顔で制した。ひとが思わず気を許してしまう笑顔は、吉川の大きな武器だった。

「わしは南町奉行所定町廻同心岡崎俊郎様配下の捕り方二番組組頭吉川全太郎だ」

長々しい肩書きだが、吉川は息継ぎもせずに告げた。小僧に示したと同様に、十手と鑑札を示した。

あるじが鑑札に見入っていたとき、調布屋から若い者が飛び出してきた。男は勢いをつけて中川船番所につながる道を駆け出した。

吉川は若い男の姿が見えなくなったところで、あるじと向き合った。

「子細あって、二階を見張りに使いたいゆえ、了承願いたい」

願いたいとは言葉だけで、つまりは命令である。しかし吉川が穏やかな表情でこれを告げると、あるじは即座に受け入れた。

「ことは急ぐでの。すぐさま通りに面した二階の部屋を借り受けるぞ」

吉川は案内も待たずに階段を駆け上がった。

あるじと談判をしていたさなかに、若い者が飛び出して行ったのだ。さらなる動きが始まる前に、承平の宿の見張りにつきたかった。

幸いにも調布屋の店先には、あとの動きは生じていなかった。

半田屋の雨戸は開かれているが、障子戸は閉じていた。その戸をわずかに開き、隙間から向かい側の調布屋の見張りを始めた。

吉川が座して幾らも間をおかず、小僧が茶菓を運んできた。

「旦那様がどうぞって」

小僧は焙じ茶と、まんじゅうが載っている菓子皿を吉川の膝元に置いた。吉川は、下がろうとした小僧を招き寄せた。

「おまえは、前の調布屋の面々の顔を見れば、だれであるかが分かるか？」

「分かります」

小僧はきっぱりと答えた。

「もうさっき駆けだしたのは源次さんで、足の速いのが自慢のひとです」

小僧の返事を聞いた吉川は、立ち上がってあるじを呼んだ。当年五十七のあるじは、階段を一段ずつ踏み鳴らして上がってきた。

「子細は明かせぬが、正面の調布屋を見張らねばならぬでの」

吉川はふたつの頼みを口にした。

小僧をしばらく借りておきたい。

猪牙舟と腕利きの船頭を手配りしてほしい。

このふたつである。

「向かいの調布屋さんに、御用がおありなのですな」

「いかにも」

吉川が答えると、あるじの顔がほころんだ。

「この町の嫌われ者がお縄にかかる手伝いなら、なんなりと申しつけください」

あるじは心底、調布屋承平を忌んでいた。

鶴太《つるた》という名の小僧に見張りの手伝いをさせることも、猪牙舟の手配りもあるじは快諾した。

「小名木川で一番だと自慢している舟持ち船頭の敬二郎が、うちの隣に暮らしております」

あるじは手代を二階に呼び、敬二郎を連れてくるようにと言いつけた。

夏場の猪牙舟船頭が忙しくなるのは、夕暮れを過ぎてからだ。まだ眠っていたところを叩き起こされた敬二郎は、不機嫌さを剝き出しにして二階に上がってきた。

十二日に黒船が江戸を離れたことで、大川の川遊びにも勢いが戻っていた。吉原も賑わいを取り戻しており、猪牙舟も大忙しだ。

「そのほうに頼みがある」

町人姿の男に、いきなり武家言葉で話しかけられたのだ。

「なんでえ、おめえさんは」

船頭はぶっきらぼうな物言いで応じた。あるじが間を取り持ち、吉川の素性を告げた。

「するてえと、あのこすっからいのを懲らしめてくださるてえんでやすかい？」

敬二郎の顔つきも、いきなり明るくなった。

「かれこれ四半刻（三十分）も前になるが、扇橋のたもとを離れた屋形船が、八丁堀の組屋敷桟橋を目指して走っておる」

吉川は屋形船の特徴を敬二郎に話した。聞いている途中で、敬二郎が口を挟んだ。

「その船は、佃島の葵丸でやしょう」

敬二郎は葵丸も、船頭の松吉・杉吉兄弟もよく知っていた。

「おまえがあの船に通じておるならば上々だ、話が早い」

吉川がまた笑顔を拵えた。

葵丸には岡崎俊郎が乗船している。事情を話し、急ぎ戻ってきてもらうように。

吉川の指図に敬二郎は大きくうなずいた。

「あっしは舟をかっ飛ばして、小名木川にいるうちに葵丸をつかまえやすぜ」

即座に飛び出そうとした敬二郎を、吉川は呼び止めた。

「なにかのときにはこれを見せなさい」

吉川は鑑札と紅色の鉢巻きを貸し与えた。

「初めて手に持ちやしたが、随分と持ち重りのするもんでやすねえ」

しげしげと鑑札に見入ってから、敬二郎は鑑札と鉢巻きをさらしの間に挟んだ。

「行ってきやす」

敬二郎は階段をドスドス鳴らして駆け下りた。

五十九

源次はわずか四半刻（三十分）少々で俊造を連れて戻ってきた。

船番所からここまで、よほどの速さで走り通してきたのだろう。

はあっ、はあっ。

俊造の荒い息遣いは、通りの反対側の二階で見張っている吉川にまで聞こえていた。

「源次が引き連れてきたあの男に、おまえは見覚えはあるか？」

「ありません」

鶴太が即答したとき、源次は足がもつれ気味の俊造を振り返った。

「親分がお待ちかねだ。のんびり息継ぎをしている暇はねえぜ」

明らかに年下の源次が、ぞんざいな物言いをぶつけていた。

「この店は、階下にもどこか外を見張ることのできる場所はあるか？」

「漬け物の道具を仕舞っておく納屋なら、いつも戸が閉じられています」

納屋は往来に面している。道具や野菜の出し入れを滑らかに運ぶため、杉の雨戸は一枚ずつが大きく造られていた。

戸には節穴もあるし、二枚の戸の間には隙間もある。

「隙間からなら通りがよく見えますし、戸の敷居にはいつも油をくれています」

いざとなれば戸を開くのは楽で、飛び出すのに都合がいい。

通りを見渡すための踏み台も、納屋の内には大小何台もあると鶴太は教えた。

「往来に出ずに内側から納屋に入れますから、出入りも気づかれません」

吉川が求めていることを、鶴太はしっかり呑み込んでいた。

「案内いたせ」

得心した吉川はすでに立ち上がっていた。

「もっとこっちに来るんだ」

部屋の隅から中に入ろうとしない俊造を、承平は尖った声で呼びつけた。

背後に控えた源次が背中を押した。

「失礼しやす」

俊造の声はかすれ気味である。

呼びにきた源次は、駆け足を厭《いと》わない男だ。俊造は走りながらの道々で、源次から承平がどれほど怒りを募らせているかを聞かされていた。

近くに来いと呼びつけた承平は、顔色が赤い。

俊造は余計な口は開かず、伏し目がちに座っていた。赤ら顔になったときの承平には、余計な物言いは禁物だと分かっていたからだ。

承平は不機嫌なときに限り、真夏でも燗酒を呑んだ。さほど酒は強くない承平には、夏の燗酒はひどく効いた。

「じっとしているだけでも暑い時分に、腹を立てると身体の芯から怒りが湧いてくる」

汗をかくのが嫌いな承平は、夏場の腹立ちを忌み嫌った。腹の立つもとを持ち込んだ者には、容赦がなかった。

腹が立つと気のぼせがして汗をかく。

汗で肌着や着ているものが汚れると、洗う羽目になる。

洗えば布地が傷むし費えもかかる。

吝嗇《りんしょく》な承平は、余計なカネのかかることをなによりも嫌った。

「夏の燗酒なら、味の薄い江戸の地酒でも早く酔うことができる」

夏場にわざわざ燗づけをするのもまた、承平の吝嗇さのあらわれだった。

熱燗の安酒は酔いが早い。が、心地よさとは無縁で、苛立ちが増すだけだった。

「おめえが持ち込んできた話だが」

承平は盃を干した。二本目の徳利が、この一献でカラになった。

「いったい、どこのどちらさまがお描きになった筋書きなんでえ」

鳥モチのような、強い粘りのある物言いで問いかけた。

答える前に俊造は、口に溜まった唾を呑んだ。返答次第では、さらに承平の怒りを煽り立てるのが分かっていた。

俊造は尻をずらして後ずさった。

「勝手に動くんじゃねえ」

承平は白目まで赤くなっていた。

「話の出所は船番所の同心だから、飛び切り堅い話だと、おれにそう言ったな？」

「へい」

俊造は顔を上げて承平を見た。

「あんな与太話の、どこが堅いんでえ」

凄んだあとで承平は、部屋の隅に詰めている源次に目を移した。

「蛾助をここに連れてこい」

「へい」

源次は敏捷に動き、間をあけずに蛾助を引き連れてきた。不機嫌なときの承平には、なににも増して素早く動くのが大事だった。

血の巡りのわるい蛾助も、それは分かっているらしい。

た。

いつにない歯切れのいい物言いで応えた蛾助は、身体を硬くしている俊造の隣に座った。

「お呼びだそうで」

「おめえが扇橋の船着き場で見たことを、俊造に聞かせろ」

余計な付け足しはせず、手早く聞かせろと強い口調で命じた。

蛾助は俊造のほうに向き直り、葵丸の顛末を余さずに話した。

扇橋の専蔵が役人に取り押さえられて、屋形船に引きずりこまれた……ここまで話が進んだとき、俊造の顔から血の気が失せた。

「どうやらおめえにも、次第が呑み込めてきたらしいな」

青白い顔の俊造を承平は手招きした。

俊造は膝をずらし、さらに長火鉢のほうへとにじり寄った。

「飛び切り堅い話てえのには、専蔵が縄を打たれてどこかに連れて行かれることまで含まれていたのか？」

「そんな……滅相もないことでさ」

俊造は懸命に打ち消した。顔色がさらに青ざめていた。

「だとしたらよう、俊造さんよ。縄を打たれたのは専蔵が間抜けだからてえことか？」

「それは……」

俊造は口ごもった。

「江戸には屋形船はごまんとあるが、銅屋根がぴかぴか光ってるのは数が知れてる」

承平はまた蛾助に目を移した。

「専蔵に襲いかかった役人が乗ってきたのは、屋根が光ってたんだよな？」

「そりゃあ、もう」

蛾助が上体を乗り出した。

「おじさんの火鉢の、その銅壺みてえに」

長火鉢に埋められた銅壺を蛾助は指さした。

「びかびか光ってきれえだった」

さらに屋形船の様子を話そうとする蛾助の口を、承平は手を突き出して抑えた。

なにごとにも倹《つま》しい承平だが、長火鉢にだけは費えを惜しまなかった。

火鉢の板には銅板が張り付けられており、燗酒をつくる銅壺も埋められている。

火鉢の手入れは若い者には任せず、承平が自分の手で銅壺と猫板を磨いていた。

「役人が一緒に乗ってきた屋形船は、佃島の葵丸にちげえねえ」

俊造が脇からいいきった。

「専蔵はてめえより弱いやつには居丈高に反っくり返ってるが、定町廻にはまるで意気地がねえ男だ」

拷問にかけるまでもなく、専蔵はすべてを白状するに違いない。

「話を持ち込んできたおめえの名も、船番所の同心の名も、ぺらぺら唄うのは目に見えている」

承平の両目が俊造を睨みつけた。

「どういう次第で定町廻が出張ることになったのかは、おれにもまだ分からねえが、はっきりしていることがひとつある」

承平の赤目が強い光を帯びた。

「おめえを生かしておいたら、専蔵にも負けねえ勢いでおめえは唄うということだ」

「そんな、親分……」

俊造が口を開こうとしたとき、承平は源次にあごをしゃくった。

源次は俊造の背後に回り、背中に抜き身の匕首《あいくち》を突きつけた。

「外で始末してこい」

「へいっ」

源次は俊造を立ち上がらせた。

「親分、おれは定町廻に責められても余計なことはしゃべりやせん」

俊造は拝む手つきをして命乞いをした。

「おめえの話にうっかり乗ったばかりに、ここにも早晩役人が押しかけてくる」

おめえの口が閉じられてさえいれば、言い逃れる算段もできる……承平は突き放した。

俊造の目から懇願する色が消えて、代わりに怒りの炎が燃え立った。が、背中には抜き身の匕首が突きつけられているのだ。

「手早く始末してこい」

承平の指図を受けた源次は、匕首を突きつける手に力を込めた。


「あっ、あいくちだ」

小僧が小声を漏らした。

納屋の隙間から見ていた吉川は、いつでも飛び出せるように身構えていた。

「源次さんはきっと、川べりの調布屋の納屋に行く気です」

鶴太は源次が向かっている先の見当を口にした。

「その納屋に連れ込んだひとを、いっつもひどい目に遭わせていますから」

「どこだ、その納屋は」

「二町（約二百十八メートル）ほど先の、小名木川べりです」

鶴太は納屋の場所を正しく知っていた。

「お仕着せと前垂れをわしに貸してくれ」

吉川は手早く着替えて、漬物屋の手代に扮装した。

源次の足の運びを見て、技量のほどは見切っている。細縄と十手を前垂れのどんぶりに納めた。

「納屋まで案内いたせ」

「はい」

鶴太が小声で応えた。

漬物屋の暗い納屋から出たら、照りつける夏日に瞳が驚いた。

吉川は気にもとめず、定まった足取りで源次たちを追い始めた。

案内役のはずの鶴太が、吉川を追っていた。

六十

「あっしが知ってることは、洗いざらい申し上げやす。なにとぞ、なにとぞ小伝馬町送りだけは勘弁してくだせえ」

専蔵は、縛られたまま岡崎に懇願を続けた。

いままで小伝馬町送りにしたならず者たちから仕返しをされることを恐れたからだ。

「貴様は、ほとほと往生際のわるい」

岡崎が言葉を吐き捨てたとき、艫の障子戸が開かれた。

「猪牙舟の船頭が、岡崎様にご用があるそうでさ」

告げにきた杉吉は、すでに猪牙舟船頭の素性を改め終えていた。

「分かった。わしが出る」

立ち上がった岡崎は、障子戸の外に出た。

猪牙舟の船頭がなにを告げにきたのか、用向きは分かっていない。呼び入れて質しては、専蔵の耳に入ることになる。

それを嫌い、岡崎はみずから外に出た。

同心の姿を見た猪牙舟船頭の敬二郎は、深々とあたまを下げた。

姿勢を元に戻した船頭を見るなり、岡崎は吉川が差し向けたことを察した。

船頭が紅色の鉢巻きを巻いていたからだ。

奉行所の役人が町人を使いに出すときは、紅色の鉢巻きを使わせるのが決まりだった。

「吉川からの言伝があるのか？」

「へい」

岡崎に近寄った船頭は、吉川から使いに出された敬二郎だと名乗った。

「あっしと一緒に、もう一度扇橋まで戻っていただきてえんでさ」

扇橋の瓦版屋・調布屋承平を召し捕りに出張っていただきたい。吉川様は調布屋の向かいから見張りを続けていると告げた。

二番組組頭吉川全太郎の報せであれば間違いはないと、岡崎は判じた。

「そのほうが水先案内をいたすのだな？」

「へい」

敬二郎の返答を聞いた岡崎は、舳先にいる松吉を呼び寄せた。

「扇橋に戻る。敬二郎を追ってくれ」

「がってんでさ」

答えるなり、松吉は舳先へと戻った。大型の屋形船なのに、杉吉は切り返すことなく、素早く船の向きを変えた。

とはいえ多くの船が行き交う小名木川である。舳先に立った松吉は、足止めを強いられた船に気持ちを込めて辞儀をしていた。

敬二郎の猪牙舟は舳先で川面をかき分けて、まさにイノシシの如く突進を始めた。あとを追う葵丸は猪牙舟との間合いを保ち、同じ速さで走っている。船頭の卓抜した技量が、船足の速さにあらわれていた。

調布屋は自前の船着き場を小名木川に構えていた。

調布屋の瓦版摺り場奥には、二十畳大の板の間が設けられている。摺り上がった瓦版や、摺りに使う紙・版木・墨や絵具などを仕舞っておく納屋代わりの板の間である。

月に三度は、この板の間で賭場が開帳された。遊び客の大半は、舟を仕立てて調布屋まで出向いてきた。

大型の桟橋は瓦版摺りにかかわる荷物の上げ下ろしのほか、遊び客の船着き場としても使われた。

承平の宿と中川船番所とは小名木川でつながっている。見回り船が近づくのを見張るために、桟橋の端には小屋が設けられていた。

専蔵が捕らえられた顚末を蛾助から聞き取るなり、承平は若い者ふたりを見張り番として小屋に向かわせた。

奉行所の赤船（御用船）が迫ってくることへの備えである。

若い者たちは小屋の内から小名木川を見張っていた。

「なんでえ、あの船は？」

猪牙舟を追うようにして向かって来る葵丸を、年長の酉市《とりいち》が指さした。

「屋根がピカピカ光ってて、えらくきれいな船でやすぜ」

年下の平太が間延びした口調で答えた。

「のんびりしたことを言うんじゃねえ」

向かって来る船足は尋常な速さではない。猪牙舟を追い越さぬばかりの勢いに、酉市は剣呑さを覚えた。

だ。

「ついてきねえ」

さらしに巻いた匕首を確かめた酉市は、小屋から飛び出した。

猪牙舟と葵丸は、ほぼ同時に横付けされた。酉市は、猪牙舟船頭の敬二郎には見覚えがあった。が、葵丸の舳先に立つ松吉も、棹に持ち替えていた杉吉も見たことのない顔だ。

肩を揺すりながら松吉に詰め寄った酉市は、右手で匕首の柄を摑んでいた。

「ここはうちの自前の桟橋だ。だれに断って、でけえ図体を横付けしやがるんでえ」

とっとと桟橋から離れろと、酉市は凄んだ。

「おめえさんは調布屋の若い衆かい？」

舳先に立ったままの松吉は、酉市を見下ろす形で問いかけた。

「気安く調布屋などと、呼び捨てにするんじゃねえ」

匕首の柄を摑む手に力を込めた酉市の背後に、平太が立っている。ふたりとも腕力自慢なのか、肩のあたりが盛り上がっていた。

「なかのお客さんが、調布屋に御用があるてえんだ。若い衆ならちょうど丁度いいやね、案内してくんねえな」

「なんだとう！」

語尾を跳ね上げた酉市は、匕首を抜いた。

「てめえ、高いところに突っ立ってねえで、おれの前に降りてこい！」

「おやすいこった」

松吉は船端に右手を置き、ひらりと舳先から飛び降りた。

「案内してくれてえのが、おめえさんの気に障ったのかい？」

両手をだらりと垂らした形で、松吉は酉市との間合いを詰めた。

「あんまり詰め寄るんじゃねえ」

松吉の威勢に気圧《けお》されたのか、酉市が一歩下がった。下がった代わりに匕首の刃先を松吉の胸元のあたりに突き出した。

松吉は顔色も変えず、自分からさらに間合いを詰めようとした。

「この野郎」

酉市が刃先を動かそうとしたとき、葵丸の障子戸が開かれた。

「動くでない」

岡崎が一喝をくれた。

飛び出した捕り方ひとりが、素早い動きで酉市と松吉の間に割って入った。

捕り方は六尺棒を持っており、棒の先端で酉市の肩を押した。

船にいる岡崎は酉市を見据えた。

「わしは南町奉行所定町廻同心岡崎俊郎である。縄を打たれたくなければ、調布屋承平の元まで案内せい」
岡崎は声の調子を落としていた。が、物言いには定町廻同心の威厳が備わっていた。
酉市は右手に摑んでいた匕首を取り落とした。
捕り方はつま先で匕首を蹴った。狙いは確かで、蹴られた匕首は小名木川に飛んだ。
「さっさと歩きなさい」
酉市の身体の向きを変えさせた捕り方は、棒の先で背中を押した。
平太は足をよろけさせながら酉市の脇に並びかけていた。
何度も背中を押されながら、酉市は桟橋の石段まで進んだ。
「あああっ……」
並んで立った平太が、間抜けな声を漏らした。
縄を打たれた俊造と源次が、吉川に引かれて近づいてきていた。
野良犬二匹が吉川の露払いを務めていた。

六十一

「この者を縛り上げよ」

岡崎は酉市にのみ縄を打てと捕り方に命じた。

平太には縄を打たせなかった。もちろん相応の考えあってのことだ。

後ろ手にされて幾重にも縛られた酉市の隣に、平太は立たされた。

「厳しき詮議をそのほうの身体に受けたくなければ、いささかなりとも内の者に気取られる振舞いはいたすな」

桟橋の石段下で、岡崎はきつい口調で申し渡した。

葵丸船中の取り調べで、岡崎は目明しの専蔵から調布屋のあらましを聞き出していた。

ながむしの承平は上背が五尺七寸（約百七十三センチ）もある大男だ。身体付きに沿った、豪快な振舞いを仲間内の貸元衆には売り物にしていた。

しかしまことの承平は、すこぶる気の小さな男だ。捕り方に攻め込まれるのではないかと、常に案じていた。

役人の急襲に対する備えが、外に出す見張りと、その見張りが打ち返してくる合図だった。

外に見張りを出すなり、調布屋は厳重に内から雨戸を閉じた。樫で拵えた、別誂えの堅固な雨戸である。

閉じると同時に、軒下には板木と木槌を吊り下げた。

戻ってきた見張りは板木の叩き方で様子を内に報せた。

チョン、チョン、チョンと軽い三連打は、異常なしの合図。

カーン、カン、カン、カーン、カン、カンを二度繰り返したときは、捕り方が外に待ち構えていると報せる叩き方だった。

異変ありを板木が告げたときは、若い者たちが一斉に応戦の構えを取った。

捕り方が堅い雨戸を蹴破るには手間がかかる。叩き壊して突入を図る役人たちに一気に襲いかかり、分よく戦うというのが承平の計略だった。

岡崎は子細を専蔵から聞き出していた。

「承平に忠義立てをし、異変を告げる合図の振舞いに及ぶも勝手次第だ」

岡崎は口を閉じて平太を睨みつけた。

西市のわきで、平太は身体を震わせた。

「異変ありを板木で報せたときは、西市もおまえも南町奉行所には引き立てぬ」

岡崎の太い眉が眉間に寄った。

「ふたりとも御船蔵御庭番の手に委ねられるものと心得よ」

岡崎に申し渡された平太は、腰が抜けた猫のようにその場にしゃがみ込んだ。

「てめえ、バカ野郎！　しゃがんでねえで、とっとと立ちやがれ」

西市が平太を激しい口調でなじった。

「妙な叩き方をしやがったら、おれがただじゃあおかねえ」

西市に凄まれて、平太は立ち上がった。

御船蔵御庭番の拷問がいかに凄まじいかを、酉市は渡世人仲間から聞かされたことがあった。

「あの連中のいたぶりを勘弁してもらえるなら、たとえ親兄弟のことでもおれは唄っちまうぜ」

渡世人が正味で怖がっていたさまを覚えていた酉市は、目一杯に声を尖らせて平太を脅した。

平太は一歩ずつ、足元を確かめるようにして石段を登り始めた。平太の一間（約一・八メートル）後ろには捕り方が続いていた。

石段を登りきったとき、俊造と源次を引き立ててきた吉川と行き合った。

吉川は、その場に立ち止まった。

調布屋に向かっている組の邪魔にならぬようにと考えたからだろう。

のろのろと歩く平太。

そのあとに続く、六尺棒を構えた捕り方。

さらにそのあとから、岡崎俊郎が石段を登ってきた。

吉川は、岡崎配下の捕り方二番組組頭である。しかも吉川からの急報を受けて、岡崎は葵丸を扇橋まで戻したのだ。

吉川は、縄を打たれた酉市の後ろについた。

引き立てられながら西市は、桟橋の下に目を走らせた。葵丸の屋根が光って見えたが、桟橋に立つ役人の姿はなかった。

西市の目元が、束の間ゆるんだ。

その表情の動きを見咎めたのは、すぐ後ろについていた吉川だけだった。

吉川は知らぬ顔のまま、周囲を見回すようにして後ろを振り返った。自分が引き立てている源次を見るためだ。

吉川に見られているとは気づかず、源次も葵丸の光る屋根の辺りを見ていた。目元をゆるめる代わりに、源次は唇を赤い舌で舐めていた。

先頭を進んでいる平太は、のろい歩みながらも調布屋の店先に行き着いていた。

吉川は源次と俊造を引いたまま足を急がせて、岡崎に並びかけた。引いている綱を捕り方のひとりに預けて、吉川は岡崎とともに列から離れた。

交わしたのは二言、三言である。が、それで充分だった。

岡崎は深くうなずき、吉川の言い分を諒とした。

「忠兵衛」

岡崎に名指しをされた捕り方が、列を離れて駆け寄ってきた。岡崎が捕縛の技量に信を置いている捕り方である。

吉川は忠兵衛とともにその場に残った。

調布屋の店先に立った平太は、青ざめた顔で軒下に吊り下げられた樫の板木を見詰めていた。

六十一

チョン、チョン、チョン。

外で叩かれた板木は「異常なし」だと報せていた。しかし音がどこか震えているように感じられた。

若い者頭の天龍には、板木の響き方が気に入らなかった。みずから土間に下りると、雨戸に耳をくっつけた。

「板木を打ったのは酉市なのか平太なのか、どっちでえ」

「あっしでさあ」

平太が即答した。返事を聞くなり、天龍は配下の者に目配せをした。

がってんだとばかりにうなずいた男は、すぐさま承平の元へと駆け出した。承平に抜け出すようにと告げるためだ。

専蔵が白状した通りに、平太は合図の板木を叩いた。が、専蔵が知らなかったことがふたつあった。

その一は、承平には抜け出し用の穴が用意されていたことである。万に一つ、捕り方の急襲という目に遭ったときには、直ちに逃亡を図れる仕掛けを承平は調えていた。

神棚のある承平の居室は、長火鉢の下に穴が掘られていた。ひとりがやっと潜り込める小さな穴だが、自前の栈橋まで続いている。

抜け出したあとは、栈橋の端に舫ってある小舟で小名木川を走るのだ。

小心者の承平ならではの、自分だけは助かるという仕掛けだった。

専蔵が知らなかったもうひとつは、天龍の察しのよさである。

あっしでさあ。

この返事を聞いただけで、天龍は異変が生じていることを察知したのだ。

「なんともねえんだな?」

天龍は自分の判断に誤りがないか確かめるために、平太に念押しをした。

すでに承平には報せを走らせてある。どっちに転んでも、承平が捕らえられる心配はなかった。

「なんともありやせん」

平太の声は、明らかに震えをはらんでいた。

「分かったぜ、いま戸を開ける」

外に答えるなり、天龍は若い者たちにあごをしゃくった。

素早い身動きで、七人の若い者がたすき掛けを始めた。

脇差の鞘《さや》を払い、全員が身構えた。その形《なり》を見極めてから、天龍は雨戸のかんぬきに手をかけた。

居室では若い者が長火鉢をわきにずらそうとしていた。

「畳を傷めるんじゃねえ。表替えをしたばかりだ」

こんなときでも、承平は細かいことを配下の者に言っている。

飼い主の小心ぶりに呆れたのかもしれない。部屋の隅に移った猫は、髭《ひげ》を撫でてミャアとひとつ鳴いた。

六十三

捕り方の吉川と忠兵衛は、調布屋自前の桟橋を端から端まで吟味して回った。

舫われた葵丸の舳先近くの土手で、忠兵衛が足を止めた。

「吉川様……」

忠兵衛は吉川に小声で報せた。竹で拵えた小さな柵が、土手に設けられていた。雑草に覆われた土手では、竹の柵は不釣り合いだ。

わざわざ古い竹を用いて、朽ち果てた柵に見せかける細工をしたつもりだろう。しかし抜け穴探しに長けた捕り方の目からは、逃れることはできなかった。

吉川と忠兵衛はうなずき合い、柵から二尺（約六十センチ）離れた土手に身を押しつけた。逃げ出してくる者を陰から取り押さえることにしたのだ。

葵丸に残っていた岡崎配下の張り番が、障子戸を開いて船端に出てきた。忠兵衛は駆け足で張り番に寄った。

「障子戸を閉じて、内に詰めていなさい」

「はっ！」

張り番は直ちに内に入り、カタンと音が立つほどに強く戸を閉じ合わせた。

忠兵衛は吉川の元に駆け戻り、抜け穴から出てくる者を待ち構えた。

承平は小心な男だ。小心ゆえに、よろず企みには細かく目を配ってきた。

捕り方に押し込まれたときの抜け穴にも、承平の小心さが細工に出ていた。

「見張りが勘違いするように、隠したように見える出口を拵えろ」

古い竹で柵を拵えさせて、土手に据え付けた。捕り方が念入りに吟味しても企みが露見せぬよう、わざわざ土手から一間（約一・八メートル）も内に向けて掘り進めていた。

見せかけの出口から三間も離れた場所に、本物の抜け穴の出口を用意した。そして天水桶を並べて隠した。

手下には応戦を指図し、ひとり抜け出してきた承平である。出口をふさいだ桶の手前で立ち止まり、息を詰めた。

捕り方の気配を感じ取るためである。

物音も、ひとの気配も桶の向こう側からは伝わってこなかった。

承平は泳ぎが達者である。

大きく息を吸い込み、力を込めて天水桶にぶつかった。もしも近くに捕り方が潜んでいたら、小名木川に飛び込んで対岸に逃げる算段をしていた。

ガラガラッ。

凄まじい音を立てて、桶の山が崩れた。その直後、承平が飛び出した。

偽りの竹柵を見張っていた吉川と忠兵衛は、音がするなり三間の隔たりを詰めようとして駆けた。

承平は川に飛び込む気でいたが、目の前に葵丸が舫われていた。

企みは念入りにする承平だが、咄嗟の判断には長けていない。後先は考えず、葵丸に飛び乗った。

そして障子戸を蹴破り、内に入った。

専蔵と承平が鉢合わせになった。

あろうことか専蔵は縄を打たれたまま承平に突進し、組み付いて茣蓙に倒した。十手を振り回して弱い者いじめをする腐れ目明しながらも、捕り物の稽古は続けていた専蔵である。

たちまち馬乗りの形になり、承平を押さえつけた。

葵丸に入ってきた吉川を見た専蔵は、目一杯の媚《こ》びを売った。

承平の取り押さえに働いたことで、ぜひにもお慈悲を……。

専蔵の目が強く訴えていた。

「唾棄すべき者とは貴様のことを指す」

吉川が言葉を吐き捨てた。

忠兵衛は馬乗りになった専蔵を払いのけて、承平を起き上がらせた。

承平は口に溜まった唾を、専蔵の顔目がけて吐いた。

「なんでえ、てめえ！」

承平に摑みかかろうとした専蔵に、忠兵衛が足払いをかけた。

専蔵は尻から茣蓙に転がった。

六十四

中川船番所に出向いた葵丸は押し問答を繰り返した末に、御用船専用の繋留《けいりゆうじよう》場に横付けしていた。

「次第によっては召し出しもあろう」

船に詰めている者に言い残し、岡崎は吉川を伴って船番所建家に向かった。

中川船番所と南町奉行所とでは、公儀組織においては南町奉行所のほうが格上である。

しかし岡崎が面談を求めた佐野塚亮助は庶務方与力である。

町奉行所の定町廻同心よりは格上だった。

しかも岡崎は前触れもなく葵丸で船番所に乗り付けたうえ、御用船繋留場を空けさせていた。

非礼を重ねた挙げ句、庶務方与力への面談を強く申し入れたのだ。

執務部屋の佐野塚は表情を消して、岡崎と吉川が顔を出すのを待ち受けていた。

「佐野塚様の都合もうかがわず、突然に押しかけましたる非礼をお許しください」

岡崎は庶務方与力に名字で呼びかけた。

岡崎のわきに座している吉川は、捕り物に出張るときは常に公儀江戸役所武鑑を携行していた。

出張った先で役所間の揉め事が生ずるのは頻繁にあった。

役目違い、格式違いによる揉め事が大半である。相手の身分を把握し、対処方法を誤らぬための用心で、吉川は武鑑を携行していた。

佐野塚亮助の名と身分も、岡崎は吉川から耳打ちされていた。

職名ではなく名字で呼びかけるのは、親しい間柄を相手に示すときだ。

佐野塚はしかし能面の如き表情のままだった。佐野塚と岡崎とは面識がなかったのだ。

背筋を伸ばした姿勢で岡崎の詫び言上《ごんじょう》を聞いたあとも、佐野塚は口を開かなかった。

用向きは問いかけることではなく、来訪者のほうから告げるものと考えていたのだろう。

「てまえは南町奉行所定町廻同心、岡崎俊郎と申します」

帯に挟んでいた十手を取り出し、膝元に置いた。執務部屋に差し込む夏日が、岡崎の十手の朱房を輝かせていた。

柄に巻かれた朱房が、岡崎の身分を佐野塚に示していた。

「前触れもなしにこちらに押しかけましたことには、相応の理由がございます」

「そうであることを願うばかりだ」

佐野塚は硬い口調で応じた。

「余り見かけぬ船で許しもなく当方に乗り付けたうえ、繫留場を空けよと岡崎氏は六尺棒を叱責されたという」

相応の理由なければ聞き捨てにはできぬと応じて、佐野塚は岡崎を見た。両目の奥では静かな怒りの炎が燃え立っていた。

岡崎は返答する前に、深い息を吸い込んだ。そして佐野塚の目を受け止めたまま、音を立てずに息を吐き出した。

「庶務方与力を務められる佐野塚様におうかがい申し上げます」

言葉を区切り、岡崎は両目に力を込めた。

「中川船番所には堀田庄助なる同心が在籍しておりましょうや？」

「いかにも在籍いたしておる」

佐野塚は即答した。

「ならば佐野塚殿、その堀田なる者をこの場に召し出していただきたい」

岡崎の口調が大きく変わった。もはや佐野塚に敬語は用いていなかった。

口調が変わったことに佐野塚は敏感に反応した。岡崎を見る目が、さらに炎立《ほむらだ》った。

「当船番所の官吏でもないそこもとが、堀田を召し出せとわしに命ずるとは、僭越至極の越権行為でござろう」

いかなる用向きか、明確に示すようにと佐野塚は語気を強めた。

「佐野塚殿の言い分は当然至極にござる」

岡崎は膝元に置いた十手を手に取った。

「御用の筋にて、堀田庄助召し捕りに参った次第にござる」

岡崎はあとを口にする前にひと息を継いだ。

「即刻、堀田をこの場に召し出していただきたい」

岡崎は静かな物言いをした。

しかし朱房が揺れるほどに気合いがこもっていた。

六十五

「暫時、待たれよ」

岡崎と吉川を部屋に残したまま、佐野塚は中座した。

座を立ち、執務部屋の外の空気を吸うことで気持ちを落ち着かせたかったのだ。

岡崎・吉川を残して中座しても、自分の身分と相手両名の身分とを比べれば非礼には当たらない。

いかなる状況にあっても、佐野塚は格式を重んじることを忘れぬ男だった。

堀田を召し捕るとは……。

岡崎が口にしたことを何度も胸の内に呼び返し、そして考えを巡らせた。

船番所同輩の間には、堀田を誹《そし》る声は幾つも言い交わされていた。佐野塚とて、それらが耳に届いていなかったわけではない。

しかしどこの役所にあっても、ひとを誹る声は飛び交っているものだ。

息を吐き出した佐野塚は、丹田に存分に力を込めた。

よほどに確かな証《あかし》なくしては、船番所同心の身柄を召し捕りに出張ってくるはずもない。

黒船襲来の騒動が一段落しつつあるというのに、堀田はいかなる不祥事を起こしたのか。

いや、起こしたとされているのかと、佐野塚は胸の内で言い直した。まだ堀田が不始末をしでかしたとは、考えたくなかったからだ。

よもや四日前の夜のあの一件にかかわりなど、あろうはずもないだろうと思案を進めた。

あのとき堀田を呼び出して、おきょうなる娘を留め置いた顚末を質した。

取り調べに多少の行き過ぎはあったかもしれぬが、南町奉行所が出張ってくるような話では断じてない。

ましてや堀田を召し捕るなど、あり得ぬことだと佐野塚は浮かんだ考えを打ち消した。

「かくなる上は」

佐野塚は両手を腰にあてて、小声を発した。

岡崎から子細を聞き取るほかはない……肚をくった佐野塚は下腹を引っ込め、腹の筋に力を込めた。そしていささかも筋をゆるめぬまま部屋に戻った。

岡崎と吉川は背筋を張ったままで佐野塚の戻りを待っていた。

与力の執務机は幅八尺（約二・四メートル）、奥行き四尺もある大型である。材質は樫で、輪島特産の黒漆を七度重ね塗りした特級品だ。

見た目の美しさだけではない。

不意の襲撃を受けた折りには、机を横倒しにする。それで盾代わりにもなるという頑丈さを備えていた。

部屋に戻った佐野塚は執務机の前に座した。

「書き留めながら、そなたらの話をうかがうことにする」

佐野塚は机に置かれた鈴を鳴らした。

御用番がふすまを開いて入ってきた。

「机の前に両氏の座を構えなさい」

「お指図のままに」

立ち上がった御用番は、薄手の座布団二枚を執務机の前に並べた。

「どうぞ、お移りください」

御用番に促されたふたりは、用意された座布団に座した。

与力が御用番に言いつけた座布団である。遠慮は無用と判じたのだろう。

机の向こうでは佐野塚が墨の用意を始めた。

小さな硯《すずり》だが、見るからに上物である。執務部屋に差し込む七ツ（午後四時）どきの陽が、墨の動きを照らし出していた。

硯の海が存分に墨色へと調ったところで、佐野塚は墨を置いた。

硯のわきには書き留める帳面が開かれている。佐野塚は小筆を海に浸して岡崎を見た。

「子細をうかがおう」

佐野塚に促された岡崎は、声を発する前に背筋をさらに伸ばした。

あたかも天の手で髷を引っ張られているかのような背筋の張り方だった。

六十六

話の要所と思われる部分に差し掛かると、手にした小筆が帳面の上を走った。

しかし佐野塚は一言も挟まず、岡崎の話を最後まで聞き取った。

「堀田捕縛に参りましたる子細は、以上の通りにござりまする」

岡崎は上司に対する物言いで、召し捕る証が整っていることを告げた。

静かな手つきで佐野塚は小筆を置いた。

右手の親指と人差し指で鼻の付け根を挟み、上下に揉みしごいた。

岡崎は黙したまま佐野塚を見ていた。

右手を元に戻したあと、佐野塚はいま一度、自分が書き留めたことを読み返し始めた。

執務部屋には真夏の夕暮れ前ならではの、気だるい暑さが満ちている。川風も止まっているようだ。

物音の失せた執務部屋では、佐野塚が帳面をめくる音だけが生じていた。

ふうっ。

音を立てぬように気遣ったのだろうが、佐野塚の吐息は岡崎にも吉川にも聞こえた。

書き留め帳面を閉じた佐野塚は、岡崎に目を向けずに鈴を手に持った。

チリリン。

涼やかな音が消えぬうちに、ふすまが開かれた。

「雇用掛をここに寄越しなさい」

「かしこまりました」

御用番が部屋から出ると、また気だるい静寂が戻ってきた。執務部屋の三人は、息遣いの音もさせずに座している。

緩んだ暑気と張り詰めた気配が執務部屋の内で入り混じっていた。

「御召にござりましょうか」

ふすまの外で雇用掛が声を発したとき、気配がわずかに緩んだ。

「入りなさい」

呼び入れられた雇用掛山田洋二郎は、岡崎の左脇に座すよう指図された。

両手を膝に置いた山田は、こわばった顔を佐野塚に向けた。

急な呼び出しは何事かと案じているのが顔つきに出ていた。

「俊造なる者を雇い入れておるか？」

船番所が雇い入れる町人奉公人は、全員が山田の配下である。

「雑用全般を受け持つ小者として、俊造を雇用いたしております」

堅い口調だが、山田は即答した。

「身請け人の名を申してみよ」

質された山田は、ひと息だけ間をあけた。即座に思い浮かばなかったらしい。

「扇橋で読売稼業を営む、調布屋承平にござります」

思い出したあとの山田は滑らかな物言いで返答した。

「ならば山田、俊造を引き連れて参れ」

「小者をこの執務部屋に、でござりましょうか」

山田の声が上ずっていた。下男を与力の執務部屋に連れて入るなど前例にない椿事だった。

「すぐさま動け」

強い口調で指図された山田は、作法のすり足を忘れて執務部屋から飛び出した。船番所を隅々まで探し回っているのだろう。山田が戻ってくるまでには相応の間を要した。

その間、執務机の手前に座した岡崎と吉川は背筋を張って黙していた。

佐野塚は再び、書き留め帳面を読み返し始めた。

縄を打たれて葵丸に捕縛されている者として、調布屋承平の名が挙げられていた。

扇橋の目明し・専蔵の名も、佐野塚は書き留めていた。

岡崎の話によれば、俊造もすでに承平配下の者とともに、岡崎の部下に捕らえられているという。どれほど山田が探し回ったとしても、船番所にいる道理はなかった。

始まりから仕舞いまで読み返しを終えたとき、山田が戻ってきた。すり足を忘れたまま、佐野塚の前に座した。

俊造を伴ってはいなかった。

「小者はおらぬのか?」

質された山田は固唾を呑んでうなずいた。

「非番ではござりませぬのに、俊造は所在不明にござりまする」

戻ってきたら厳しく咎めますと、しかめた顔で報告を続けようとした。その山田に佐野塚は強い目を向けて、口を閉じさせた。

「堀田をこれに呼び寄せよ」

部屋に淀んだ暑気を払いのけるほどに、佐野塚の声音は冷え冷えとしていた。

房州木更津と江戸日本橋木更津河岸とを結ぶ五大力船は、海川両用の廻船である。

海と川とでは水深がまるで違った。

船蔵が積み荷で膨らんだ廻船は、喫水線が下がっている。ゆえに水深の浅い川には、じかに乗り入れはできない。

海を行く船は沖泊まりをし、小型のはしけに積み替えて川に入るのを常とした。

五大力船は船底が平らで喫水が浅い。

水深の足りない河川にも、帆を畳んだあとは海から川にそのまま乗り入れができた。

しかし船底が平らなために、大波を受けると転覆しかねない。

安定感はすこぶるわるかった。

船を転覆させぬよう、五大力船の水夫たちは懸命に左舷・右舷の調子を整えた。

中川船番所与力の佐野塚は、石垣の上から毎日のように底の平らな船を目にしていた。

追風を浴びて水面を快走する五大力船。

高波をやり過ごそうとして、水夫たちが舳先から艫へと駆け回る五大力船。

両舷に立つ船頭が、息遣いを合わせて棹を扱う五大力船。

さまざまな様子の五大力船を見るにつけ、佐野塚は強く思うことがあった。

町人は玉の汗を流し、命がけで五大力船を操っている。

その廻船が達者なればこそ、房州からの荷が江戸に届く。

武家・町人ともに暮らしが保てる。

暮らしが穏やかなれば、御公儀のまつりごとも滞りなく運ぶことができる。

武家は町人の追風たるべし。

木更津より戌亥に吹き、五大力船を江戸へと押しやる追風たるべし……と。

「部下の者への監督不行届きのきわみだ」

無礼な応対をして済まなかったと、佐野塚は言葉をごまかさずに不明を詫びた。

「てまえどもこそ、佐野塚様に礼を失した振舞いに及びましたこと、深くお詫び申し上げます」

座布団を外した岡崎と吉川は、両手を膝に載せてあたまを下げた。

元の座に戻るようにと言われて、ふたりが座布団を使ったところに堀田が入ってきた。

「おう、待っておったぞ」

佐野塚はまことに明るい口調で話しかけた。

「そこに座れ」

声は明るいが、座れと指図したのは岡崎の後ろ、下座である。

堀田は眉間に縦じわを刻んだ。名も身分も知らぬ武家の背後に座すのを、不快と思ったのだろう。

「御用ありとうかがいましたが」

佐野塚に返答した物言いも上司に対するものではなかった。

佐野塚は部下の非礼を気にもとめぬどころか、笑みまで浮かべて堀田を見た。

「ご両名は南町奉行所から、おまえを迎えに出張ってこられたそうだ」

佐野塚が言葉を区切ると、岡崎と吉川が堀田の方に振り返った。佐野塚に調子を合わせるかの如く、ふたりとも目元を緩めていた。

「迎えの船にはおまえの顔なじみが何人も乗っておるそうだ」

佐野塚はさらに笑みを深くした。

「奉行所までの水上で、昔話に花を咲かせるのも一興であろう」

佐野塚が口を閉じても、堀田にはわけが分からないらしい。子細を問いたいような顔つきで座していた。

執務机の向こうで、佐野塚はすっきりとした表情で立ち上がった。もはや話すことは一語もないと、表情が堀田に告げていた。

岡崎と吉川も立ち上がり、堀田を促した。

不承不承の顔で堀田も立った。が、得心がいかぬらしい。

「てまえになにか……」

言いかけた堀田に向けた佐野塚の目には、いささかの緩みもなかった。

堀田はあとの言葉を呑み込んだ。

「さらばだ、堀田」

短く告げた佐野塚は堀田に背を向けて、夕日の差し込む障子戸の方を向いた。

逆光のなかに、怒りを封じ込めようとしている佐野塚の後ろ姿があった。

岡崎と吉川は、その後ろ姿に深く一礼した。

堀田に向けた岡崎の目は、咎人を見据える定町廻同心の目になっていた。

跋

嘉永六（一八五三）年六月二十三日は丙申《ひのえさる》の日である。

「薪炭屋さんの談判の詰めには火の兄である丙の日が一番にござるでの。そのうえ動きの敏捷な申の日ならば、申し分なしにござろう」

上総屋出入りの八卦見《はっけみ》の見立てを、波切屋源右衛門は諒として受け入れた。

「先方を訪れるのも申の刻（午後三時から午後五時の間）がよろしい」

八卦見が言い添えたことをも、源右衛門は受け入れた。

六月二十三日、九ツ（正午）過ぎ。

木更津河岸は薄曇りである。空にかぶさった薄い雲が格好の日除けとなっていた。

「行ってまいります」

上総屋の店先で、おきょうが源右衛門に辞儀をした。

紺色と薄紅色で朝顔が描かれたひとえに、雪輪が描かれた帯を締めている。おきょうが一番好んでいる夏のよそ行きだ。

おきょうには仙之助が付き添っていた。

流木の譲り受け談判の締めで木柾に出向く娘に、仙之助が供をすることを源右衛門は許していた。

木柾への手土産は、本町の鈴木越後で買い求めた干菓子である。木柾当主がこの菓子に目がないことを、仙之助が聞き込んでいた。

縮緬《ちりめん》の風呂敷を手に提げた仙之助が、おきょうの少し後ろを歩いている。

木更津河岸が近くなるにつれて、往来を行き交う荷車や仲仕が増えてきた。

堀には何杯もの大型はしけが浮かんでいる。どのはしけも河岸で積んだ荷を満載していた。

おきょうの足取りがゆるくなり、一歩下がって従っている仙之助との間合いが詰まった。

なにか思案を巡らせていると察したのだろう。仙之助はなにも問いかけず、自分の歩みをのろくした。

気遣いを嬉しく思いつつも、おきょうは立ち止まらずに思い返しを続けた。

＊

「縁談を確かな話として表に出すまでは、おまえは波切屋の跡取り娘で、仙之助は上総屋の手代というのが世間体だ」

厳しい口調で源右衛門はおきょうに告げた。父が仙之助を呼び捨てにしてくれたのを、おきょうは胸の内で大喜びした。

もはや仙之助は、波切屋にとっても他人ではなくなっていたからだ。それを思うと、つい口元がゆるんだ。

「うっ、うん」

空咳をくれて娘を見詰めた源右衛門は、先々への心得を諭し始めた。

「おまえが口にすることは、波切屋が世間様に向かってもの申すのと同じだ」

うかつな言動は波切屋の身代をも揺るがしかねないと、さらに物言いを固く締めた。

「おまえの後ろには何十人もの波切屋奉公人が控えている。そのことを、常にこころに留め置きなさい」

厳しい口調が続き、おきょうの表情がこわばった。逆に源右衛門は目元をゆるめた。

「仙之助は知恵者だ。あの男に向けて、射止めの矢を放ったおまえも大したものだ」

真っ直ぐで思い切りのいいおまえの気性に、仙之助の知恵と男気とが重なれば、先々にも大きな望みが持てる……。

厳格で知られた源右衛門が、ゆるめた目のままでふたりを認めていた。

「ありがとうございます」

おきょうは畳に両手をつき、気持ちを込めて父親に礼を言っていた……。

＊

木更津からの追風と思える風が、おきょうの頬に優しく触れて吹き過ぎた。

おきょうが足を止めた。

いぶかしんだ仙之助が、おきょうの脇に並びかけた。

「今日も朝から暑いんでえ。昼間っから、わけありな様子を見せつけるんじゃねえ」

肩に荷を載せた仲仕が、荒い声をふたりに投げつけた。

「あら、おあいにくさま」

おきょうは涼しげな声で応じた。

「あたしたち、夫婦ですから」

源右衛門に厳しく窘められていながらも、おきょうはつい思ったままを口にした。

仙之助はしかし、おきょうのこの気性に強く惹かれているのだ。伏せて地べたに向けた顔が、嬉しげにほころんでいた。

おきょうに言い返された仲仕は、舌打ちを残して歩き去った。

歩みを止めたおきょうの脇を、こどもふたりが行き過ぎた。帆掛け船のオモチャを持った弟と、真っ赤な渋うちわを手にした姉だ。

ふたりは急ぎ足で石段を下り、堀の水辺に寄った。姉弟の様子が愛らしいのだろう、おきょうは足を止めたまま見入った。

「浮かべたよう」

弟は大声とともに帆掛け船を押した。が、押し方が足りないらしく、すぐに止まった。

「動かない」

「おねえちゃんにまかせて」

弟をわきにどけた姉は、うちわを大きくあおいで風を送った。

追風を受けて、帆掛け船が走り始めた。

こどもの喜び声を聞いて、おきょうの目が大きくゆるんだ。

「わたしも仙之助さんの追風になるから」

言いかけて、気恥ずかしくなったらしい。

おきょうの語尾が消え入りそうである。

「てまえのなにだと言われたのですか？」

仙之助が問いかけても、おきょうは堀端のこどもたちを見詰めていた。

朱に染まった頬を、見られたくなかったのかもしれない……。

解説

縄田一男

山本一力さんは江戸っ子だ。

こう書くと、そんなことはねぇ、一力さんは土佐の生まれだ。だからあの人は、郷里の人物に材を得た大河小説『ジョン・マン』と『龍馬奔《はし》る』を寝る間も惜しんで書いているじゃねぇか、とお前さんはいいたいんだろう——。

こちとら、そんなことは百も承知よ。俺《おい》らがいいてぇのは心意気《スピリッツ》のことよ、心意気。

その、スピなんとかってぇのは何だって？

今回の小説『戊亥の追風』の舞台は、ペリーさんとやらがやってきた嘉永六（一八五三）年。少しはあちらさんのことばも覚えねえと足をすくわれるぜ。

おっと、話が横に逸《そ》れちまった。

で、一力さんだが、あのお人は土佐から江戸＝東京に出てきて、さまざまな職について、とうとう小説家におなりになるまでに、沢山の人の情理の裏おもてを御覧になってきたんだろう。御本人は、誠にもってきっぷのいい本当の江戸っ子より江戸っ子らしい清々《すがすが》しいお人になりなすった。

御世辞《おせじ》じゃねぇぜ。

一力さんとは昨日や今日の付き合いじゃねぇ。俺らも、一力さんの前で、うっかり筋違いのことを仕出かして、癇癪玉《かんしやくだま》を破裂させたことも一度や二度じゃねぇ。でもね、それでも、しばらく会ってねぇと、あの南国を思わせる笑顔を思い出して淋《さび》しくなっちまう。ちくしょう、泣かせるじゃねぇか。

だからよう、はじめにこれだけはいっておくから、しっかり覚えておいてくんな。

一力さんの小説に登場するのは、二種類の人間だ。筋を通そうとする奴《やつ》と、横車を押そうとする奴——そして、ごく稀《まれ》にその間で苦しむ奴もいる。

さらに物語に登場する男たち、女たちもそうだが、は、身分の上下で結ばれてはいない。彼らの絆《きずな》となるのは、さっき俺らがいった心意気だ。筋を通そうとする奴に権力を笠にきるような奴はいないんだよ。そうじゃねぇ奴は知らねぇけど——。

で、今回の話だが、黒船騒動で揺れる江戸へ、木更津の薪炭《しんたん》問屋「波切屋《なきりや》」の娘おきようが、浜に流れついた七本の流木の件で、江戸の材木問屋「木柾《もくまさ》」に直談判《じかだんぱん》するためにやってくるところからはじまるんだ。

「波切屋」が観音崎一帯で浜から流木の仕入れをはじめたのは、嘉永年間から百年も昔の宝暦年間のこと。その百年のあいだには、他所や他国の薪問屋が、「波切屋」よりも高値で買うといってきたが、浜の住民は一度として聞く耳を持たず、両者の絆は百年間、いささかのゆるみも生じなかった、というから気持ちがいいじゃねえか。

ところが、その七本の流木には、「御公儀御用」と「深川木柾」の焼印が押されていて——。

だが、おきょうを見舞った災難は、それだけじゃあなかったんだ。何と彼女は、何の咎《とが》もないのに、中川船番所に留め置かれてしまう。これには、吟味役の女おせいの暗い過去が尾を引いていたんだが……。

いつまで経《た》ってもおきょうがやって来ないので心配したのは、「波切屋」を大事な仕入先とする「上総屋《かずさや》」だ。

奉公人の仙之助《せんのすけ》を差し向けてあるはずが、一向に連絡はないし、どうしたのかと待っていると、事態にうろたえた仙之助が九ツの鐘が鳴る頃にやっと戻ってくる。二番番頭の馬ノ助《うまのすけ》が仙之助を一喝するや、その知らせはすぐ、「上総屋」当主徳四郎《とくしろう》と、頭取番頭の今日左衛門《きょうざえもん》へ——。そして、仙之助の意見で、事態の収束は、佃島《つくだじま》の肝煎、五兵衛《ごへえ》に任せることに。

まったく肚《はら》をくくった男たちの行動は、はやくて小気味がいいや。

そして、仙之助が途方に暮れてしまった理由の一つに、実は自分とおきょうが惚《ほ》れ合っていた、というのがあるんだな。

そのために一肌脱いだ五兵衛と仙之助のやり取りがいいじゃねぇか。その会話だけを拾ってみようか——。

「馬ノ助さんの驚きぶりから察するに、あんたとお嬢の仲は……仲というほどの間柄でもない、淡いものらしいが……まだ、だれも知らないということかね」

「さようでございます」

「あけすけなことを念押しするが、あんたとお嬢とは口吸いぐらいは交わしたのか?」

「滅相もございません」

「手は握り合ったのか」

「指一本、触れたことはございません」

「手も触れたことがなくても、惚れた女のためなら命がけになってこそ、男だ」

そんな恋愛があるのか、いかにも綺麗《きれい》ごとすぎはしないか——そう思ってる諸君、だが、現代にも(急に時代小説風から普通の解説になってしまってすいません)そうした恋愛はあるのだよ。

いささか恥ずかしいのだが、ここまで来たら後には引けない。思い切って書いてしまおう。それは、私の体験なのだ。但し、命をかけるような物騒なことはなかったが——。

私の家内は大学の後輩で、私とは五歳、年がはなれている。従って学年はかぶってはいないが、偶々《たまたま》、私が恩師の研究室へ遊びに行ったとき、そこにいた。

はじめは、一目惚れだった。次は、私の卒論は大学の紀要に載らなかったが、家内のは掲載されており、その知性と教養に惚れた。

そして、そこから私の猛攻がはじまった。

家内の家は商売をしており、忙しく、なかなかデートができない。共通の趣味である映画を観《み》に行くのも年に四回ほど。これでは同じ東京にいて、まるで遠距離恋愛ではないか。

いや、果たして、その時点で恋愛といえたかどうか——。加えて家内は恐ろしくガードが固く、私も前述の五兵衛のように聞かれたら、仙之助のように答えるしかなかったであろう。

そこで最後の手段として残るは、電話攻勢のみであった。

とにかく毎日、電話をかける。すると家内の方でも何かしら思うところがあったのか、二、三時間は二人で文学や映画について話し合うのである。とにかく、電話代は鰻登《うなぎのぼ》りであった。

だが、時には家内の電話が、二、三日話し中で、その声が聞けなかった時は、誰か他に好きな相手でもできたのかと、嫉妬心がムラムラと湧いてきたことがあったのだが、考えてみれば、こちらは手も握ったことがないのである。果たして嫉妬する資格があるのか？

しかしながら、私も、一度や二度の失恋の経験はある。そしてそこから学習したこともある。

その学習したことは何かといえば、恋愛中、もしくは、こちらがそう思っているときは、決して、自分の行っていることに疑いを持ってはいけない、信念を貫けという一事であった。

そして何日かして、電話が通じると、久しぶりに仲の良い友達から立て続けに電話がかかってきたから、という拍子抜けするような理由だったりした——。

そして、電話をかけ続けること四年、最後には必ず、結婚してくれといい続けて（注：当時にはまだストーカーということばはなかった）、ちょうど四年目の朝、珍しく家内のほうから電話があり、

「不束者《ふつつかもの》ですが、どうかよろしくお願いします」

というではないか。

こうして、私の恋愛＝結婚は成就したのである。

で、話と文体を元に戻すてぇと、このお話、権力を笠にきて、横車を押そうとする木ッ端役人や豪商を悪を許さぬ男たちが裁こうとする物語に見えて、その実、おきょうと

仙之助の仲を成就させていく話へ、えーっと、あちらさんのことばで何といったかね、えー、えー、そうそう、スライドさせる話に掏《す》り替《か》わっているところが醍醐味《だいごみ》といえるんじゃあねぇかねぇ。

そのことは、佐野塚《さのづか》って旦那の――いいねぇ、この貫禄、まるで片岡千恵蔵だぜ――「そのほうたちの想《おも》いを遂げるには、なににもまして木柾なる材木問屋との談判を上首尾に仕上げることだ」

ということばからも明らかってもんだ。

岡崎《おかざき》さんの、

「専蔵《せんぞう》なる者の言い分が確かならば、身を正すべきは役人であるわしら武家だ。礼にはおよばぬ」

なんて台詞《せりふ》も泣けてくるじゃねぇか。

それから何といっても忘れちゃいけねぇのは、先刻の佃島の肝煎の五兵衛旦那だ。あの貫禄、まるで片岡……おっと、一つの作品に千恵蔵は二つの役じゃ出られねぇ。するってぇと、佐野塚の旦那は市川右太衛門か。

こんな風に俺らは、いつも一力さんの作品に往年のスターを当てはめて楽しんでいるんだ。するってぇと、仙之助は一寸《ちょっと》気が弱いから東千代之介、おきょうは、大した器量をもった娘だと説明されているから、東映で唯一、男優陣と互角に勝負できた美空ひばりじゃございませんか。それにひばりと最多共演数なのは、千代之介だから、これで、どんぴしゃりだ。

それにしても嬉《うれ》しいねぇ。直木賞を受賞なさった『あかね空』やら多くの小説で、深川八幡宮界隈を江戸の無何有郷《ユートピア》になさった一力さんが、今度は『戌亥の追風』で、木更津河岸方面を新たな無何有郷にして下さった。

それゃあ、この本に書かれていることは理想には違いねぇさ。だがよう、現実の世界じゃあ、欲ボケ野郎どもが我が物顔に横車を押し通してやがる。

だからこそ、いい気分で読み終えることのできる、こんな一巻が必要なんじゃねぇんですかい。一力さん、また、筋を通す男たちの物語をひとつお願いしますぜ。

（なわた・かずお　文芸評論家）

本書は、二〇一四年六月、集英社より刊行されました。

初出
「小説すばる」
二〇〇六年十月号
二〇〇七年一月号、三月号、五月号、十月号、十二月号
二〇〇八年二月号、四月号、六月号、八月号、十月号、十二月号
二〇〇九年四月号、六月号、八月号、十月号、十二月号
二〇一〇年二月号、四月号、六月号、八月号、十月号
二〇一一年二月号、四月号、六月号、十月号
二〇一二年一月号、二月号、五月号、七月号、九月号、十月号、十二月号
二〇一三年一月号、二月号、三月号、七月号、八月号、十月号

山本一力の本

銭売り賽蔵《さいぞう》

深川で町民相手の両替商「銭売り」を営む賽蔵。大店の主人や仲間と共に、権力を笠に着た亀戸の銭座に立ち向かう。人情しみじみ時代小説。

集英社文庫　目録（日本文学）

森まゆみ　その日暮らし
森まゆみ　旅暮らし
森まゆみ　貧楽暮らし
森まゆみ　女三人のシベリア鉄道
森まゆみ　いで湯暮らし
森まゆみ　『青鞜』の冒険　女が集まって雑誌をつくるということ
森瑤子　情事
森瑤子　嫉妬
森見登美彦　宵山万華鏡
森村誠一　壁の目　新・文学賞殺人事件
森村誠一　終着駅
森村誠一　腐蝕花壇
森村誠一　山の屍
森村誠一　砂の碑銘
森村誠一　悪しき星座
森村誠一　黒い神《み》座《くら》

森村誠一　ガラスの恋人
森村誠一　社《しゃ》奴《ど》
森村誠一　勇者の証明
森村誠一　復讐の花期　君に白い羽根を返せ
森村誠一　凍土の狩人
諸田玲子　月を吐く
諸田玲子　髭麻呂　王朝捕物控え
諸田玲子　恋縫
諸田玲子　おんな泉岳寺
諸田玲子　狸穴《まみあな》あいあい坂
諸田玲子　炎天の雪(上)(下)
諸田玲子　恋かたみ　狸穴あいあい坂
諸田玲子　四十八人目の忠臣
諸田玲子　心がわり　狸穴あいあい坂
八木原一恵・編訳　封神演義　前編
矢口敦子　祈りの朝

矢口敦子　最後の手紙
矢口史靖　小説　ロボジー
薬丸岳　友罪
八坂裕子　幸運の99%は話し方できまる！
安田依央　たぶらかし
安田依央　終活ファッションショー
柳澤桂子　愛をこめいのち見つめて
柳澤桂子　生命《いのち》の不思議
柳澤桂子　ヒトゲノムとあなた
柳澤桂子　すべてのいのちが愛《いと》おしい　生命科学者から孫へのメッセージ
柳澤桂子　永遠のなかに生きる
柳田国男　遠野物語
矢野隆　蛇衆
矢野隆　慶長風雲録
矢野隆　斗《とう》棋《ぎ》
山内マリコ　パリ行ったことないの

集英社文庫　目録（日本文学）

集英社文庫　目録（日本文学）

集英社文庫　目録（日本文学）

集英社文庫

戊亥《いぬい》の追風《おいて》

2017年12月20日　第1刷　　定価はカバーに表示してあります。

著　者　山本一力《やまもといちりき》
発行者　村田登志江
発行所　株式会社　集英社
東京都千代田区一ツ橋2-5-10　〒101-8050
電話　【編集部】03-3230-6095
【読者係】03-3230-6080
【販売部】03-3230-6393（書店専用）

印　刷　凸版印刷株式会社
製　本　加藤製本株式会社

フォーマットデザイン　アリヤマデザインストア　　マークデザイン　居山浩二

ISBN978-4-08-745674-5 C0193